Joy Williams
Stories

Eine Nacht lang erkunden zwei Mädchen einen Zug mit Bar und Zauberbühne und lernen dabei ihr künftiges Leben kennen. Eine Frau, ratlos, plötzlich schlaflos, wird von der Faszination für eine nächtliche Radiosendung erfasst, in der, so glaubt sie, all ihre Fragen gelöst werden könnten. Von der Gesellschaft geächtet, schließen sich die Mütter mehrerer verurteilter Mörder zu einem Außenseiterclub zusammen.
Seite für Seite, Satz für Satz führen uns diese Geschichten ins Unvorhersehbare hinein, verzweigen sich in die Tiefe wie Romane: unverwechselbar im Ton, beunruhigend und komisch zugleich.

Joy Williams wurde für ihr Werk vielfach ausgezeichnet. Sie hat zwölf Bücher geschrieben, darunter Romane, Kurzgeschichten, Essays, einen Reiseführer. Sie zählt seit Langem zu den nachdrücklichen ökologischen Stimmen in den USA und lebt in Tucson, Arizona, und Laramie, Wyoming.

Brigitte Jakobeit übersetzte u. a. Patti Smith, Lorrie Moore und Diane Oliver ins Deutsche und erhielt 2018 den Heinrich-Maria-Ledig-Rowohlt-Preis.

Melanie Walz wurde für ihre Übersetzungen aus dem Englischen und Französischen, darunter der Werke von George Eliot, Patricia Highsmith, Michael Ondaatje und Virginia Woolf, u. a. mit dem Heinrich-Maria-Ledig-Rowohlt-Preis und dem Literaturstipendium der Stadt München ausgezeichnet.

JOY WILLIAMS

STORIES

Aus dem Englischen von
Brigitte Jakobeit und Melanie Walz

dtv

Von Joy Williams ist bei dtv außerdem lieferbar:
Stories 2
In der Gnade

Brigitte Jakobeit hat »Liebe«, »Die Mutterzelle«, »Letzte Generation«, »Besuchsrecht«, »Der Geliebte« und »Auswege« übersetzt.

Melanie Walz hat »Der kleine Winter«, »Im Zug«, »Rost«, »Lu-Lu«, »Kongress«, »Die blauen Männer« und »Barmherzigkeit« übersetzt.

FSC
www.fsc.org
MIX
Papier | Fördert gute Waldnutzung
FSC® C019821

2025 dtv Verlagsgesellschaft mbh & Co. KG, München
Die Auswahl ist der amerikanischen Originalausgabe, erschienen 2015 unter dem Titel *The Visiting Privilege. New and Collected Stories* bei Alfred A. Knopf in New York, entnommen.

Tumblingerstraße 21, 80337 München
produktsicherheit@dtv.de
Umschlaggestaltung: dtv nach einem Entwurf von Lübbeke Naumann Thoben, Köln
Umschlagmotiv: William Eggleston, Untitled, c. 1983-1986, Pigment print / © Eggleston Artistic Trust / Courtesy Eggleston Artistic Trust and David Zwirner
Gesetzt aus der Life
Satz: Fotosatz Amann, Memmingen
Druck und Bindung: Druckerei C.H.Beck, Nördlingen
Printed in Germany · ISBN 978-3-423-14945-7

INHALT

LIEBE

Jones, der Prediger, hat sein Leben lang geliebt. Er staunt selbst darüber, denn soweit er es beurteilen kann, hat es nie jemandem genützt, auch wenn es gewürdigt wurde, was selten der Fall war. Jones' Liebe ist viel zu offensichtlich und weckt Gleichgültigkeit. Er ähnelt einem Tier in einem Wanderzirkus, das aufgrund einer Missbildung ein lebenswichtiges Organ außen auf der Haut trägt, peinlich und bedauernswert, etwas, das verborgen bleiben und schon gar nicht beim Arbeiten gesehen werden sollte. Jetzt sitzt er auf dem Bett neben seiner Frau in einem Krankenhaus fünfzehn Meilen von zu Hause entfernt. Sie wurde für verschiedene Untersuchungen hierher überwiesen. Sie ist so schwach, so müde. Irgendetwas stimmt nicht mit ihrem Blut. Ihre Arme sind dort, wo ihr in die Venen gestochen wurde, von blauen Flecken übersät. Auch ihre Hüfte ist an der Stelle, wo Knochenmarkproben entnommen wurden, verfärbt und geschwollen. Das Ganze ist beängstigend. Die Ärzte sind ernst und klug und beantworten seine Fragen so, dass er sich hoffnungslos schwerhörig vorkommt. Man hat ihm erklärt, dass es so etwas wie eine Blutkrankheit eigentlich nicht gibt, weil Blut kein lebendes Gewebe sei, sondern ein passives Vehikel für den Transport von Nahrung, Sauerstoff und Abbauprodukten. Man hat ihm außerdem erklärt, dass Anomalien der Blutkörperchen, wie sie bei seiner Frau offenbar vorliegen, als Symptome anderer Erkrankungen im Körper zu verstehen seien. Auf seine Bitte hat man ihm Dias und Schaubilder von gesunden und krankhaften Blutzellen gezeigt, die für Jones aussehen wie Canapés. Die Ärzte sprechen (weil er darauf besteht) von Leukozytose, Myelozyten und Megaloblasten. Nichts davon trägt der Liebe Rechnung, die er für seine Frau empfindet! Er sitzt neben ihr in diesem halbdunklen angenehmen Raum, trägt einen grauen Anzug und sein Kollar, denn danach muss er noch andere Gemeindemitglieder besuchen, die hier Patienten sind. Dieser Teil des Krankenhauses gleicht einem Motel. Die Patienten dürfen ihre Alltagskleidung tragen. Die Zimmer sind mit Schreibtisch, einem Teppich und einer bunten Tagesdecke ausgestattet. Jones wünschte nichts sehnlicher, als mit seiner Frau auf Reisen zu sein und am Abend, diesem Abend, in einem Motel zu übernachten. Eine Schwester kommt mit einem kleinen Pappbecher voller Pillen herein. Drei Pillen, oder eher Kapseln, die nicht für seine Frau sind, sondern für ihr Blut. Es ist der kleinste Pappbecher, den Jones je gesehen hat. In diesem Krankenhaus scheint jede Perspektive, jedes Zeit- und Raumgefühl verloren zu gehen. Als Jones sich zum Beispiel umdreht, um seiner Frau auf den Kopf zu küssen, streifen seine Lippen nur Luft.

Jones und seine Frau haben ein Kind, eine Tochter, die ihrerseits ein Kind hat, ein Mädchen, das vor sechs Monaten auf die Welt kam. Jones' Tochter ist den Sternen verfallen und beruft sich, wie er als Erster zugeben würde, mehr auf den Himmel, als er es je getan hat. Allerdings hat ihr das nichts als Kummer und Verwirrung eingebracht. Sie hat ihren Mann verlassen und das Baby bei Jones abgegeben. Auch ihren Hund hat sie ihm vermacht. Sie will nach Mexiko, wo sie bald einen Nervenzusammenbruch in den Bergen erleiden wird. Jones ahnt nichts davon, aber seine Tochter hat es in den Sternen gesehen und will aufbrechen, um sich ihrem Schicksal zu stellen. Jones erklärt sich sofort bereit, für das Baby und den Hund zu sorgen, denn das scheint das Einzige, was seine Tochter von ihm braucht. Der Geburtstag des Kindes ist der Stellung der Planeten und den Bedingungen der Häuser, Quadranten und Gradzahlen unterworfen. Sein Symbol ist ein Reiter auf einem ungesattelten Pferd. Für Jones ist das ein schöner Gedanke. Er zeugt von Kühnheit. Außerdem bedeutet es Glück. Jones steckt seiner Tochter etwas Geld in ein Fach ihres Koffers und fährt sie zum Flughafen. Die Maschine rollt die Startbahn entlang. Jones winkt, ihrer aller Glück in den Armen haltend.

Eines Nachmittags war Jones nach Hause gekommen und hatte seine Frau weinend im Garten vorgefunden. Sie hatte Blumen in Töpfe umgepflanzt, bevor der erste Frost kam. Stirn und Mund waren mit Erde verschmiert. Ihre leichte Kleidung fühlte sich so schwer an. Der ganze Körper tat ihr weh von dem Gewicht. Jeder Atemzug war ein Stein, den sie schlucken musste. Sie weinte und weinte in der schwachen Herbstsonne. Jones sah die Adern an ihrem Hals pulsieren. »Ich sterbe«, sagte sie. »Es wird Monate dauern.« Doch nachdem er sie ins Haus gebracht hatte, behauptete sie, es gehe ihr besser, und machte ihnen beiden Tee, während Jones die restlichen Pflanzen eintopfte und in den Keller hinuntertrug. Sie lag auf dem Sofa, und Jones setzte sich zu ihr. Sie unterhielten sich leise. Tatsächlich flüsterten sie fast, als wären sie an einem öffentlichen Ort, umgeben von Fremden, und nicht allein bei sich zu Hause. »Machen wir einen Ausflug«, sagte Jones. Seine Frau war einverstanden.

Gemeinsam fahren sie durch kleine Ortschaften, Meile um Meile, sogar bis in den nächsten Staat hinein. Seine Frau will nicht anhalten. Sie kaufen Sandwiches und Milchshakes und essen im Auto. Jones fährt. Sie müssen tanken. Seine Frau sitzt nah bei ihm, die Augen geschlossen, den Kopf an den Sitz gelehnt. Er sieht die Adern an ihrem Hals weiterschlagen. Da ist ein schreckliches Geräusch irgendwo, fast hörbar. Jones presst ihre kalte Hand an seine Lippen. Er stellt sich vor, dass tief in der Dunkelheit seiner Frau etwas außer Kontrolle gerät, etwas Wahnsinniges. »Zwing mich bitte nicht, ins Krankenhaus zu gehen«, beschwört sie ihn. Aber natürlich wird sie dorthin gehen. Der Moment war bereits eingetreten.

Jones schreibt seiner Tochter. Am Morgen hat er einen kurzen Brief von ihr bekommen, in dem sie ihm mitteilte, wo sie zu erreichen sei. Die ausländische Briefmarke war so groß, dass sie fast Jones' Adresse verdeckte. Sie erwähnte weder ihre Mutter noch ihr Kind, was Jones leicht beunruhigt. Sein Leben scheint in seiner Existenz so unabhängig wie das seines Gottes, beinahe unwirklich. Seine Tochter hat ihm von der Stadt erzählt, in der sie lebt. Sie hat nicht vor, lange dort zu bleiben. Sie will reisen. Sie möchte genau herausfinden, was sie eigentlich will, und dann wird sie zurückkommen. Die Stadt ist arm, aber interessant, außerdem sind dort viele Amerikaner in ihrem Alter. Direkt am Strand gibt es einen Zoo. Fast alle Städte da, egal wie groß, haben einen kleinen Zoo. In den Käfigen sind hauptsächlich Adler und Falken. Und was soll Jones darauf antworten? Er schreibt: *Alles bestens hier. Wir verbrennen das Holz vom alten Apfelbaum im Kamin, es riecht herrlich. Ist die Kleine schon gegen Polio geimpft? Pass auf dich auf.* Jones verwendet diese Phrase ständig, oft in völlig unpassenden Situationen, zum Beispiel wenn er Pfeifenreiniger kauft oder durch Mautstellen fährt: *Passen Sie auf sich auf.* Zerstreut, wie er ist, schreibt er über den Rand des Papiers auf die Unterlage und muss von vorn anfangen. Er wird den Brief auf dem Weg ins Krankenhaus einwerfen. Seit drei Tagen machen sie nun schon Röntgenaufnahmen, aber die Bilder sind verschwommen. Sie können sie nicht deuten. Inzwischen liegt seine Frau in einem richtigen Krankenbett mit hohen Seitengittern. Er sitzt bei ihr, während sie zu Abend isst. Sie bittet ihn, ihr gutes Nachthemd nach Hause mitzunehmen und mit Ivory-Seife zu waschen. Inzwischen darf sie gar nichts mehr, nicht mal ein paar Sachen auswaschen. *Sie müssen aufpassen.*

Jones fährt eine Landstraße entlang. Es schneit zum ersten Mal in diesem Jahr, und er möchte den Schnee seiner Enkelin zeigen, die in einem gepolsterten Kindersitz neben ihm thront. Ihr Kopf ist fast auf einer Höhe mit seinem, und sie betrachtet ernst, manchmal lächelnd, die Landschaft. Sie folgen der schmalen Straße, die sich zwischen Feldern und dunklen Kiefernwäldern dahinschlängelt. Alles ist weiß und sauber. Den ganzen Nachmittag hat es geschneit, und es schneit immer noch, aber nur ganz leicht. Dicke Schneeflocken fallen vereinzelt an die Windschutzscheibe. Manchmal greift die Kleine danach. Manchmal strampelt sie kurz und stößt einen Freudenschrei aus. Ihre Besorgungen haben sie erledigt. Jones hat Milch, Lebensmittel und zwei gelbe Rosen gekauft, die eingewickelt in Seiden- und Zeitungspapier hinten im kalten Kofferraum liegen. Samstags muss er zwei kaufen, weil der Blumenladen am Sonntag geschlossen hat. Das macht er nicht gern, aber es geht nicht anders. Die Rosen halten sich nicht gut. Eine wird er seiner Frau heute Abend schenken. Die andere wird er in Zuckerwasser packen und im Kühlschrank aufbewahren. Er kann nur hoffen, dass die Knospe bis Sonntag geschlossen bleibt, wenn er sie in die schreckliche Hitze des Krankenhauses bringt. Die Kleine schaukelt gegen die Gurte ihres Kindersitzes. Mit gespitzten Lippen betrachtet sie aufmerksam die Felder und Bäume. Sie ist warm angezogen und trägt eine orangefarbene Strickmütze, die dreiundzwanzig Jahre alt ist, so alt wie ihre Mutter. Jones hat die Mütze neulich erst gefunden. Auf einer Seite ist sie fast zu Rosa verblasst. Irgendwann muss sie mal zu lange in der Sonne gelegen haben. Beim Fahren fühlt sich Jones geradezu beschwingt. Der Schnee ist herrlich. Alles ist weiß. Jones ist ein gebildeter Mann. Er hat Melville gelesen, der behauptet, Weiß sei die farblose Allfarbe der Gottlosigkeit, vor der wir zurückschrecken. Jones glaubt das nicht. Er sieht im Schnee etwas Heiliges, eine Verheißung. Er hofft, seine Frau weiß, dass es schneit, auch wenn ein Vorhang sie vom Fenster trennt. Da sieht Jones etwas über den Schnee laufen, einen Teil des Schnees selbst. Obwohl Jones langsam fährt, nimmt er den Fuß ganz vom Gaspedal. »Schau mal, Schatz, ein Schneeschuhhase.« Beim Klang seiner Stimme öffnet das kleine Mädchen den Mund und kneift die Augen in stummem Entzücken zusammen. Der Hase ist prächtig. Und so schnell! Er gleitet um unsichtbare Hindernisse, wie ein Wesen aus einem freundlichen Traum, fliegt über den Graben, die Pfoten wie Paddel, leicht gelblich, von der Farbe rohen Holzes. »Schau mal, Liebes«, ruft Jones, »wie groß er ist!« Doch plötzlich ist der Hase gekrümmt und stürzt, rund wie eine Kugel, Pfoten und Kopf eng an den Körper gepresst. Er landet auf der Straße und schlittert kopfüber noch ein Stück weiter. Das Auto kann ihm ausweichen. Verblüfft bremst Jones und hält an, öffnet die Tür und geht zu dem Tier zurück. Seine Enkelin dreht sich um, so gut sie kann, und schaut ihm nach. Es scheint, als wäre das Tier nie lebendig gewesen. Der Kopf ist an mehreren Stellen zertrümmert. Jones bückt sich, um das Fell zu streicheln, richtet sich aber unverrichteter Dinge wieder auf. Ein Mann kommt aus dem Wald und schwenkt ein Gewehr. Er nickt Jones zu und hebt den Hasen an den Ohren hoch. Als er sich entfernt, schleifen die Beine des Tiers über den Boden. Auf dem Schnee schimmern kleine Kristallflecken. Jones geht zum Auto zurück. Er will sich entschuldigen, weiß aber nicht, wofür. Sein Leben ist der Apologetik gewidmet. Das ist sein Beruf. Seine Themen sind Rechtfertigung und Reue. Er hat stets richtig gehandelt, aber es hat nie zu etwas geführt. »Ach, Liebes«, sagt er zu seiner Enkelin. Sie lächelt ihn an und zeigt ihren Zahn. Am Abend, nachdem er sie gefüttert hat, liest Jones ihr eine Geschichte vor. Sie schläft und schnauft im Schlaf, aber Jones erzählt ihr die Geschichte von al Boraq, dem milchweißen Ross Mohammeds, das mit einem einzigen Schritt aus dem Blickfeld der Menschheit verschwinden konnte.

Jones sieht eine Reihe von Platten durch, alle noch unausgepackt in Zellophan. Die Hüllen sind schlicht und voller Text. Namen, Instrumente und Orchester werden ganz selbstverständlich genannt. Er würde ihre Bedeutung gern anerkennen, weil er weiß, dass sie Wert haben, kennt sich aber nicht damit aus. Seine

Tochter hat ihm die Platten mitgebracht. Sie sind das Geschenk eines älteren Mannes, eines Professors, mit dem sie eine Affäre hatte. Jones schmerzt das natürlich. Seine Tochter erzählt ihm von den Männern, mit denen sie zusammen war, jetzt aber nichts mehr zu schaffen hat. Woher kamen diese Männer? Wo hatten sie gewartet, und warum sind sie verschwunden? Jones erinnert sich, wie seine Tochter ihm als kleines Mädchen beim Laubharken half. Jahrelang nahm sie am ersten April Tabak aus seinem Humidor und füllte ihn mit Cornflakes. Jones ist voller Reue und Verwunderung. Beim letzten Treffen mit seiner Tochter vor wenigen Wochen war sie dünn und nervös gewesen, hatte sich vor lauter Nervosität mit den Fingern die Augenbrauen fast ganz ausgerupft. Und die Wimpern. Ihre Lider waren geschwollen und weiß, wie Blumenzwiebeln. Die Fingernägel grob abgekaut, einige bis aufs Fleisch. Sie war hart und unnahbar, wollte nur die Reise antreten, für die sie schon ein Ticket hatte. Was soll er tun? Er sucht seine Tochter im Gesicht des Babys, aber da ist sie nicht. Alles besteht zugleich fort und beginnt von Neuem, aber mit Träumen verhält es sich anders. Träume lassen sich nicht wieder zum Leben erwecken. Jones packt eine der Platten aus, bläst den Staub von der Nadel und spielt sie ab. Draußen ist es dunkel. Das Pfarrhaus liegt abgeschieden, in der Nähe gibt es nur ein paar Scheunen. Der Fluss ist nicht zu sehen. Die Musik ist Bruckners *Te Deum*. Wunderschön. Gott gewidmet. Er spielt die andere Seite. Eine Frau, Kathleen Ferrier, singt auf Deutsch. Die Musik überwältigt ihn. *Kindertotenlieder*. Er macht sich nicht die Mühe, die Übersetzung nachzuschlagen. Die Musik genügt ihm.

Im Krankenhaus harrt seine Frau ihrer Verwandlung, von einer Frau, der Frau, die er liebt, in einen bloßen Zustand. Ihr Blut bewegt sich auf so rätselhaften Bahnen wie die Sternbilder. Sie steht unter Beobachtung und Beschuss, und sie hat Jones verlassen. Wie eine Schwimmerin, die darauf wartet, mit dem Ertrinken voranzukommen. Jones steht am Ufer. In Mexiko geht seine Tochter mit zwei Männern am Strand entlang. Sie spielt ein Stück, das zu ihrem Leben geworden ist. Jones steht auf dem Berggipfel. Die Kleine weint, und Jones nimmt sie aus der Krippe, um sie zu wickeln. Der Hund kratzt an der Tür. Jones lässt ihn hinaus. Dann macht er es sich mit dem Kind bequem und lauscht der Platte. Die Kleine zappelt unruhig auf seinem Schoß. Sie hat die Augen eines Fohlens, marineblau. In wenigen Wochen hat sie sich angewöhnt, alles von Jones zu erwarten. Er legt sie in eine Ecke des Sofas und geht zu der kleinen Spielzeugkiste, wo er einen Bären, ein paar Rasseln und Bälle aufbewahrt. Dann öffnet er die Tür, und der Hund kommt sofort herein. Sein dichtes Fell ist kalt und duftet nach Eis. Er beschnuppert die Kleine, und sie quietscht.

Oft denk' ich, sie sind nur ausgegangen
Bald werden sie wieder nach Hause gelangen

Jones sucht einen hellen Ball aus und schiebt ihn sanft seiner Enkelin zu.

Es ist Sonntagmorgen, Jones steht auf der Kanzel. Die Kirche ist sehr alt, der angrenzende Friedhof noch älter. Inzwischen ist er ein historisches Wahrzeichen, in dem seit dem Ersten Weltkrieg niemand mehr bestattet wurde. Nicht weit entfernt gibt es einen neuen Friedhof, den die Familien jetzt nutzen. Die Gräber sind nicht mit Steinen markiert, sondern mit kleinen Tafeln, und nach jeder Beerdigung legen Arbeiter sofort Rollrasen über das neue Grab, damit kein Dreck herumliegt, nicht mal für kurze Zeit. Zum heutigen Gottesdienst sind achtundsiebzig Erwachsene, elf Kinder und der Jugendchor erschienen. Jones zählt sie während der Kollekte. Laut der Gemeindeliste gibt es 350 Mitglieder, doch soweit er es beurteilen kann, sind heute alle anwesend. An diesem Sonntag tauft er seine Enkelin. Mit einer der Frauen hat er verabredet, sie zu halten und am Ende des ersten Lieds zum Taufbecken zu bringen. Das kleine Mädchen sieht bezaubernd aus in seinem weißen Spitzenkleidchen. Jones hat ihr feines Haar sorgfältig gekämmt und es mit Wasser in Locken gelegt, aber inzwischen ist es trocken und steht ab wie der Kamm eines Eisvogels. Das Kleid hat Jones bei Mammoth Mart gekauft, einem riesigen Laden, auf dessen Dach ein großer metallener Elefant in Latzhose tanzt. Er kommt sich albern vor, es dort gekauft zu haben, aber er war in mehreren Geschäften, und dort hatten sie einfach das hübscheste. Er segnet das kleine Mädchen mit Wasser aus der Silberschale und sagt: *Wir werden nicht gerettet, weil wir es verdienen. Wir werden gerettet, weil man uns liebt.* Die Zeremonie dauert nicht lange. Das Mädchen, das Jones neugierig ansieht, wird in die Kinderkrippe gebracht. Jones beginnt mit der Predigt. Er kann sich nicht erinnern, wann er sie geschrieben hat, aber da liegt sie, ordentlich getippt, vor ihm. *Unrecht ist nicht, was wir tun, sondern unrecht ist, was wir werden.* Ein fragwürdiger Satz, findet er, spricht aber weiter. Seit vierunddreißig Jahren predigt er. Er ist ausgemergelt vom Glauben. Aber seine Frau hat nur 2,3 Millionen rote Blutkörperchen. Es reicht nicht! Sie kriegt nicht genug Sauerstoff! Jones hält seine Predigt. Er hat verloren, wonach er gesucht hat. Irgendwann hat er es bestimmt gewusst. Die Gemeinde wiegt sich wie die Flügel eines Rochens im Wasser. Es ist

Sonntag, für Patienten ein Feiertag. Die Ärzte kommen nicht zur Visite. Es gibt keine Untersuchungen, keine Diagnosen. Jones würde gern von der Kanzel steigen und weggehen, in den Winter hinaus, wo er seine Worte in den Boden lesen würde. Wieso kann er sich nicht an sein Leben erinnern! Er kommt zum Ende, setzt sich, steht auf, um das Abendmahl zu reichen. Winzige Brotwürfel liegen in einer schlaffen Pyramide vor ihm. Sie werden dargereicht und empfangen. Jones nimmt sein Stückchen, das er zuvor selbst von einem geschnittenen, angereicherten Brotlaib gehackt hat. Es ist ganz trocken, fast böse. Schon beim Gedanken daran wird ihm jetzt übel. Er kaut und kaut, doch es bleibt ihm hartnäckig im Mund liegen wie ein Muskel.

Jones wartet im Eingangsbereich, um zu erfahren, wie die Operation seiner Frau verlaufen ist. Gab es je eine Zeit vor dieser ständigen Angst? Er wäre ja schon dankbar, wenn er nur die Angst wiederhaben könnte, aber sie ist ihm schon lange in jähen Möglichkeiten, Wahrscheinlichkeiten und Tatsachen verloren gegangen. Die Kleine sitzt auf seinen Knien und spielt mit Jones' Krawatte. Heute Morgen ist sie früh aufgewacht, wollte ihren Orangensaft und hat ihn dann mit ernster Miene sofort wieder erbrochen. Jetzt allerdings, während sie mit den Fingern Jones' Krawatte erforscht, scheint es ihr gut zu gehen. Immer wenn er sie ansieht, schenkt sie ihm ein strahlendes Lächeln. Fast den ganzen Tag hat er grimmig das Haus geputzt, Bettwäsche und die Seiten der vielen in den Zimmern hängenden Kalender gewechselt, Dinge, die er schon vor einer Woche hätte erledigen sollen. Er hat Staub gewischt und gesaugt, seine Hemden gebügelt. Er hat sämtliche Babysachen gewaschen, weiche kleine Schlafsäcke und -anzüge und Kleidchen, die ihm in den Händen steif froren, sobald er nach draußen trat. Jetzt wartet er und schaut auf die Uhr. Der Tumor sei genau so groß, hat man ihm gesagt, so groß wie das Ziffernblatt seiner Uhr.

Jones hat die Kleine auf dem Schoß und füttert sie. Das Abendessen ist langwierig und kompliziert. Erst muss er ihr ihre Vitamine geben, danach mit einer Pipette flüssiges Aspirin, weil sie erkältet ist. Darauf folgen ein Fläschchen Milch, 250 Milliliter, und eine Portion Gemüsebrei. Dann gibt er ihr etwas Zeit zum Verdauen. Auf seiner Hüfte wandert sie durch die Räume des großen Hauses, während Jones die Lichter aus- und einschaltet. Schließlich geht er zum Tisch zurück und gibt ihr noch etwas Milch, ein halbes Gläschen püriertes Huhn und ein paar Löffelchen Nachtisch, meistens Fruchtpastete, Obstkuchen oder Pudding. Die Kleine mag alles gleichermaßen.

Sie ist brav. Isst schnell und sauber. Manchmal grabscht sie nach dem Löffel, dreht ihn um und schiebt sich das falsche Ende in den Mund. Natürlich gibt es nichts, was man nicht falsch machen kann. Jones vergöttert das Mädchen. Er schnuppert an ihrem warmen Kopf. Ihre Geburt ist ein schwerer Fehler, eine Abstraktion. Ehelich geboren, aber nicht aus Liebe. Er setzt sie in den Laufstall und versorgt den Hund, füllt eine Schale mit Wasser und eine zweite mit Trockenfutter. Der Hund frisst sehr zivilisiert. Ein wenig Trockenfutter, dann etwas Wasser, Trockenfutter und wieder Wasser. Als er fertig ist, sind die Schalen sauber, wie abgewaschen. Jones denkt jetzt an sein eigenes Abendessen. Er öffnet den Kühlschrank. Die Frauen aus der Gemeinde haben ihm Brownies, Wildfleisch, Käse und Apfelkompott gebracht, Truthahnpastete, Schweinekoteletts, Steak, Schellfisch und Frühstücksfleisch. Ein strahlendes Licht fällt auf das ganze Essen. Es ist so viel und muss aufgebraucht werden. Um die Einstichlöcher einer Dose Hundefutter hat sich eine Kruste gebildet. Da ist ein durchsichtiger, zugetackerter Beutel mit Hühnerlebern. Unglücklich betrachtet Jones die Kondenstropfen auf Packungen und Flaschen, die Fettperlen auf dem kalten Eintopf. Er setzt sich. Das Zimmer ist voller Lampen und Kabel. Er denkt an seine Frau, deren atmender Körper an Schläuchen hängt, und beginnt zu zittern. Alle Gegenstände hier sind ratlos angesichts solchen Kummers.

Inzwischen ist fast Weihnachten, und Jones geht unten am Fluss entlang, umrundet ein verlassenes Haus. Der Hund pflügt sich mühsam durch den Schnee und schnappt danach. An den Ästen hängen Blätter aus Eis, und als Jones stehen bleibt, streckt die Kleine die Hand aus und bewegt ihren Mund, weil sie es gern haben möchte, das Eis, den Ast, alles. In ein paar Tagen kommt seine Frau nach Hause, rechtzeitig zu Weihnachten. Jones hat bereits den Baum aufgestellt und die Dekoration vom Dachboden geholt. Er wird ihn erst herrichten, wenn sie zurück ist. Er möchte unbedingt, dass das Öffnen der Schachteln mit dem alten Schmuck ein schönes Ereignis wird. In der Vergangenheit haben sie das beide immer sehr genossen. Jones wird mit Sicherheit eine Christbaumkugel fallen lassen, das passiert ihm jedes Jahr. Mit seiner kleinen Gefährtin stapft er durch den Schnee. Sie baumelt in einer Schulterschlinge, die Beine um seine Hüfte geklemmt. Ernst betrachten sie das verfallende Haus. Früher hat darin ein Arzt gewohnt und seine Sprechzimmer gehabt, doch lange vor Jones' Zeit war dieser Arzt, ein hochangesehener Mensch, vertrieben worden, weil ein Mädchen ihn beschuldigt hatte, sie geschwängert zu haben. Man erzählt sich, der Arzt habe dazu nur gesagt: »Ach ja?« Das empörte die Leute und die Eltern des Mädchens, die darauf bestanden, dass er das Kind sofort nach der Geburt zu sich nähme. Er tat es und kümmerte sich rührend um das Kind, obwohl seine Praxis ruiniert war und niemand mehr etwas mit ihm zu tun haben wollte. Ein Jahr später sagte das Mädchen die Wahrheit – dass der richtige Vater ein junger Student sei, den sie jetzt heiraten würde. Sie wollten das Kind wiederhaben, und der Arzt gab ihnen die Kleine bereitwillig zurück. Natürlich ist das eine alte, bedeutsame Geschichte. Jones hat sie immer geschätzt, aber inzwischen ärgert ihn die Passivität des Mannes. Die Krankheit seiner Frau hat für Jones alles verändert. Er wird die Dinge weiter hinnehmen, doch er wird nicht mehr klein beigeben. Für Jones ist jetzt mit Sicherheit alles anders.

Aus Versicherungsgründen wird Jones' Frau im Rollstuhl zum Wagen gebracht. Sie ist dünn und wunderschön. Jones ist dankbar und verwirrt. Er verspürt den verrückten Wunsch, dem Krankenpfleger ein Trinkgeld zu geben. Sind wirklich so viele Jahre vergangen? Ist das nicht seine Frau, seine Liebe, die gerade ein Kind zur Welt gebracht hat? Fängt nicht jetzt erst alles an? In Mexiko schlendert seine Tochter gleichgültig durch ein Juweliergeschäft, wo sie ein kleines silbernes Ei in die Hand nimmt. Es öffnet sich an einem Scharnier, und im Inneren sind zwei Figuren, eine Braut und ein Bräutigam. Jones legt seiner Frau das kleine Mädchen in den Arm. Am Anfang ist es verängstigt, weil es sich nicht an diesen Menschen erinnert, und streckt wimmernd die Hand nach Jones aus. Aber die sanfte Stimme seiner Frau besänftigt die Kleine schon bald, und auf der Fahrt schläft sie in ihren Armen ein. Jones hat alles sorgfältig für die Heimkehr seiner Frau vorbereitet. Das Haus ist sauber und ordentlich. Seit Tagen hat er sich auf einen Teil des Hauses beschränkt, damit möglichst wenig Unordnung entsteht. Jones hilft seiner Frau die Stufen zur Tür hinauf. Zusammen betreten sie die strahlenden Räume.

DER KLEINE WINTER

Sie war am Flughafen und wartete auf den Aufruf ihres Flugs, als eine Frau zu einem Telefon nicht weit von ihrem Sitzplatz kam. Die Frau stand dort, wählte und begann nach einer Weile in ausdruckslosem, gekränktem Tonfall zu sprechen. Natürlich konnte Gloria nicht alles verstehen, hörte die Frau aber sagen: »Falls mit dem Flugzeug was passiert, bist du hoffentlich zufrieden.« Die Frau sprach monoton und mitleidlos. Sie war groß und ungepflegt und sah aus wie der Inbegriff eines Menschen, der seit Kurzem nicht mehr geliebt wird. Trotzdem versuchte man am anderen Ende der Leitung noch, sie zu besänftigen. Verblüffend deutlich hörte Gloria sie den Satz über das Flugzeug mehrmals wiederholen. Dann knallte die Frau den Hörer hin, stieg in die wartende Maschine und ließ sich in einen Sitz der ersten Klasse fallen. Gloria ging nach hinten durch und setzte sich ruhig hin. Sie dachte, dass jeder Mensch jeden Augenblick kurz vor der Ewigkeit steht und die Wege, diese Welt zu verlassen, zahllos und oft unvorhersehbar sind.

Etwas in der Art dachte sie eine Weile, dann bestellte sie sich einen Drink.

Das Flugzeug stieß durch die Wolken, und der Drink rief ihr in Erinnerung, wie sie als Kind gern am Kragen ihrer Kleider gekaut hatte. Das kam ihr beim ersten Drink des Tages nicht immer in den Sinn, aber schon oft. Dann dachte sie an die Wüste, die sie hinter sich ließ, und wie sehr sie ihr gefiel. Früher hatte ihr das Meer gefallen, und sie hatte gedacht, ohne das Meer nicht leben zu können, doch inzwischen fehlte es ihr so gut wie gar nicht mehr.

Das Flugzeug hielt Kurs. Gloria bestellte sich noch einen Drink und rechnete nicht länger damit, dass die Frau es in die Luft sprengen wollte. Jetzt begann sie, an ihre Pläne zu denken. Sie wollte Jean besuchen, eine Freundin, die gerade eine schwere Zeit durchmachte – die vierte Scheidung, aber Jean hatte viel Energie –, allerdings nur für ein, zwei Tage. Jean hatte eine Tochter namens Gwendal. Gloria hatte die beiden seit Jahren nicht gesehen und würde Gwendal wahrscheinlich gar nicht wiedererkennen. Danach würde sie einfach herumfahren, bis es so weit war. Vielleicht würde sie sich einen Hund kaufen. Sie hatte schon mehrere Hunde gehabt, aber es war nie gut gegangen. Das war das Dumme an Haustieren, man weiß, dass ihnen irgendwann etwas Furchtbares zustößt und es kein gutes Ende nehmen wird. Zwei ihrer Hunde waren überfahren worden, einer war epileptisch gewesen, und bei einem anderen wurde schon früh ein Hüftgelenksfehler diagnostiziert. Tierärzte hatten bei Glorias Hunden nie viel ausgerichtet, so wie Ärzte jetzt bei Gloria nicht viel ausrichteten. Sie dachte oft über Ärzte nach, obwohl sie nie mehr zu einem gehen würde. Unter den gegebenen Umständen sollte sie sich wohl keinen Hund zulegen, wollte es aber irgendwie. Soll der Hund doch zur Abwechslung mal nicht schlappmachen, dachte sie.

Am Flughafen mietete Gloria einen Wagen. Sie beschloss, bis zu Jeans Stadt zu fahren und sich ein Motelzimmer etwas außerhalb zu nehmen. Jean redete viel. Ein Tag mit Jean würde reichen. Ein Tag und eine Nacht wären mehr als genug. Ganz in der Nähe des Ortes gab es ein Kloster, in dem die Mönche Hunde aufzogen. Vielleicht würde sie da ihren Hund finden. Sie würde gleich morgen früh zum Kloster fahren und dann den restlichen Tag mit Jean verbringen. Aber das war schon alles. Weiter hatte sie nicht gedacht.

Es war ein bewölkter Tag und der Verkehr ziemlich dicht. Das flach abfallende Land links und rechts vom Highway war grün und still. Die Landschaft kam ihr etwas wehmütig vor, Obelisken und Friedhöfe, dichte, kraftlose Wälder, Nadelbäume, die vom Wipfel her verdorrten. Natürlich gab es heutzutage kaum noch eine Gegend, in der man gern leben würde. Parallel zum Highway verlief eine kurvenreiche alte Straße, und Gloria bog ab und fuhr dort entlang, bis sie eine Ansammlung von Holzhäuschen erreichte. Sie waren weiß und hatten kleine Veranden, aber die Rezeption befand sich in einem Bauwerk, das einem Tipi nachempfunden war. Es gab auch eine verfallene Minigolfanlage und einen hölzernen Turm, von dessen Plattform man Ausblick in drei verschiedene Bundesstaaten hatte. Doch der Turm stand schief, und das Geländer, das sich optimistisch hinaufwand, war geborsten und verbogen, und schon nach den ersten fünf Stufen verhinderte eine rostige Kette den weiteren Aufstieg. Gloria mochte solche Orte.

Im Tipi stand eine Frau in Kittelschürze hinter einem rosafarbenen Resopaltresen. Vor einem der Fenster hing ein gläserner Kolibri, überzogen von einer fettigen Staubschicht. Gloria konnte den Hackbraten im Ofen riechen. Die Frau hatte rote Backen und weiße Haare und begrüßte Gloria überschwänglich, doch kaum hatte Gloria für ihr Häuschen bezahlt, wurde die Frau mürrisch. Sie bedachte Gloria mit einem finsteren Blick, als wäre sie bereits mit dem Bettzeug, der Lampe und dem Wasserfallbild abgehauen.

Der Schlüssel, den Gloria bekommen hatte, funktionierte nicht. Er passte ins Schlüsselloch und ließ sich auch drehen, aber die Tür öffnete er nicht. Sie ging wieder zur Rezeption, und ein kleiner Hund mit kurzen Beinen und puscheligem Schwanz trottete neben ihr her. Im Tipi sagte Gloria: »Ich krieg irgendwie die Tür nicht auf.« Der Bratengeruch war inzwischen betäubend. Die Frau war alt, kam aber schnell hinter dem Tresen hervor.

Der Hund stand mitten auf der Wendeschleife vor den Häusern.

»Ist das Ihr Hund?«, fragte Gloria.

»Nie gesehen«, sagte die Frau. »Ganz bestimmt nicht. Geh nach Hause!«, schrie sie den Hund an. Sie drehte den Schlüssel im Schloss von Glorias Haus um und trat dann mit ihrem Turnschuh fest gegen die Tür. Die Tür flog auf. Die Frau stapfte zu ihrem Büro zurück. »Geh nach Hause!«, schrie sie den Hund noch mal an.

Gloria machte sich einen Drink ohne Eis in einem Pappbecher und rief Jean an.

»Ich freu mich schon so auf dich«, sagte Jean. »Wie geht es dir?«

»Ganz gut«, antwortete Gloria.

»Erzähl.«

»Wirklich«, sagte Gloria.

»Ich freu mich ja so auf dich«, sagte Jean. »Ich hab eine höllische Zeit hinter mir. Ich weiß, das klingt albern.«

»Wie geht es Gwendal?«

»Sie konnte Chuck sowieso nie leiden. Sie ist doch

Lukes Kind. Ist aber kein bisschen wie Luke. Du kennst sie ja.«

Gloria erinnerte sich kaum an das Kind, das inzwischen fast zehn sein musste. Sie nippte an ihrem Pappbecher und sah durch das Fliegengitter den Hund, der über den verwahrlosten Golfplatz auf das Tal dahinter blickte.

»Ich weiß nicht, wie ich immer an solche gerate«, sagte Jean. Sie sprach von ihrem letzten Mann.

»Ich komme morgen zum Mittagessen«, meinte Gloria.

»So spät erst! Na gut, dann nehmen wir was mit zu Bill und essen bei ihm. Du kennst ihn ja noch gar nicht, oder? Ich möchte, dass du ihn kennenlernst.«

Bill war Jeans erster Ex-Mann. Sie hatte sich gerade ein Haus in dem Ort gekauft, wo zwei ihrer alten und ihr neuer Ex-Mann wohnten. Gloria wusste, dass ihr ein ziemlich anstrengender Tag bevorstand. Jean beschrieb ihr noch den Weg, und Gloria legte auf und machte sich einen neuen Drink. Sie ging hinaus auf die Veranda. Über den Bergen hatten sich dunkle Wolken zusammengeballt. In der Ferne, hinter den Bäumen, donnerte unsichtbar der Verkehr vorbei. In der Ortschaft unten im Tal sah man winzige, harte Lichter in der zunehmenden Dunkelheit. Das Licht hatte sich verändert und schwand allmählich, aber es war noch ziemlich hell. So war das mit dem Licht.

Wenn man draußen war, während es dunkler wurde, konnte man eine Zeitlang immer noch genug sehen.

Am Vormittag wachte sie mit schrecklichen Kopfschmerzen auf. Sie sollte nicht trinken, aber was machte das schon? Gar nichts machte es. Sie nahm ihre Tabletten. Manchmal dachte sie, dass es ihr nichts genützt hatte, älter zu werden. Vierzig war sie jetzt. Sie lag in dem muffigen Häuschen. Alles schien völlig klar. Dann schien es wieder ungewiss. Sie zog sich an und ging zur Rezeption, wo sie für eine zweite Nacht bezahlte. Die Frau nahm das Geld und sah Gloria besorgt an, als verabschiede sie sich innerlich bereits von der Fußmatte mit Willkommensgruß, die sie erst kürzlich gekauft hatte, und dem alten Rohrsessel mit dem Kissen.

Es begann zu regnen. Die Straße zum Kloster bestand aus Schotter und schlängelte sich einen Berg hinauf. Unterwegs Obstgärten, Felder mit jungem Mais … auf alles prasselte der Regen wie wild. Gloria fuhr vorsichtig, konnte die Straße kaum ausmachen. Sie stellte sich vor, es würde da draußen schneien, kein Regen, sondern Schnee, der alles zudeckte. Sie stellte sich vor, wie sie dann dächte: *Es war schon dunkel, aber es schneite noch* – eine Zeile wie aus einer Geschichte. So eine Zeile ist schön, dachte sie. Als sie klein war, hatten sie an einem Ort gelebt, wo zuerst immer der »kleine Winter« kam. So nannten es alle. Es gab den »kleinen Winter«, danach noch einmal schöne Tage, manchmal Wochen. Und dann kam der große Winter. Inzwischen hatte sie die Klosteranlage erreicht, Gebäude aus Holz mit Türmchen und Minaretten. Jemand hatte Birken gepflanzt. Sie parkte vor einem Schild mit der Aufschrift *Information/Souvenirs* und rannte vom Wagen zur Tür. Beim Eintreten lachte sie und schüttelte sich das Wasser aus den Haaren.

Es verhielt sich so, dass gerade keine Hunde zu haben waren, beziehungsweise der Mönch, der sich mit ihnen auskannte, nicht da war und erst tags darauf zurückkehren würde. Sie könne morgen wiederkommen. Der Mönch, der ihr das mitteilte, hatte einen Bart und trug eine schmutzige Schürze. Sein Interesse an ihren Fragen hielt sich in Grenzen. Er kam aus einem Hinterzimmer, das offenbar teils als Räucherkammer, teils als Küche diente. Er war für das Räuchern von Hühnchen, Schinken und Käse zuständig. In diesem Leben gab es immer Käse. Das Kloster betrieb einen florierenden Versandhandel; die Mönche räucherten, die Nonnen buken Käsekuchen. Er wirkte gegenüber Gloria leicht gereizt. Bestimmt hatte er viel aufgegeben, um jetzt hier zu sein. Im Souvenirladen stapelten sich Heiligenbilder zum halben Preis und Hundebetten. In einer Ecke stand eine Kuchenvitrine mit den Käsekuchen der Nonnen. Gloria warf einen Blick hinein auf die Stapel weißer Kartons.

»Der Deluxe ist ein bewährter Klassiker«, sagte der Mönch. »Der Kahlúa hat eine Schokoladenkekskruste, und der vollmundige Likör aus der sonnigen Karibik geht eine herrliche Verbindung mit dem Originalrezept der Nonnen ein.« Der Mönch leierte, als hielte er die Frühandacht. »Der Schokoladenkuchen ist ein Muss für Schokoladenliebhaber. Der Schoko-Amaretto gilt unter den Nonnen als ihr Bravourstück.«

Gloria kaufte den Schoko-Amaretto und ging hinaus. Wie bedrückend, dachte sie. Irgendetwas an dem Erlebnis eben kam ihr vage vertraut vor, als hätte sie dergleichen in der Vergangenheit schon öfter erduldet. Vermutlich hatte es mit einem Glauben an den Schein zu tun. Sie stellte den Kuchen ins Auto und wanderte auf dem Gelände umher. Es regnete jetzt weniger, aber die Haare klebten ihr trotzdem am Kopf. Sie kam an der Kapelle vorbei, machte dann kehrt und ging hinein. Sie nahm einen Kerzenhalter in die Hand und stopfte ihn in ihre Manteltasche. Dieser Ort brachte sie in Rage. Dann nahm sie den Kerzenhalter wieder heraus und stellte ihn auf den Boden. Draußen wanderte sie herum und hörte dabei nichts als den Highway, wie ein Summen in ihrem Kopf. Schließlich fand sie den Hundezwinger, öffnete die Tür und ging hinein. Alles so, wie sie es sich gedacht hatte, nichts war vor ihr verschlossen. Es gab vier Hunde, Welpen, vielleicht drei Monate alt, Schäferhunde. Sie beobachtete sie eine

Zeitlang. Es wäre leicht, einen zu stehlen, dachte sie. Sie konnte es einfach tun.

Sie fuhr den Berg hinunter in die Stadt und hielt bei einem Einkaufszentrum, wo es ein Spirituosengeschäft gab. Sie kaufte Gin und eine Flasche Wein für Jean und fuhr dann zu Jeans Haus im Tal. Sie fühlte sich erschöpft. Hinter ihren Augen pochte es. Jeans Haus hatte einen schmutzigen Pfirsichton, und davor stand ein Busch. Alles pochte, das Haus, selbst das Gras. Dann hörte das Pochen auf.

»Oh, Wahnsinn«, rief Jean. »Du hast das Bravourstück gekauft!« Offenbar waren die Käsekuchen der Nonnen allseits bekannt. Jean und Gloria umarmten sich. »Gut siehst du aus«, sagte Jean. »Die haben also Gott sei Dank alles wieder in Ordnung gebracht, ja? Was nicht alles passiert … für die Hälfte davon gibt's nicht mal einen Namen, wirklich wahr. Du kennst doch noch Andy, meinen zweiten Mann, den, der gestorben ist? Der kam rein und nie wieder raus und ließ einfach alles über sich ergehen, aber keiner kriegte heraus, was er eigentlich hatte. Es war was Kompliziertes, Rätselhaftes, aber alles, was sie wussten, war, dass er daran stirbt. Vielleicht hatte ihn ein Insekt gestochen. Aber das Schlimmste – na ja, nicht das Schlimmste, aber was ich noch weiß, weil es mit mir zu tun hatte, wofür ich mich schämen sollte, glaube ich, aber so sind die

Menschen eben – das Schlimmste war, was passiert ist, kurz bevor er starb. Er war ja sehr pingelig. Alles musste immer haargenau so sein, wie er es wollte.«

»Typisch Andy«, sagte Gloria.

»Ja, Andy«, stimmte Jean zu. »Er hatte einen sagenhaften Wortschatz und nahm es immer sehr genau. Wie ich an ihn geraten konnte, kann ich bis heute nicht begreifen. Aber er war mein Mann, und ich war total fertig. Ich habe ja praktisch in der Klinik *gewohnt*, wochenlang. Er hatte es gern, wenn ich ihm vorlas, und an diesem Nachmittag war ich bei ihm, hatte die Jalousie runtergelassen und die Kissen aufgeschüttelt und las ihm vor. Und da war er und dämmerte still weg – vermute ich jedenfalls, wenn ich jetzt zurückdenke. Ich hab ihm vorgelesen und kam zu der Stelle über so einen unbestrittenen Herrscher eines Mikrokosmos, und da hat er die Augen aufgemacht und gesagt: ›Unbestritten‹. ›Was meinst du, Liebling?‹, hab ich gesagt. Und er sagte: ›Unbestritten, nicht unbeschnitten … du hast ‚unbeschnitten' gesagt.‹ Und ich hab gesagt: ›Ganz bestimmt nicht, Liebling‹, und er sah mich lange an, seufzte tief und starb. Ist das nicht grauenvoll?«

Gloria kicherte und schüttelte dann den Kopf.

Jeans Blick wanderte durchs Zimmer, das in größter Unordnung war. Abgeblätterte Tapeten, rissiges Linoleum. Überall Pappkartons. In einer Ecke waren

Glasscherben zusammengekehrt, und ein zerbrochener Krocketschläger hielt eines der Fenster offen. »Wie findest du es?«, fragte Jean.

»Ziemlich speziell«, sagte Gloria.

»Alle sagen, ich hätte es nicht kaufen sollen. Ich weiß, dass einiges daran gemacht werden muss, aber ich habe diesen wunderbaren Mann gefunden oder er mich. Er kam an meine Tür und hat sich umgesehen, und ich habe gefragt, ob er mir helfen kann. Ob er solche Arbeiten macht. Und er hat genickt und gesagt: ›Gömmar.‹ Ist das nicht wundervoll! ›Gömmar‹ …«

Gloria betrachtete den durchhängenden Fußboden und die wackeligen Fensterrahmen. Der Kaminsims war rauchgeschwärzt und von Zigarettenbrandflecken gekerbt. Offensichtlich hatten die vorherigen Bewohner ein Leben zermürbender Langeweile und innerer Unrast geführt. Wäre gut, wenn er so bald wie möglich losgömmart, dachte Gloria. »Heirate ihn bloß nicht«, sagte sie und lachte.

»Ach, ich weiß, du glaubst, ich heirate jeden«, sagte Jean, »aber das stimmt nicht. Es waren nicht mehr als vier. Der Letzte, und ich meine wirklich den Letzten, war der Ärgste. Was für eine Ratte Chuckie war. Nein, eher was Größeres, eine Krähe oder ein Wiesel oder so was. Grausam, faul, verlogen.« Jean schüttelte sich. »Das Beste an ihm waren seine Haare.« Haare gaben Jean oft den Rest. »Er hat fantastisches Haar. Und so einen Fünfzigerjahre-Bürstenschnitt.«

Gloria fühlte sich hohl und heiter. Nichts war von Bedeutung. »Und du hast dieses Haus wirklich gekauft?«, fragte sie.

»Ach, es klingt verrückt«, sagte Jean, »aber Gwendal und ich brauchten ein Zuhause. Und ich hab gehört, Imitat ist der neue Trend. Wenn ich alles in Ordnung gebracht habe, will ich die ganze Wohnung in Imitat machen lassen. Willst du den ersten Stock sehen? Gwendals Zimmer ist oben. Es ist das ordentlichste.«

Sie gingen die Treppe hinauf zu einem Zimmer, in dem ein dickes Mädchen auf dem Bett saß und in ein Notizbuch schrieb.

»Ich arbeite an meiner Autobiografie«, sagte Gwendal, »aber ich glaube, ich muss es anders angehen.« Sie wandte sich an Gloria. »Wären Sie gerne meine Biografin?«

Jean sagte: »Sag Gloria guten Tag. Gloria kennst du doch noch.«

Gloria umarmte das Mädchen. Gwendal roch gut und hatte kleine blasse Augen. Sonderlich aufgeräumt war das Zimmer nicht, aber es stand auch nicht viel darin. Gloria nahm an, dass es wirklich das ordentlichste Zimmer war. Sie schwiegen.

»Lasst uns nach draußen gehen, uns auf den Rasen setzen«, schlug Jean vor.

»Will ich nicht«, sagte Gwendal.

Die zwei Frauen gingen nach unten. Gloria musste auf die Toilette, aber Jean sagte, sie könne nur ins Freie gehen, das Klo funktioniere momentan nicht, wie es sollte. Hinter dem Haus war ein steiler, von Dickicht überwucherter Abhang, und dort hockte Gloria sich hin. Inzwischen war es wolkenlos und warm. Am Fuß des Abhangs mühte sich ein seichter Fluss um rankenüberwucherte Bäume herum. Der Schlamm glitzerte in der Sonne. Im Gebüsch wuchsen Brombeeren. Dieser Ort hat etwas sehr Ehrliches, dachte Gloria.

Jean saß auf einer Decke, die sie im Gras ausgebreitet hatte, und aß ein Stück Käsekuchen von einem Plastikteller. Gloria entschied sich statt des Kuchens für einen Drink.

»Zum Mittagessen gehen wir zu Bill«, sagte Jean. »Und danach zum Schwimmen zu Fred.« Fred war ein weiterer Ex-Mann. Gwendals Vater wohnte als Einziger nicht in der Nähe. Er lebte in Las Vegas. Und Andy war natürlich auch nicht da.

Gwendal kam aus dem Haus in den vernachlässigten Garten. Mitten in einem Rhabarberbeet blieb sie stehen, schrie stumm und fuchtelte mit den Armen.

Jean seufzte. »Als alleinerziehende Mutter hat man's nicht leicht.«

»So lange bist du doch noch nicht alleinerziehend«, sagte Gloria.

Darüber musste Jean laut lachen. »Arme Gwendal«, sagte sie. »Ich hab sie so lieb.«

»Ein richtiger Sonnenschein«, murmelte Gloria.

»Ich wünschte nur manchmal, sie würde sich nicht so viel Unsinn ausdenken.«

»Sie ist noch jung«, sagte Gloria und trank ihr Glas aus. Sie wusste wirklich kaum, was sie redete. »Was macht sie denn da?«, fragte sie Jean.

Gwendal hüpfte still im Rhabarber.

»Was auch immer es ist, es muss übersetzt werden«, antwortete Jean. »Für Gwendal braucht man einen guten Übersetzer.«

»Irgendein Rollenspiel vielleicht«, schlug Gloria vor und dachte, dass sie jetzt sehr gern noch einen Drink hätte.

»Für den Besuch bei Bill zieh ich ein anderes Kleid an«, sagte Jean. »Willst du dich auch umziehen?«

Gloria schüttelte den Kopf. Sie beobachtete Gwendal. Als Jean ins Haus ging, kam das Mädchen herübergeschlendert. »Wie wär's, wenn du mich entführst«, sagte sie.

»Wie wär's, wenn du *mich* entführst?«, entgegnete Gloria und lachte. Was für ein komisches Kind, dachte sie. »Ich möchte dich nicht entführen.«

»Ich würde gern dein Haus sehen«, meinte Gwendal.

»Ich hab kein Haus. Ich wohne in einem Apartment.«

»Apartments sind uninteressant«, sagte Gwendal. »Vergiss es. Wir könnten einen Wohnwagen kaufen. So einen mit Leiter hintendran. Und mit einer Radabdeckung, wo draufsteht: LEG DICH MIT DEN BESTEN AN, UND DU STIRBST WIE ALLE DANN.«

Mädchen, die kurz vor der Pubertät stehen, haben wirklich was Beängstigendes, dachte Gloria. Sie lachte.

»Du trinkst zu viel«, sagte Gwendal. »Du trinkst die ganze Zeit.«

Das kränkte Gloria. »Ich sterbe bald«, erwiderte sie. »Ich hab einen Hirntumor. Ich kann tun, was ich will.«

»Wenn man stirbt, kann man alles tun, was man will?«, sagte Gwendal. »Das wusste ich nicht. Ist ja mal was Neues. Es hat also auch seine guten Seiten.«

Nicht zu fassen, dass sie Gwendal erzählt hatte, sie würde sterben. »Du bist dick«, sagte sie finster.

Gwendal ging darauf nicht ein. So dick war sie auch wieder nicht. Ein bisschen vielleicht, aber nicht grotesk dick.

»Ach, zum Teufel«, sagte Gloria. »Du willst, dass ich nicht mehr trinke. Dann höre ich eben auf.«

»Mir ist das egal«, meinte Gwendal.

Glorias Mund zitterte. Ich bin betrunken, dachte sie.

»Manche simplen Freuden sind doch ein bisschen zu simpel«, sagte Gwendal.

Gloria hatte sich eingebildet, ihren baldigen Tod ziemlich gut wegzustecken, aber jetzt war sie sich da nicht so sicher. Mehr noch, sie fühlte sich gar nicht gut. Wieso verbrachte sie einen ihrer womöglich letzten Tage damit, auf einer kratzigen Decke in einem verwilderten Garten zu sitzen und sich von einem unangenehmen Kind beleidigen zu lassen? Ihr Problem war, dass sie sich nie genau überlegt hatte, wo sie eigentlich sterben wollte. Andere wissen es und planen entsprechend. In der Wüste zum Beispiel oder auf Nantucket. Oder in einem guten Hotel irgendwo. Sie hingegen hatte sich nie entscheiden können. Weiter als *unterwegs* war sie in ihren Überlegungen nicht gekommen.

Gwendal sagte: »Ich habe eine Idee. Wir könnten es andersherum machen. Du wirst nicht meine Biografin, sondern ich deine. *Gloria – von Gwendal.*« Sie malte die Worte mit dem Finger in die Luft. Ihre Schrift war nicht sehr schwungvoll, fiel Gloria auf. »Dein Leben, erzählt von Gwendal Crawley. Ich schreib das Ganze auf. Das ist doch was. Wir können dem auch jederzeit mehr Würze geben.«

»Mein Leben war nicht besonders interessant«, sagte Gloria bescheiden. Doch es stimmte. Als ihre Eltern ihr diesen Namen gegeben hatten, mussten sie glücklich gewesen sein. Sie mussten gedacht haben, dass etwas Großartiges geschehen würde.

»Aber du hast doch bestimmt irgendwelche interessanten Gedanken«, entgegnete Gwendal. »Und wenn du wirklich bald stirbst, wette ich, hast du Lust, alles mal auszuprobieren.« Vor Begeisterung rang sie die Hände.

Vom Haus kam Jean auf sie zu.

»Komm schon«, zischte Gwendal. »Lass mich mit dir gehen. Du bist doch nicht den ganzen Weg hergekommen, um hierzubleiben, oder?«

»Gloria und ich wollen zu Bill«, sagte Jean. »Fahren wir doch alle zusammen hin«, sagte sie zu Gwendal.

»Ich habe keine Lust«, erwiderte die.

»Falls wir uns nicht noch mal sehen: Mach's gut«, sagte Gloria.

Das Kind starrte sie an.

Jean saß am Steuer, bog manchmal ab, fuhr an den Häusern der Männer vorbei, die sie mal geliebt hatte.

»Da wohnt Chuckie«, sagte Jean. »Der mit den Haaren.« Sie fuhren langsam vorbei und schauten zu Chuckies Haus. »Außen charmant, innen schäbig, genau wie Chuckie. Er hat mir das Herz gebrochen, wortwörtlich. Na ja, eines Tages geht's ihm an den Kragen, wie man so sagt, und das will ich sehen. Deshalb bin ich hiergeblieben.« Kurz darauf sagte sie: »Nicht im Ernst, natürlich.«

Sie kamen an Freds Haus vorbei. Jeder hatte ein Haus.

»Fred hat einen Teich«, sagte Jean. »Da können wir später schwimmen. Ich bin immer in Freds Teich geschwommen. Ihm hat mal ein ganzer Baggersee gehört, kannst du dir das vorstellen? Das war vor unserer Zeit bei ihm, Gwendals und meiner, aber da sind immer Kinder reingegangen und ertrunken, und er hat Riesenschilder angebracht und Stacheldraht und alles, aber sie sind trotzdem reingegangen. Das gab zu viel Ärger, also hat er den Baggersee verkauft.«

»Zu viel Ärger!«, sagte Gloria.

Der Tod wirkte absurd. Völlig inakzeptabel. Diese dummen Kinder, dachte Gloria. Sie war in Hochstimmung und wusste, dass sie sich bald müde und unwohl fühlen würde, aber vielleicht war es ja diesmal anders. Es war ein heller Tag, sauber nach dem Regen. Blätter lagen auf den Straßen, grün und frisch.

»Das waren Freds Worte, zu viel Ärger. Ich such mir vielleicht Männer aus, was? Da bin ich wirklich gut drin.« Jean schüttelte den Kopf.

Sie fuhren zu Bills Haus. Gleich daneben war eine Weide mit Pferden. »Das sind nicht Bills, aber die sind hübsch, oder?«, sagte Jean. »Bill wird dir gefallen. Er ist etwas seltsam geworden, aber eigentlich war er schon immer so. Wir sind, wer wir sind, so ist das doch. Er schnitzt Enten.«

Bill hatte offenbar nicht mit ihnen gerechnet. Er war ein großer Mann mit langen Haaren, trug Boxershorts und rauchte eine Zigarre. Er beäugte Jean misstrauisch.

»Das war mal die Liebe meines Lebens«, sagte Jean. Zu Bill sagte sie: »Und das ist Gloria, meine liebste Freundin.«

Gloria wusste, dass sie bescheiden abwinken sollte, lächelte aber nur. Ihr Zustand machte sie keineswegs ehrlicher, hatte sie festgestellt.

»Schöne Überbringer, schlechte Nachrichten«, meinte Bill.

»Wir dachten bloß, wir schauen mal kurz vorbei«, erwiderte Jean.

»Ich geh mir was anziehen«, sagte Bill.

Die zwei Frauen setzten sich ins Wohnzimmer zwischen lauter Holzenten. Raffiniert und bedrückend, nisteten die Enten auf jedem freien Fleck. Büffelkopfenten, Riesentafelente, Bergente, Blauflügelente. Gloria nahm eine in die Hand. Sie sah schwer aus, war aber leicht. Löffelente, Stockente, Gänsesäger. Die Namen fielen ihr einfach so ein.

»Ich habe das Essen vergessen, wir bleiben nur kurz«, flüsterte Jean. »Ich war *verrückt* nach ihm. Fragst du dich auch manchmal, wo das alles bleibt?«

Bill kam in Hose und einem karierten Hemd zurück. Die Zigarre hatte er irgendwo abgelegt.

»Ich *liebe* diese Enten«, sagte Jean. »Du wirst immer besser.«

»Willst du eine«, fragte Bill.

»O ja!«, sagte Jean.

»Dich hab ich nicht gemeint. Ich dachte nur, *sie* vielleicht.« Und er zwinkerte Gloria zu.

»Ach, du«, sagte Jean.

»Nimm eine, nimm eine.« Bill seufzte.

Jean griff sich die nächstbeste Ente und nahm sie auf den Schoß.

»Das ist eine Kragenente«, erklärte Bill.

»Die ist exzentrisch, das gefällt mir.« Jean hielt ihre Ente ganz fest.

»Willst du auch eine?«, fragte Bill Gloria.

»Nein«, antwortete Gloria.

»Ach, nimm doch eine!«, sagte Jean aufgeregt.

»Lockvögel fand ich immer ganz abscheulich«, sagte Gloria, »die sind doch nur dazu da, ein Lebewesen mit dem falschen Versprechen von Sicherheit, Kameradschaft und Rast zu täuschen, um es dann zu vernichten.«

Erschrocken sahen die beiden sie an.

»Mensch, Gloria«, sagte Jean.

»Das sind keine Lockvögel«, sagte Bill milde. »Die Leute benutzen sie nicht mehr als Lockvögel, sondern nur zur Dekoration. Es gibt kaum noch Enten zum Jagen. Enten sind auf dem absteigenden Ast. Die befinden sich im freien Fall.«

»Schwindender Lebensraum«, sagte Jean.

»Sag ich doch«, sagte Bill.

Dunkelente, Spießente, Pfeifente. Die Namen flogen weiter auf Gloria zu und dann an ihr vorbei.

»Inzwischen interessiert mich eher das Dramatische«, sagte Bill. »Von den statischen Sachen komme ich langsam weg. Ich will dramatische Momente erschaffen. Sie müssen etwas kleiner als lebensgroß sein, aber sonst ist alles da … die ganze Situation.« Er stand auf. »Wartet mal kurz«, sagte er.

Als er aus dem Zimmer war, wandte sich Jean Gloria zu. »Gloria?«, sagte sie.

Bill kehrte mit einem großen, von einem Tuch bedeckten Gegenstand zurück. Er stellte ihn auf den Boden und zog das Tuch weg.

»Gefällt mir so weit«, sagte Jean nach einer Pause.

»Interpretier mal drauflos«, sagte Bill.

»Na ja«, sagte Jean, »ich denke, du solltest es nicht so überfrachten.«

»Ich sagte interpretieren, nicht kritisieren.«

»Ich denke eben, die Versuchung läge nahe, etwas wie das da zu überfrachten. Zu viel Zeug in all die kleinen Zwischenräume zu stopfen.«

Dieses mögliche Urteil schien Bill nicht zu beeindrucken, doch er deckte den Gegenstand wieder zu.

Im Auto sagte Jean: »War das nicht *grauenhaft*! Er sollte bei seinen Enten bleiben.«

Bill zufolge versinnbildlichte das Objekt anscheinend die Situation, dass man sich in sein unerbittliches Schicksal fügte, in dieser Haltung aber dennoch eine Geste heldenhaften Trotzes lag.

Das war, idealerweise immer, die Situation, und Bill hatte sie mehr oder weniger abstrakt in Holz gebannt.

»Du hast ihm gefallen.«

»Jean, warum sollte ich ihm denn gefallen?«

»Ich glaube, er hat mit dir geflirtet. Wär das nicht was, wenn ihr beide zusammenkämt und wir alle hier am selben Ort wohnten?«

»Großer Gott«, sagte Gloria und hielt sich die Hände vors Gesicht. Jean sah geistesabwesend zu ihr hinüber. »Ich sollte langsam zurück«, sagte Gloria. »Ich bin ein wenig müde.«

»Aber du bist doch gerade erst gekommen, und wir müssen noch bei Fred schwimmen gehen. Der Teich ist herrlich, du wirst begeistert sein. Da fällt mir ein, wollen wir danach nicht zum Mittagessen zu meinen Eltern fahren? Meine Mutter kann uns was Schönes machen.«

»Deine Eltern leben auch hier«, fragte Gloria.

Einen Moment wirkte Jean erschrocken. »Schon verrückt, oder? Die sind so lieb. Du wärst begeistert von meinen Eltern. Ach, ich wünschte, du würdest mit mir reden«, rief sie. »Du bist doch meine Freundin. Ich wünschte, du wärst ein bisschen offener.«

Sie kamen wieder an Chuckies Haus vorbei. »Wem gehört denn das Auto da?«, sagte Jean wie zu sich selbst.

»Ich weiß noch, wie ich mal versucht habe, meine Mutter mit einem Löffel Staub zu füttern«, sagte Gloria.

»Warum?«, fragte Jean. »Erzähl.«

»Ich war noch klein, vielleicht vier. Sie hatte mir weisgemacht, ich wäre in ihrem Bauch gewachsen, weil sie Staub gegessen hat.«

»Nein!«, sagte Jean. »Was die einem alles erzählen, wenn sie wissen, dass man es nicht besser weiß.«

»Ich wollte, dass es noch ein Baby gibt, einfach noch jemand anderes, einen Bruder oder eine Schwester. Ich hatte also meinen kleinen Teelöffel. ›Iss das‹, hab ich gesagt. ›Ist überhaupt nicht dreckig, hab keine Angst.‹«

»Da hört sich doch alles auf!«, rief Jean.

»Sie hat geguckt und gesagt, sie hätte eine andere Art Staub gemeint, den Staub, der auf Blütenblättern liegt.«

»Sie hat sich immer tiefer hineingeritten, was?«, sagte Jean. Sie wartete, aber Gloria sagte nichts mehr; die Geschichte schien zu Ende zu sein.

Es war dunkel, als sie zu den Häuschen zurückkam. Nirgends brannte Licht. Sie erinnerte sich, wie sie an diesem Tag zeitweise glücklich gewesen war und dann genauer hingesehen und alles lieblos gefunden hatte. Es war ihr immer schwerergefallen zu sprechen, schwerer auch zuzuhören, aber jetzt war sie allein und fühlte sich etwas besser. Trotzdem, richtig gut fühlte sie sich nicht. Sie wusste, dass sie nie gefestigt sein würde. Nie würde für sie alles wie aus einem Guss sein. Mal so und dann wieder nicht, bis es vorbei wäre.

Sie drückte die Tür auf und schaltete die Lampe neben dem Bett ein. Die Lampe hatte drei Fassungen, aber nur eine Glühbirne. Gestern Nacht waren es noch mehr gewesen. Sie hatte auch den Eindruck, es hätten mehr Möbel im Zimmer gestanden, noch ein Stuhl. Es wäre schwierig geworden, wenn sie hätte lesen wollen, aber sie hatte das Lesen satt, hatte Bücher satt. Nachdem sie es ihr zum ersten Mal gesagt hatten, und auch später, nachdem es ihr auf verschiedene Weise immer wieder gesagt worden war, hatte sie lesen wollen, nicht nur herumstehen und alles anstarren, aber sie konnte nicht wieder damit anfangen, es war nicht mehr dasselbe.

Das Fliegengitter am Fenster war bläulich grün gesprenkelt, eine kupferne, ozeanische Farbe. Sie dachte an sich als Kind mit ihrem Löffel Staub, aber es war nur die Erinnerung daran, wie sie es heute erzählt hatte.

Mitten in der Nacht wachte sie schweißgebadet auf. Da draußen ist jemand, dachte sie. Dann verblasste dieser Eindruck wieder. Sie suchte ihre Sachen zusammen und packte alles ins Auto. Das tat sie in großer Hast, dann fuhr sie schnell zu Jeans Haus. Sie parkte davor und schaltete die Scheinwerfer aus. Nach kurzer Zeit erschien Gwendal. Sie trug ein scheußliches Kleid und hatte einen Koffer dabei. Eine Gesichtshälfte war zerknittert, als hätte sie, bevor sie aufgewacht war, sehr tief geschlafen. »Wohin zuerst?«, fragte Gwendal.

Zuerst machten sie Folgendes: Sie fuhren zum Kloster, um einen Hund zu stehlen. Gloria vermutete, dass eine tödliche Krankheit sie mehr oder weniger unsichtbar machte, und so schien es zu sein. Sie fuhr direkt bei dem Zwinger vor, ging hinein und kam mit einem Hund wieder heraus. Sie setzte ihn auf den Rücksitz, und sie fuhren los.

»Wir meiden den Highway«, sagte Gloria. »Wir halten uns an die Landstraßen.«

»Von mir aus«, sagte Gwendal.

Beide schwiegen eine ganze Weile, bis Gwendal fragte: »Würdest du sagen, er ist hübsch und weiß das auch?«

»Er ist ein Hund«, erwiderte Gloria. Gwendal war wirklich schwer durcheinander. Schlimmer als ihre Mutter, dachte Gloria.

Sie hielten bei einem Diner und frühstückten. Dann gingen sie in einen Laden und kauften Notizbücher, Stifte, Hundefutter und Gin. Sie kauften Sonnenbrillen. Inzwischen war es heller Tag. Sie fuhren bis in die Dämmerung hinein. Von Jeans Haus waren sie schon ziemlich weit entfernt. Jean tat Gloria leid. Sie wusste gern alle um sich, auch die komische kleine Gwendal, und jetzt war sie nicht mehr da.

Gwendal war eingeschlafen. Plötzlich wachte sie auf. »Willst du wissen, was ich geträumt habe?«, fragte sie.

»Unbedingt«, antwortete Gloria.

»Irgendjemand – nicht du – hat zu mir gesagt, ich soll dieses komische Tier nicht anfassen – nicht er«, sagte Gwendal und deutete auf den Hund. »Jedes Mal, wenn ich es gestreichelt habe, biss es mir ein Stück von meinem Arm oder meiner Brust ab. Und ich die ganze Zeit nur so: ›Wie süß!‹, und musste es weiterstreicheln.«

»Oha«, meinte Gloria. Sie wusste nicht, was sie darauf sagen sollte.

»Erzähl mir einen Traum von dir«, sagte Gwendal gähnend.

»In letzter Zeit habe ich nichts geträumt«, erwiderte Gloria.

»Das ist nicht gut«, sagte Gwendal. »Es ist ein Zeichen mangelnder Fantasie. Oder Bereitschaft – mangelnder Bereitschaft vielleicht. Na gut, die Träume kann ich später noch einfügen, keine Sorge.« Sie suchte sich einen Stift aus und schlug das Notizbuch auf. »Okay«, sagte sie. »Verheiratet?«

»Nein.«

»Kinder?«

»Nein.«

»Allergien?«

Gloria sah sie an.

»Sollen wir am Anfang beginnen oder mit der großen Überraschung und uns von da zurückarbeiten?«, fragte Gwendal.

Sie hatten die Außenbezirke einer Stadt erreicht und hielten an einer Ampel. Gloria sah unentwegt geradeaus. Anfänge, sie erinnerte sich an keine Anfänge.

»Ey!«, rief jemand. »Ey!«

Sie blickte nach links zu einem ramponierten Auto voller junger Männer. Einer warf eine Bierdose nach ihr. Sie prallte an der Wagentür ab, und die jungen Leute rasten laut johlend davon.

»Jeder weiß, dass man nicht hingucken darf, wenn einer ›Ey‹ ruft«, sagte Gwendal.

»Lass uns hier übernachten«, sagte Gloria.

»Wie geht es dir?«, fragte Gwendal – nicht allzu besorgt, wie Gloria fand.

Sie hielten beim ersten Motel, das sie sahen. Gloria fütterte den Hund und nahm einen Drink, während

Gwendal auf dem Bett herumhüpfte. Der Hund wirkte sehr umgänglich. Er trank aus der Kloschüssel und nagte friedlich am Bettgestell. In einem menschenleeren Restaurant aßen Gloria und Gwendal Pfannkuchen und schlenderten dann um einen Swimmingpool herum, über den eine schmutzige Plastikabdeckung gebreitet war. Wieder in ihrem Zimmer legte Gloria sich auf das eine Bett, Gwendal setzte sich auf das andere.

»Soll ich dir die Nägel lackieren oder die Haare machen?«, fragte Gwendal.

»Nein«, antwortete Gloria. Ihr fiel ein hässlicher Gedanke ein, der ihr mal gekommen war, ein sehr hässlicher Gedanke. Soweit sie wusste, hatte er jedoch keinen Schaden angerichtet.

»Ich wüsste auch gar nicht, wie ich dir die Haare machen sollte«, sagte Gwendal.

Mit etwas Training, dachte Gloria, würde sich dieses Kind zur Leichenbestatterin eignen.

In dieser Nacht träumte Gloria. Sie träumte, sie gehe auf die Beerdigung einer Frau, für die sie sich nie interessiert hatte. Ihre Anwesenheit war überflüssig. Sie stand in einer Gruppe von Leuten und kam sich vor wie eine Verbrecherin, der man noch nicht auf die Schliche gekommen war, aber gleichzeitig fühlte sie sich ausersehen, gerade weil sie nicht dort sein sollte. Dann lag sie über der Öffnung einer Zementröhre.

Sie erwachte voller Erleichterung, zumal sie wusste, dass sie diesen Traum sofort vergessen würde. Es war wieder Morgen. Gwendal war draußen an dem unansehnlichen Swimmingpool und schrieb in ihr Notizbuch.

»*Das also war damals das Glück*«, sagte sie und kritzelte weiter.

»Wo ist der Hund?«, fragte Gloria. »Ist er nicht bei dir?«

»Weiß ich nicht«, sagte Gwendal. »Ich habe ihn rausgelassen, und er ist irgendwohin abgehauen.«

»Was soll das heißen!«, sagte Gloria. Sie rannte ins Zimmer, dann zum Wagen, lief über den asphaltierten Parkplatz und um das Motel herum. Gloria hatte keinen Namen, mit dem sie den Hund hätte rufen können. Er war weggelaufen, ohne je ihr Hund gewesen zu sein. Sie verfrachtete Gwendal ins Auto, und sie suchten die Straßen rund um das Motel ab. Ängstlich spähte sie zu schwarzen Haufen auf dem Seitenstreifen und im vermüllten Gras, aber es waren bloß Reifen, Lumpen, Reifen. Autos rauschten vorbei. Auf dem Mittelstreifen standen in regelmäßigen Abständen abgestorbene Bäume. Der Hund war nirgends zu entdecken. Gloria funkelte Gwendal zornig an.

»Es war ein Versehen«, sagte Gwendal.

»Du hast so deine eigenen Vorstellungen, wie das hier laufen soll, ja?«

»Er hat irgendwie abgelenkt«, meinte Gwendal.

Glorias Kopf schmerzte. In der Wüste, kurz bevor sie hergeflogen war, hatte sie ihren kleinen Winter erlebt. Ihr Herz hatte geklopft wie eine Faust an eine Tür. Aber es war falsch, alles ganz falsch, schließlich hatte sie es überlebt.

Gwendal hielt das verhasste Notizbuch auf dem Schoß. Es hatte einen schwarz marmorierten Einband, auf dem das Wort *Aufsatz* stand. »Jetzt können wir anfangen«, sagte sie. »Jetzt oder nie. Lieblingsfarbe?«, fragte sie. »Lieblingstitelmelodie aus dem Fernsehen?« Eine blaue Kinderhaarspange steckte schief in ihren Haaren und entblößte einen Teil ihres großen, blassen Ohrläppchens.

Gloria würde nicht mit ihr sprechen.

Nach einer Weile sagte Gwendal: *»Ihnen war nicht bewusst, dass der Flüchtige unter ihnen war.«* Das schrieb sie auf. Gwendal kritzelte den ganzen Tag in ihrem Notizbuch und bat Gloria, ihr ein neues zu kaufen. Manchmal nannte sie Glorias drohendes Leiden das große Abenteuer.

Gloria war zerstreut. Die Zeit verging, und sie fuhr, konnte sich aber kaum erinnern, durch welche Orte sie gekommen waren. »Heute Abend muss ich früher Halt machen«, sagte sie.

Das Motel, bei dem sie am späten Nachmittag hielten, war dem vom Vortag ziemlich ähnlich. Es hieß

Motel Lark. Gloria legte sich auf das eine Bett, Gwendal setzte sich auf das andere. Gloria wünschte, sie hätte einen Hund. Ein Hund würde einen Fremden nicht hereinlassen, dachte sie wehmütig. Gwendal dagegen würde es im Handumdrehen tun.

»Wir sollten miteinander reden können«, sagte Gwendal.

»Warum sollten wir reden?«, entgegnete Gloria. »Dafür gibt's keinen Grund.«

»Dein Problem ist, dass du nicht offen bist. Du willst nichts preisgeben. Es ist schwer, sich ganz allein vorzustellen, was real ist, weißt du.«

»Ist es nicht!«, sagte Gloria hitzig. Sie zankten wie ein altes Ehepaar.

»Das hat doch alles keinen Sinn«, sagte Gloria. »Es ist verrückt. Wir sollten deine Mutter anrufen.«

»Ich gebe dir noch ein paar Tage, aber es stimmt«, erwiderte Gwendal. »Ich dachte, es wäre eine mystischere Erfahrung. Ich dachte, du würdest mir was erzählen. Aber du kennst dich nicht mal mit Make-up aus. Ich wette, du weißt nicht mal, wie man den Ölstand in dem Wagen da kontrolliert. Ich hab nie gesehen, wie du das machst.«

»Ich weiß, wie man den Ölstand kontrolliert«, sagte Gloria.

»Und wie ist es mit der Elektronik? Könntest du es reparieren, wenn was mit der Elektronik wäre?«

»Nein!«, schrie Gloria.

Gwendal schwieg. Sie starrte auf ihre dicken Knie.

»Ich nehme jetzt ein Bad«, sagte Gloria.

Sie ging ins Badezimmer und schloss die Tür. Die Kacheln waren türkis, der Badewannenstöpsel hing an einer Kette. Das ist also das Motel Lark, dachte sie. Sie steckte den Gummistöpsel in den Ausguss und ließ Wasser ein. Einige Kacheln fehlten, an der Wand war noch der graue Klebstoff zu sehen. Sie wollte etwas sagen, aber das war es auch nicht. Sie wollte gar nichts sagen. Sie wollte etwas begreifen, das sie nicht sagen konnte. Sie hörte eine Stimme im Schlafzimmer, es war wohl Gwendals. Gloria legte sich in die Badewanne. Das Wasser war nicht so warm, wie sie erwartet hatte. *Dein Schweigen kann mich nicht abschrecken, Gloria*, sagte die Stimme. Sie drehte den Warmwasserhahn auf, aber das Wasser kam kalt heraus. Wenn sie es laufen ließ, würde es vielleicht warm werden, dachte sie. Das behauptet man ja. Oder das wars jetzt.

IM ZUG

Innen war der Autozug violett. Das gefiel beiden kleinen Mädchen, weil es ihre Lieblingsfarbe war. Violett war so ungefähr das Einzige, worüber sie einer Meinung waren. Danica Anderson und Jane Muirhead waren zehn Jahre alt. Von Maine nach Washington D.C. waren sie mit Janes Eltern im Auto gefahren, und nun waren sie mit Janes Eltern, 109 anderen Leuten und 42 Autos im Zug nach Florida unterwegs, wo sie wohnten. Es war September. Danica war seit Juni bei Jane. Danicas Mutter hatte wieder geheiratet und die Sommermonate gebraucht, um sich einzurichten und für Dan alles schön zu haben, wenn sie sich im September wiedersahen. Im August hatte Dans Mutter ihr geschrieben und gefragt, was sie tun könne, um es ihr schön zu machen. Dan hatte geantwortet, sie hätte gern einen guten Bleistiftanspitzer zum Aufhängen und Satinbettwäsche. Und Cowboy-Brot zum Abendessen. Dan vermutete, dass sie nichts davon bekommen würde. Ihre Mutter hatte nicht einmal gefragt, was Cowboy-Brot sei.

Die Mädchen erkundeten den ganzen Zug von Norden nach Süden. Sie begegneten allen außer dem Lokführer. Dann setzten sie sich auf ihre violetten Sitzplätze. Jane schnitt Grimassen für einen niedlichen kleinen Jungen mit einem Stoffkaninchen im Arm, bis er zu weinen anfing. Dan holte ihr Schreibzeug hervor und begann, Jim Anderson zu schreiben. Sie schrieb ihm eine Postkarte.

Jim, schrieb sie, *Du fehlst mir, aber wir sehen uns ganz bald. Wenn wir uns wiedersehen, gehen wir schwimmen.*

»Das ist ja ein Gekrakel«, sagte Jane. »Alles ganz zusammengequetscht. Wenn du jemand anderem als einem Hund schreiben würdest, könnte der das niemals entziffern.«

Dan setzte ihren Namen unten auf die Karte und verschönerte ihn mit vielen Herzchen und Kussmündern.

»Jim Anderson zu schreiben ist auf ungefähr zwölf verschiedene Arten bescheuert. Er ist ein *Golden Retriever*, Herrgott.«

Dan sah ihre Freundin nachsichtig an. Sie war es gewohnt, dass Jane sie anschrie, dass sie ihren Abscheu und Ärger bekundete. Jane hatte früher in Manhattan gelebt und gewisse Attitüden entwickelt. Sie war eine Kostbarkeit aus der Stadt New York, gegenwärtig ausgeliehen an den Bundesstaat Florida, wo ihr Vater seit zwei Jahren damit befasst war, eine tadellose Investition in einen Jachthafen und ein Erlebnisrestaurant den Bach runtergehen zu lassen. Jane band sich gerne Tücher um den Kopf. Sie behauptete, Trauben mit braunem Zucker und Schmand zum Nachtisch lieber zu mögen als Eiscreme und Plätzchen. Sie mochte Artischocken. Sie *liebte* Artischocken. Sie *liebte* die Stelle in der *Nussknacker-Suite* des New York City Ballet, wo die Tautropfen und kandierten Rosenblüten den »Blumenwalzer« tanzen. Jane hatte den *Nussknacker* viermal gesehen, Herrgott.

Dan und Jane und Janes Eltern hatten den ganzen Sommer bei Janes Großmutter in deren großem Haus in Maine verbracht. Die Mädchen hatten die Muirheads nicht allzu oft zu Gesicht bekommen. Die Muirheads waren immer »auf Achse«. Immer »beim Buchtenhopping«, wie sie das nannten. Was immer das heißen sollte, sagte Jane, Herrgott. Das Haus von Janes Großmutter lag am Meer, und die Großmutter konnte Pizza backen – sie nannte sie *'za* – und Süßigkeiten herstellen und Kanu fahren. Sie sang Kirchenlieder. Sie nähte ihnen Pailletten auf ihre Jeans und bestand auf einem Tischgebet vorm Abendessen. Nach dem Tischgebet bat Janes Großmutter um Vergebung für das, was man getan oder nicht getan hatte. Auf Wunsch legte sie sich abends dazu und plauderte mit ihnen, bis sie einschliefen. Jane war verrückt nach ihrer Großmutter und in ihrer Gegenwart ein ziemlich nettes Mädchen. Eines Nachts gegen Ende des Sommers träumte Jane, dass Männer in schwarzen Anzügen und weißen Badekappen bei ihrer Großmutter einbrechen, ihre ganzen Sachen stehlen und auf die Straße stellen. In Janes Traum regnete es auf die Sachen ihrer Großmutter. Jane wachte weinend auf. Dan hatte auch geweint. Jane und Dan waren Freundinnen.

Der Zug stand noch im Bahnhof, obwohl es zwei Stunden nach der ursprünglichen Abfahrtszeit war. Gerade war gemeldet worden, dass zwei Stunden Verspätung im Fahrplan einkalkuliert seien.

»Die Verspätung holen sie nachts wieder auf«, sagte Jane. Sie nahm Dan die Postkarte aus der Hand. »Die ist gut«, sagte sie. »Ich glaube, die schickst du Jim Anderson nur, damit du sie behalten kannst.« Sie las laut vor: »Das ist ein Foto vom Phantom Dream Car, das vor einer jubelnden Menge im Cow Palace in San Francisco eine Barriere aus brennenden Fernsehern durchbricht.«

Am Anfang des Sommers hatte Dans Mutter ihr hundert Dollar, vier Packungen neue Unterwäsche und drei Dutzend frankierte Postkarten mitgegeben. Die meisten Karten hatten kein Motiv, aber auf einigen waren kuriose Bilder. Dans Mutter wollte den ganzen Sommer über zweimal wöchentlich von ihr hören. Sie hatte einen Mann namens Jake geheiratet, einen Zimmermann. Jake hatte bereits mehrere Bücherregale für Dan gebaut. Das schien so ungefähr alles zu sein, was er für sie zu tun in der Lage war.

»Ich habe nur noch drei übrig«, sagte Dan, »aber zu Hause will ich eine eigene Sammlung anfangen.«

»Die Phase habe ich hinter mir«, sagte Jane. »Ist nur eine Phase. Ich glaube, du bist keine besondere Briefschreiberin. Du hast geschrieben: ›Ich habe einen Sonnenbrand. Deine Dan‹ … ›Ich habe ein grünes Frisbee gekauft. Deine Dan‹ … ›Mrs Muirhead hat Ohrenschmerzen vom Schwimmen. Deine Dan‹ … ›Mr Muirhead hat sich beim Wasserski eine Rippe gebrochen. Deine Dan‹ … Wenn man Leuten schreibt, sollte man was zu sagen haben, Herrgott.«

Dan gab keine Antwort. Sie war schon lange mit Jane befreundet und deren überschäumendes Temperament, wie Janes Mutter es nannte, allmählich leid.

Jane schlug Dan auf den Rücken und brüllte: »Danica Anderson! Was hat ein Trampel wie du auf so einer fantastischen Reise zu suchen!«

Als der Zug sich in Bewegung setzte, machten die beiden sich auf den Weg zur Starlight Lounge in Wagen 7, wo sich die Muirheads ein paar Cocktails genehmigen wollten. In dem Wagen, wo der Zauberer sein Publikum unterhielt, warteten sie ein wenig ab und sahen zu, wie er den Trick mit der magischen

Seide vorführte, den mit dem zerschnittenen und wieder ganzen Taschentuch, mit dem verhexten Salzstreuer und dem sich auflösenden Vierteldollar. Das Publikum, hauptsächlich Rentner, quietschte vor Vergnügen.

»Die Tricks finde ich okay«, flüsterte Jane Dan zu, »aber das Geplapper macht mich wahnsinnig.«

Der Zauberer war ein junger Mann mit einem sommersprossigen Pferdegesicht. Er zeigte eine Menge Kartentricks. Immer wieder nannte er die Karte, die Leute aus einem neu gemischten Kartenspiel zogen. Jedes Mal, wenn der Zauberer richtig riet, sah sein Gehilfe aus dem Publikum verblüfft und begeistert drein. Jane und Dan gingen weiter.

»Man sucht sie sich in echt gar nicht aus«, sagte Jane. »Das denkt man nur. Er macht das alles mit seinem kleinen Finger.« Sie schob Dan in die Starlight Lounge, wo Mrs Muirhead auf einer Polsterbank saß und zum Fenster hinausstarrte, an dem langsam ein Schuppen und ein verwilderter Strauch vorbeizogen. Sie trank einen Martini. Mr Muirhead saß einige Tische weiter und unterhielt sich mit einem jungen Mann in Jeans und einem gelben Sakko. Jane setzte sich nicht. »Mummy«, sagte sie, »kann ich deine Olive haben?«

»Absolut nicht«, sagte Mrs Muirhead. »Die ist mit Gin vollgesogen.«

Jane ging mit Dan im Schlepptau zu ihrem Vater. »Daddy«, fragte Jane, »warum sitzt du nicht bei Mummy? Habt ihr Streit?«

Dan wunderte sich über die Frage. Mr und Mrs Muirhead stritten sich ununterbrochen und so erbittert wie Vipern. Ihre Auseinandersetzungen waren grotesk, pompös, ließen jedoch, obwohl oft ungewöhnlich, nie tief blicken. Beim Frühstück stritten sie sich über einen Zwischenfall auf einer Cocktailparty am Vorabend oder eine dumme Bemerkung von vor fünfzehn Jahren. Beim Abendessen beklagten sie mit vielen Verunglimpfungen das Schicksal, das sie einander ausgeliefert hatte. Nachsicht, Barmherzigkeit und Gemeinschaftsgeist waren ihnen unbekannt. Sie waren Widersacher reinsten Wassers. Dan war überzeugt, dass Jane eines Vormittags aus dem Klassenzimmer gerufen werden würde, um von Mr Mooney, dem Schulrektor, so schonend wie möglich beigebracht zu bekommen, dass ihre Eltern sich das Hirn zu Brei geschlagen und über die Veranda verspritzt hatten.

Mr Muirhead sah die Kinder kummervoll an und berührte Janes Wange.

»Ich sitze nicht bei deiner Mutter, weil ich mit diesem jungen Mann hier sitze. Wir führen ein hochinteressantes Gespräch.«

»Warum sprichst du immer mit jungen Männern?«, fragte Jane.

»Jane, Liebes«, sagte Mr Muirhead, »das will ich dir sagen.« Er trank einen Schluck und seufzte. Dann beugte er sich vor und meinte ernst: »Ich spreche mit so vielen jungen Männern, weil deine Mutter mich nicht mit jungen Frauen sprechen lässt.« Er blieb einen Moment so gekrümmt sitzen, tätschelte Jane die Wange und lehnte sich dann zurück.

Der junge Mann förderte eine Zigarette aus seinem Sakko zutage und zögerte. Mr Muirhead gab ihm ein Streichholzheftchen. »Er ist Fahrzeugillustrator«, sagte Mr Muirhead.

Der junge Mann nickte. »Bauchbinden. Perlen und Flocken. Flammen. Alles auf Wunsch.«

Mr Muirhead lächelte. Er wirkte jetzt fröhlicher. Mr Muirhead liebte Unterhaltungen. Er liebte es, Menschen »aus sich herauszuholen«. Dan vermutete, dass Jane diesen sympathischen Zug von ihrem Vater übernommen und zu etwas viel zu Persönlichem pervertiert hatte.

»Ich wette, Sie haben selbst einen Sportwagen«, sagte Jane.

»Du hast ja so-o-o recht«, sagte der junge Mann. Er streckte die Hand aus, an der ein großer protziger Stein in einer offenbar goldenen Fassung blitzte. »Dieselbe Farbe wie dieser Ring«, sagte er.

Erwachsene konnten Dan immer noch beeindrucken. Ihre rätselhaften, flüchtigen Sprachbilder hatten immer noch die Macht, sie zu faszinieren und zu verstören, doch Jane war an dem jungen Mann offenbar nicht interessiert. Sie erwartete viel vom Leben. Sie hatte hohe Ansprüche, wenn sie wollte. Mr Muirhead bestellte Ginger-Ale für die Mädchen und noch eine Runde für den jungen Mann und sich selbst. Mitunter hielt der Zug unerklärlicherweise an und fuhr sogar rückwärts, sodass sie ein zweites Mal an unbekannten Anblicken vorbeikamen. Dieselbe grüne Weide mit schräg einfallendem Licht, dieselbe Reihe Schindelhäuser, alle mit heruntergelassenen Jalousien gegen die Hitze, dieselben Boote auf ihren Anhängern, die auf dem Trockenen standen. Unter einem spektakulären Gewittersturm mit Blitz und Donner ging der Mond auf. Die Leute ringsum machten Bemerkungen darüber. Nahe am Zug flogen schimmernd dunkle Vögel über eine Staubstraße hinweg.

»Vögel sind nur fliegende Reptilien, das ist euch sicher allen bekannt«, sagte Jane unvermittelt.

»Was für eine grässliche Vorstellung!«, sagte Mr Muirhead. Sein Gesicht war ein wenig schlaff geworden, sein Haar leicht zerzaust.

»Ist so, ist so«, sang Jane. »Traurig, aber wahr.«

»Du meinst, wie Eidechsen und Schlangen?«, fragte der junge Mann. Er schnaubte und schüttelte den Kopf.

»Aber doch auf jeden Fall *bessere* Reptilien«, sagte

Mr Muirhead, der jetzt etwas von seinem Zeit- und Ortssinn wiedergewann.

Dan fühlte sich plötzlich einsam. Heimweh war es nicht, obwohl sie in diesem Augenblick viel darum gegeben hätte, mit Jim Anderson in ihrem kleinen Aluminiumboot auf Entdeckungstour zu gehen. Doch sie würde ja nicht mehr an dem Ort leben, den sie als Zuhause kannte. Die Stadt war dieselbe, die Adresse aber eine andere. Das Haus, in dem sie ein kleines Baby gewesen war und ihr ganzes Leben lang gelebt hatte, gehörte jetzt fremden Leuten. Im Sommer hatten ihre Mutter und Jake ein neues Haus gekauft, das Jake herrichten wollte.

»Reptilien haben Schuppen«, sagte der junge Mann, »oder sie sind lang und glitschig.«

Dan war zum Heulen zumute. Sie spürte, wie es ihr von hinten auf die Augen drückte wie Hefeteig. Sie war von Fremden umringt, die verrücktes Zeug redeten. Selbst ihre Mutter sagte oft verrückte Dinge in vernünftigem Ton, deshalb wusste Dan, dass auch sie eine Fremde war. Dans Mutter erzählte Dan alles. Ihre Mutter sagte ihr, sie müsse sich keine Sorgen machen, dass sie Brüder oder Schwestern bekommen würde. Ihre Mutter erörterte die spezielle Beschaffenheit des Problems mit ihr. Die Hälfte von dem, was sie ihr erzählte, wollte Dan gar nicht wissen. Es würde keine Brüder und Schwestern geben. Es würde Dan und ihre Mutter und Jake geben, sie würden zusammen zu Hause herumhocken, einander in tiefer Liebe verbunden, würden ein schönes gemeinsames Leben führen und keine Fehler machen.

Dan entschuldigte sich und machte sich auf den Weg zur Toilette eine Ebene darunter. Mrs Muirhead rief sie zu sich, als sie näher kam, und reichte ihr ein zusammengefaltetes Blatt Papier. »Wärst du so nett, das hier Mr Muirhead zu geben?«, sagte sie. Dan kehrte um, gab Mr Muirhead den Zettel und ging dann zur Toilette hinunter. Sie setzte sich auf das kleine Klo und weinte, während der Zug weiterzuckelte.

Nach einer Weile ertönte Janes Stimme: »Ich hör dich da drinnen, Danica Anderson. Was ist los mit dir?«

Dan sagte nichts.

»Ich weiß, dass du's bist«, sagte Jane.

Dan putzte sich die Nase, drückte die Spülung und sagte: »Was stand auf dem Zettel?«

»Weiß ich nicht«, erwiderte Jane. »Daddy hat ihn aufgegessen.«

»Aufgegessen!«, rief Dan. Sie öffnete die Kabinentür und ging zum Waschbecken, wusch sich die Hände und spritzte sich Wasser ins Gesicht. Sie musste kichern. »Das hat er getan?«

»Die spinnen alle in dieser Starlight Lounge da«,

sagte Jane und bearbeitete ihr Haar mit einer Bürste. Janes Haare waren immer verfilzt, und sie bürstete sie nie gründlich genug. Sie schaute Dan im Spiegel an. »Warum hast du geweint?«

»Ich hab an deine Großmutter gedacht«, sagte Dan. »Sie hat gesagt, dass sie den Weihnachtsbaum mal bis Ostern stehen gelassen hat.«

»Warum hast du an meine Großmutter gedacht!«, schrie Jane.

»Ich hab daran gedacht, wie sie singt«, sagte Dan erschrocken. »Ich finde es schön, wenn sie singt.«

In ihrem Kopf hörte Dan Janes Großmutter von des Todes dunklen Wassern und sinkenden Seelen singen, von Gnadenthronen und dem großen Heiler. Sie hörte die Stimme durch die dünnen Wände des Hauses in Maine steigen und fallen und durch die dunklen Fliegengitter in die Nacht hinausdringen.

»Ich will nicht, dass du an meine Großmutter denkst«, sagte Jane und zwickte Dan in den Arm.

Dan versuchte, nicht an Janes Großmutter zu denken. Einmal hatte Dan gesehen, wie sie gestürzt war, als sie aus dem Wasser kam. Der Strand war steinig, die Steine rund, glatt und schlüpfrig. Janes Großmutter hatte sich den Arm aufgeschürft.

Die Mädchen traten in den Gang und sahen Mrs Muirhead dort stehen. Mrs Muirhead war tief gebräunt. Sie hatte ihre Haare auf dem Kopf zusammengeschlungen, und in ihrem linken Ohr steckte ein Wattebausch. Zu dritt standen sie da, im Fahrtrhythmus des Zuges schwankend und aneinanderstoßend.

»Mein Ohr bringt mich noch um«, sagte Mrs Muirhead. »Ich glaube, da ist was, von dem man mir nichts sagt. Es knistert und klickt andauernd. Als würde ein Vogel da drinnen Samen knacken.« Sie fasste sich zwischen Backenknochen und Ohr. »Ich finde, der Arzt, bei dem ich war, sollte seine Zulassung verlieren. Er sah gut aus und wirkte kompetent, ja, aber bei meinem letzten Termin hat er gerade mein Ohr ausgesaugt, da kam seine Sekretärin rein und hat ihn was gefragt, und dann hat sie ihm die Hand in den Nacken gelegt. Sie hat seinen Nacken gestreichelt, die Sekretärin! Während ich dasaß und das Ohr ausgesaugt bekam!« Mrs Muirheads Wangen waren gerötet.

Sie blickten alle drei aus dem Fenster. Bestimmt sauste der Zug nur so dahin, aber obwohl die Dinge draußen im Nu entschwanden, schienen sie sich langsam zu bewegen. Unter einer Laterne trat ein Mann gegen seinen Pick-up.

»Ich mag keine Züge«, sagte Mrs Muirhead. »Ich finde sie deprimierend.«

»Das kommt vom Sauerstoffmangel«, sagte Jane, »weil man die Luft mit so vielen Leuten teilen muss.«

»Du bist so ein Snob, Liebes.« Mrs Muirhead seufzte.

»Wir essen jetzt zu Abend«, sagte Jane.

»Abendessen«, sagte Mrs Muirhead. »Bah.«

Die Kinder ließen sie am Fenster zurück, eine unglückliche hübsche Frau in einem grünen Kleid, auf dem eine Reihe Frösche herumtanzte.

Der Speisewagen war fast voll. In den Fensterscheiben spiegelten sich die Essenden. Die Landschaft war nur schwach zu erkennen, und der Zug eilte durch sie hindurch.

Jane lotste sie zu einem Tisch, an dem ein Mann und eine Frau sich schweigend mit ihrem Essen abquälten.

»Ich heiße Crystal«, stellte Jane sich vor, »und das ist meine Zwillingsschwester Clara.«

»Clara!«, entfuhr es Dan. Jane erfand andauernd öde Namen für sie.

»Wir waren Drillinge«, fuhr Jane fort, »aber der Dritte ist bei der Geburt gestorben. Hatte die Nabelschnur um den Hals gewickelt oder so ähnlich.«

Die Frau sah Jane an und lächelte.

»Was machen Sie beruflich?«, beharrte Jane munter.

Schweigen. Die Frau lächelte weiter; dann sagte der Mann: »Ich mache nichts, ich muss nicht arbeiten. Ich wurde bei einem Unfall in Friedenszeiten verwundet und kam in ein Lazarett, wo man eine Dreiviertelstunde lang versucht hat, mich wiederzubeleben. Dann hat man aufgegeben. Man dachte, ich sei tot. Vier Stunden später bin ich in der Leichenhalle aufgewacht. Ich bekomme eine gute Pension von der Armee.« Er schob seinen Stuhl zurück und ging.

Dan sah ihm verblüfft nach, ein kaltes Brötchen in der Hand, das sie schon halb zum Mund geführt hatte. »War Ihr Mann wirklich so lange tot?«, fragte sie.

»Mein Mann, ha!«, erwiderte die Frau. »Vor der Platzierung hier um halb sieben hab ich den noch nie gesehen.«

»Ich wette, Sie sind berufstätig und halten nichts von Männern«, sagte Jane verschlagen.

»Crystal, wie hast du das nur erraten? Stimmt, Männer sind eine kollektive Halluzination von Frauen. So wie eine Gruppe von Spinnern, die sich auf einem Hügel versammeln und fliegende Untertassen sehen.« Die Frau stocherte in ihrem Hühnchen.

Jane wirkte überrascht und sagte dann: »Mein Vater ist mal von Kopf bis Fuß in Alufolie eingewickelt auf ein Kostümfest gegangen.«

»Eine Kasserolle«, riet die Frau.

»Nein! Ein Raumfahrer, ein außerirdischer Astronaut!«

Dan kicherte, als sie an Mr Muirheads Auftritt zurückdachte. Sie hatte den Eindruck, dass Jane in dieser Frau jemanden gefunden hatte, der es mit ihr aufnehmen konnte.

»Was machen Sie, was sind Sie?« Jane schrie fast. »Sie wollen es uns nicht sagen!«

»Drogen«, sagte die Frau. Die Mädchen schraken zurück. »Ha«, sagte die Frau. »So nennt man Ausgangsstoffe für pflanzliche Arzneimittel. Ich teste Medikamente für Pharmaunternehmen. Und ich führe wissenschaftliche Untersuchungen für einen Parfümhersteller durch. Ich arbeite an der Forschung über menschliche Pheromone mit.«

Jane sah die Frau ausdruckslos an.

»Ich weiß, dass du nicht weißt, was Pheromone sind, Crystal. Ganz einfach ausgedrückt, ist ein Pheromon der Geruch eines Menschen, wegen dem ein anderer etwas Bestimmtes tut oder empfindet. Ein unwiderstehliches Signal.«

Dan dachte an Mangrovenwurzeln und Orangenhaine. An den Gasgeruch, wenn die Zündflamme auf dem Herd von Janes Großmutter erlosch. Sie mochte den Geruch des Atlantiks, wenn das Salzwasser auf der Haut trocknete, und den Geruch von Jim Andersons Fell, wenn er im Regen war. Es gab Gerüche, die einen anzogen, keine Frage.

Jane starrte die Frau an und neigte sich leicht vor.

»Immer mit der Ruhe, Crystal, du bist ja noch ein Kind. Du hast noch gar keinen eigenen Geruch«, sagte die Frau. »Ich teste alles Mögliche. Manchmal gehöre ich zu einer Kontrollgruppe und manchmal nicht. Das weiß man vorher nicht. Wenn man zur Kontrollgruppe gehört, bekommt man ein Placebo. Ein Placebo, Crystal, ist etwas, das nichts ist, aber das weiß man nicht. Man denkt, man bekäme etwas, das einen verändert oder dazu führt, dass es einem besser geht, einen gesünder, attraktiver oder sonst was macht, aber so ist es nicht.«

»Ich weiß, was ein Placebo ist«, murmelte Jane.

»Na, das ist ja fantastisch, Crystal, du bist ein richtiges Wunderkind.« Die Frau nahm ein Buch aus ihrer Handtasche und begann darin zu lesen. Das Buch hatte einen Schutzumschlag aus Jeansstoff, der den Titel verdeckte.

»Ha!«, sagte Jane, die schnell aufstand und ein Glas Wasser umzustoßen versuchte. »Ich heiße gar nicht Crystal!«

Dan packte das Glas, bevor es umfiel, und eilte Jane nach. Sie gingen in die Starlight Lounge zurück. Mr Muirhead saß jetzt mit einem anderen jungen Mann zusammen. Dieser hatte einen blonden Bart und ein gelehrtes Auftreten.

»Ach, was für eine wunderbare Reise!«, sagte Mr Muirhead überschwänglich. »Die wunderbaren Leute, denen man dabei begegnet! Dies ist ein ganz faszinierender junger Mann. Ein Schriftsteller. War schon überall. Er arbeitet an einem Buch über die Friedhöfe unserer Welt. Ist das nicht ein tolles Thema?

Ich hab ihm gesagt, wenn er mal in unserer Stadt ist, soll er zu uns ins Restaurant kommen, dann spendier ich ihm ein paar Steinkrabbenscheren.«

»Hallo«, sagte der junge Mann zu den Mädchen.

»Wir sprachen gerade vom Père Lachaise, dem sagenhaften Pariser Friedhof«, sagte Mr Muirhead. »So melancholisch. So erhaben und romantisch. Deine Mutter und ich, Jane, haben ihn besucht, als wir in Paris waren. Wir sind da an einem strahlend frischen Herbsttag spazieren gegangen. Die Sehnsüchte des menschlichen Herzens kennen keine Grenzen, meine Lieben. Die verworrenen Geheimnisse in einem menschlichen Herzen sind zahllos. Père Lachaise war eine sehr bewegende Erfahrung. Und unterwegs hat deine Mutter mich angeschrien, Jane. Weißt du, warum, mein Engel? Sie hat mich angeschrien, weil ich in New York das Auto in die Werkstatt an der East Eighty-Fourth Street gebracht hab. Deine Mutter meinte, die Leute von der Werkstatt an der East Eighty-Fourth Street würden den Zündschlüssel nie ganz nach links drehen und die Batterie leer machen. Sie hat gesagt, keine Menschenseele in New York wüsste nicht, dass die Betreiber der Werkstatt an der East Eighty-Fourth Street Idioten seien, die einem immer die Batterie ruinieren. Vor Père Lachaise, meine Lieben, haben dieser junge Mann und ich uns über das Pantheón bei Guanajuato in Mexiko unterhalten. Das Pantheón kenne ich zufällig auch. Deine Mutter wollte Kacheln für den Vorraum haben, darum sind wir nach Mexiko gereist. Du bist bei Mrs Murphy geblieben, Jane. Erinnerst du dich? Mrs Murphy hat dir beigebracht, wie man Eiersalat macht. Jedenfalls ist das Pantheón ein ummauerter Friedhof, nicht unähnlich dem Campo Santo in Genua, aber der Grund, warum alle dahin fahren, sind die Mumien. Irgendwas an der außergewöhnlich trockenen Luft in den Bergen hat die Leichen konserviert, und es gibt ein kleines Mumienmuseum. Das ist natürlich grotesk und hat mir zu denken gegeben. Ich meine, es ist eine Sache zu glauben, wir würden uns alle in einem Paradies unvergänglicher Schönheit versammeln, wie es deine Großmutter glaubt, Schäfchenschnute, und eine andere, wie die Buddhisten zu glauben, dass sich schlummernde Möglichkeiten beim Tod ins Herz zurückziehen, aber nicht vergehen und damit dem Wesen eine Wiedergeburt ermöglichen, und wieder eine andere Sache, wie ein gottverdammter Wissenschaftler an eines der grundlegenden physikalischen Gesetze zu glauben, das besagt, dass keine Energie je verloren geht. Es ist eine Sache, an eines dieser Dinge zu glauben, meine Lieben, aber eine ganz andere, in dem kleinen Museum zu stehen und diese jammervollen Mumien zu sehen. Das Grauen und die Empörung standen ihnen noch ins Gesicht geschrieben. Fast hätte ich aufgeschrien, so stark war mein Eindruck von der

Vergänglichkeit des Daseins. Wir gingen an die frische Luft im Hof, und ich kaufte mir eine Schachtel Zigaretten an einem kleinen Stand, wo es Postkarten, Filme und dergleichen gab. Ich suchte in der Jackentasche nach meinem Feuerzeug, fand es aber nicht. Offenbar hatte ich es verloren. Es war ein sehr gutes Feuerzeug, das deine Mutter mir zu Weihnachten geschenkt hatte, Jane, und deine Mutter stand da und schrie mich an. Ein ganz milder, warmer Regen fiel, und auf den Gehwegen lagen Bougainvilleablüten. Deine Mutter packte mich am Arm und erinnerte mich daran, dass das Feuerzeug ein Geschenk von ihr war. Sie erinnerte mich an den Blazer, den sie mir mal geschenkt hat. Mir war im Kino Butterpopcorn draufgefallen, und den Fleck sieht man heute noch. Sie erinnerte mich an die Hängematte, die sie mir zum vierzigsten Geburtstag geschenkt hat und die ich im Regen vermodern ließ. Sie rief mir die Schultertasche ins Gedächtnis, die sie mir geschenkt hat; die konnte ich allerdings wirklich nicht ausstehen. Irgendwie blieb sie im Garten liegen, und ich habe sie mit dem Rasenmäher zerstückelt. Als wir über Kopfsteinpflaster den Hügel nach Guanajuato hinuntergingen, erinnerte deine Mutter mich an jedes einzelne ihrer Geschenke, die materiellen genauso wie die Geschenke des Herzens. Sie sagte, dass ich sie alle misshandelt und mit Füßen getreten hätte.«

Niemand sagte etwas.

»Dann«, fuhr Mr Muirhead fort, »war da noch der Friedhof von San Cataldo in Italien.«

»Der ist noch nicht fertiggestellt«, warf der junge Mann eilig ein. »Es ist ein visionärer Entwurf des Architekten Aldo Rossi. Ich wollte gerade versuchen, Ihnen das Projekt zu schildern.«

»Eins kann ich Ihnen versichern«, sagte Mr Muirhead. »Wenn er fertig ist und ich mit meiner kleinen Familie Ferien in Italien mache und wir gemeinsam und verängstigt durch die unglückselige Landschaft des Friedhofs von San Cataldo schlendern, wird Janes Mutter mich anschreien.«

»Gut, also, ich muss jetzt gehen«, sagte der junge Mann und stand auf.

»Bis dann«, sagte Mr Muirhead.

»Wurden an dem Stand da wirklich Postkarten von den Mumien verkauft?«, fragte Dan.

»Ja, Engelschein, wirklich«, antwortete Mr Muirhead. »Auf dieser Welt gibt es Postkarten von allem. So ist unsere Welt.«

In der Starlight Lounge wurde es allmählich lärmig. Mrs Muirhead kam den Gang entlang und setzte sich mit einem tiefen Seufzer neben ihren Mann. Mr Muirhead gestikulierte und bewegte stumm die Lippen, als spräche er mit den Mädchen.

»Was?«, sagte Mrs Muirhead.

»Ich habe den Mädchen gerade ein paar Unterschiede zwischen Männern und Frauen erklärt. Männer sind abenteuerlustiger und aggressiver, weil sie ein größeres räumliches und mechanisches Verständnis haben. Frauen sind beständiger, zugewandter und ästhetischer. Männer sehen besser als Frauen, aber Frauen haben ein besseres Gehör«, sagte Mr Muirhead.

»Sehr witzig«, sagte Mrs Muirhead.

Die Mädchen entfernten sich von dem melancholischen Blick, den Mr und Mrs Muirhead aufeinander richteten, wanderten durch die Eisenbahnwaggons und kehrten hin und wieder zu ihren Sitzen zurück, um in den chaotischen Nestern, die sie sich dort bereitet hatten, herumzukramen. Gegen Mitternacht beschlossen sie, noch einmal den Unterhaltungswagen aufzusuchen, wo vorhin Backgammon, Diplomacy, Anagramme, Verrückte Achter und Cluedo gespielt worden war. Die Leute waren immer noch dabei, warfen wahlweise Karo-Königinnen auf den Tisch, bewegten Truppen durch Kleinasien oder beschuldigten Oberst von Gatow, es mit der Rohrzange im Wintergarten getan zu haben. Wenn beim Spielen eine Pause eintrat, wurde über den Unfall gesprochen.

»Was für ein Unfall?«, wollte Jane wissen.

»Der Zug hat ’n Buick erwischt«, sagte ein Mann. »Mitten in der Nacht.« Der Mann hatte große Ohren und eine Tätowierung am Unterarm.

»Es gibt einfach keine guten neuen Spiele«, beschwerte sich eine Frau. »Seit ewigen Zeiten.«

»Bist du eingeschlafen?«, sagte Jane vorwurfsvoll zu Dan.

»Wann kann das passiert sein?«, fragte Dan.

»Wir haben nichts mitbekommen«, sagte Jane empört.

»Zwei Teenager sind unversehrt davongekommen«, sagte der Mann. »Die können künftig darüber lachen. Sie sind jung und dämlich, aber für den Lokführer ist es kein Spaß. Der hat nach so einem Unfall jede Menge Papierkram am Hals. Er wird eine Woche lang nur Formulare ausfüllen.« Die Tätowierung des Mannes lautete *Mom und Dad*.

»Mist«, sagte Jane.

Die Mädchen gingen in den verdunkelten Speisewagen zurück, wo in einem kleinen Fernseher *Superman* lief. Jane schlief sofort ein. Dan sah zu, wie Superman die Erde zurückdrehte, um Lois Lane davor zu bewahren, von Steinschlag verschüttet zu werden. Der Zug sauste an einer Gruppe beleuchteter alter Gebäude vorbei, *Kloakenkönig* stand auf einem Schild. Als der Film endete, wachte Jane auf.

»Als wir noch in New York gewohnt haben«, sagte sie schläfrig, »hab ich eines Nachmittags in der Küche an meinen Hausaufgaben gesessen, und da kam dieses Mädchen rein und setzte sich an den Tisch. Habe ich dir das schon mal erzählt? Es war mitten im Winter, und es schneite. Die kam einfach mit Schnee auf ihrem Mantel in die Küche und setzte sich an den Tisch.«

»Wer war sie?«, fragte Dan.

»Sie war ich, aber alt. Ich meine, ich war um die dreißig oder so.«

»Es war ein Traum«, sagte Dan.

»Das war mitten am Nachmittag, sag ich dir! Ich hab Hausaufgaben gemacht. Sie sagte: ›Du hast nie einen Finger gerührt, um mir zu helfen.‹ Dann wollte sie ein Aspirin.«

Nach einem Augenblick sagte Dan: »Es war wahrscheinlich die Putzfrau.«

»Die Putzfrau! Putzfrau, Herrgott. Was weißt du schon von Putzfrauen!«

Dan spürte, wie sich ihr die Haare sträubten, als würden sie ihr von hinten nach vorne gekämmt, und sie begriff, dass sie wütend war, wütender als den ganzen Sommer über, denn den ganzen Sommer über hatte sie sich nur gedemütigt gefühlt, wenn Jane gemein zu ihr war.

»Pass auf«, sagte Dan. »Sprich nicht mehr so mit mir.«

»Wie sprech ich denn«, sagte Jane kühl.

Dan stand auf und ging weg, als Jane sagte: »Was ich nicht verstehe, ist, wie sie überhaupt reingekommen ist. Mein Vater hatte ungefähr ein Dutzend Schlösser an der Tür.«

Dan saß auf ihrem Sitzplatz in dem ruhigen, dunklen Wagen und sah in die Nacht hinaus. Sie versuchte sich zu erinnern, wie es aussah, wenn der Morgen dämmerte. Dinge tauchten einfach irgendwie auf, glaubte sie zu wissen. Man konnte nichts dagegen tun. Sie dachte an Janes Traum, in dem die Männer mit weißen Badekappen die Sachen ihrer Großmutter aus dem Haus auf die Straße bugsierten. Innen wurde es leer und draußen voll. Selbstmitleid überkam Dan. Sie war allein, ohne Freunde oder Eltern, saß in einem Zug zwischen zwei Orten und machte sich mitten in der Nacht mit einem fremden Traum Angst. Sie stand auf und ging durch die schwankenden Waggons zur Starlight Lounge, um sich ein Glas Wasser zu holen. Nach vier Uhr morgens hieß sie nicht mehr Starlight Lounge. Man bekam dort keine Drinks mehr, und die elektrischen Sterne waren abgeschaltet. Man konnte dann auch nur noch dort sitzen. Mr Muirhead saß dort, allein. Er musste mit den Kellnern auf bestem Fuß stehen, denn er trank eine Bloody Mary.

»Hallo, Dan!«, sagte er.

Dan setzte sich ihm gegenüber. Nach einer Weile sagte sie: »Ich hatte einen sehr schönen Sommer. Danke, dass Sie mich eingeladen haben.«

»Also, das hoffe ich, dass du deinen Sommer genossen hast, Schätzchen«, sagte Mr Muirhead.

»Glauben Sie, Jane und ich werden immer Freundinnen sein?«, fragte Dan.

Mr Muirhead wirkte überrascht. »Keinesfalls. Jane wird keine Freunde haben. Jane wird Ehemänner, Feinde und Anwälte haben.« Geräuschvoll zerbiss er Eis mit seinen weißen Zähnen. »Es freut mich, dass du deinen Sommer genossen hast, Dan, und ich hoffe, du genießt deine Kindheit. Wenn man erwachsen wird, fällt ein Schatten auf einen. Alles ist sonnig, und dann taucht über einem dieser verdammte Flügel oder irgend so was auf.«

»Oh«, sagte Dan.

»Na ja, eigentlich habe ich nur gehört, dass das so sein soll«, sagte Mr Muirhead. »Weißt du, was ich sein will, wenn ich groß bin?« Er wartete darauf, dass sie lächelte. »Wenn ich groß bin, will ich Indianer werden, damit ich meinen Indianernamen benutzen kann.«

»Was für ein Name ist das?«, fragte Dan lächelnd.

»Mein Indianername lautet: Er-reitet-ein-langsames-getreuliches-schwerfälliges-Pferd.«

»Das ist ein schöner Name«, meinte Dan.

»Ja, nicht wahr?«, sagte Mr Muirhead Eis kauend.

Draußen hellte der Himmel sich auf. Zaghaft erblühte das Tageslicht über der Stadt Jacksonville.

Gleichermaßen fiel es auf die Schlachthäuser, Schnellrestaurants und Gerichtsgebäude, auf die Parkplätze, die Palmettopalmen und eine Reklametafel, die Pasteten anpries.

Der Zug fuhr langsam um eine lange Kurve, und wenn Dan an Mr Muirhead vorbei zurückblickte, konnte sie den ganzen Zug sehen. Die Autos mit Plexiglasdach wirkten dunkel und unheimlich im ersten schwachen und hoffnungsvollen Morgenlicht.

Dan holte die letzten drei Postkarten aus ihrer Büchertasche und betrachtete sie. Eine zeigte Thomas Edison unter einem Banyanbaum. Eine zeigte einen kleinen Schuppen aus Teerpappe mitten in der Wüste New Mexicos, wo angeblich die Atombombe erfunden worden war. Eine war eine Ansichtskarte »für Schreibfaule« mit einem Schweinswal vorne drauf, der eine Grapefruit auf dem Kopf balanciert.

»Ah, an die kann ich mich erinnern«, sagte Mr Muirhead und nahm die Karte »für Schreibfaule« in die Hand. »Man kreuzt einfach an, was man sich wünscht.« Laut las er vor: »Bist du: zufrieden () einsam () glücklich () traurig () pleite () im siebten Himmel ().« Mr Muirhead kicherte. Er las: »Ich war brav () böse (). Ich habe den Golf von Mexiko () den Atlantik () die Orangenhaine () interessante Sehenswürdigkeiten () Dich in meinen Träumen () gesehen.«

»Die gefällt mir«, sagte Mr Muirhead kichernd.

»Behalten Sie sie«, sagte Dan. »Ich möchte, dass Sie sie behalten.«

»Du bist ein nettes kleines Mädchen«, sagte Mr Muirhead. Er sah auf sein Glas und dann aus dem Fenster. »Was, glaubst du, stand auf dem Zettel, den Mrs Muirhead dir für mich gegeben hat?«, fragte er. »Glaubst du, da ist mir was entgangen?«

ROST

Lucy beobachtete die Straße, als ein alter Ford Thunderbird in ihre Einfahrt einbog. Den Wagen hatte sie noch nie gesehen, aber am Steuer saß ihr Mann Dwight. Eine von Dwights früheren Freundinnen sprang vom Beifahrersitz und lief zum Haus. Sie hieß Caroline, hatte lockiges Haar und große weiße Zähne, mehr, als normal schien, und Lucy konnte sie von allen Verflossenen Dwights am wenigsten leiden.

»Ich war die Hupe«, sagte Caroline. »Das Auto hat keine, darum war ich die Hupe. Ich hab immer aus dem Fenster gerufen: ›Vorsicht!‹«

»Warst du auch die Bremse oder nur die Hupe«, fragte Lucy.

»Bremsen hat es«, sagte Caroline und entblößte ihre erschreckenden Zähne. Sie ging ins Wohnzimmer und sagte: »Hallo, Teppich.« Sie sprach immer mit dem Teppich. Er stammte aus Mexiko, mit verschiedenfarbigen Vögeln im Flug darauf. Die Vögel hatten alle schmale, weiße Augen. Dwight und Caroline hatten den Teppich aus Yucatán mitgebracht, wo sie vor Jahren zum Schnorcheln gewesen waren. Manche der Buchten waren so beliebt, dass man vor lauter Sonnenöl auf dem Wasser kaum die Fische sehen konnte. Bei Garrafón auf der Isla Mujeres, hatte Dwight Lucy erzählt, habe er aufgeblickt und an die hundert Leute gesehen, die mit dem Gesicht nach unten über den Felsen des Riffs dümpelten, und zwischen ihren Köpfen dümpelte ein weißer Tampon. Caroline hatte damals gesagt: »Das ist widerlich, aber ja wohl ein Scherz.«

Caroline murmelte dem Teppich dies und das zu, um anzugeben, dachte Lucy, obwohl sie nicht auf Spanisch mit ihm sprach, sie konnte gar kein Spanisch. Lucy schaute aus dem Fenster zu Dwight, der in dem Thunderbird saß. Der Wagen war alt, aber neu lackiert, schwarz mit weißem Verdeck, Bullaugen und Radverkleidungen. Dwight wirkte ein wenig groß dafür. Plötzlich stieg er aus und rannte zum Haus, als regnete es, doch da war kein Regen. Es war ein ruhiger Frühlingstag kurz vor Ostern, und die Luft hatte etwas widerlich Schweres an sich. Wenn sie in letzter Zeit von draußen zurückkehrten, hatten sie synthetisches Zeug aus Osternestern mit ins Haus geschleppt, diese künstlichen Füllungen, die pastellfarbene, kräuselige Wolle. Lucy wusste wirklich nicht, woher sie das immer hatten, aber diesmal kam kein Festmüll herein.

Dwight küsste sie heftig, forschend auf den Mund. Neuerdings war es, als probierte er Küsse aus, als versuchte er, sie anzupassen.

»Du wirst mir alles erzählen, nehme ich an«, sagte Lucy.

»Lucy«, sagte Dwight feierlich.

Caroline kam zu ihnen und sagte: »Ich muss los. Ich weiß nicht, wie spät es ist, aber ich wette, ich kann es auf die Minute genau sagen. Das kann ich wirklich«, versicherte sie Lucy. Caroline schloss die Augen. Ihre Zähne schienen allerdings immer noch zu ihnen zu gucken. »Zehn nach fünf«, sagte sie nach einer Weile. Lucy schaute auf die Uhr an der Wand, die zehn Minuten nach fünf anzeigte. Sie zuckte die Achseln.

»Das Auto ist ein richtiger Hingucker«, sagte Caroline und drückte Dwight ein wenig. »Findest du nicht?«, sagte sie zu Lucy. »Dein Dwight ist seit Tagen hinter ihm her.«

»Ich habe es meinem Nächsten abgekauft«, sagte Dwight.

Lucy sah es ungerührt an. Sie geriet nicht schnell in Aufregung.

»Letzte Woche war ich im Aquarium, mir die Fische angucken«, setzte Dwight an.

»Ach, dieses Aquarium«, sagte Lucy.

Im Aquarium war ein neugeborenes Robbenbaby

eingeschläfert worden, weil es für Kinderaugen zu hässlich war. Man hatte es zu unansehnlich gefunden, also weg mit ihm. Lucy nahm Anstoß an dem Aquarium. »Ich mag Fische«, hatte Dwight gesagt, als Lucy ihn fragte, warum er so viel Zeit dort verbrachte. »Männer mögen Fische.«

»Und als ich auf den Parkplatz kam, stand neben unserem Wagen dieser kleine Thunderbird, und hinter dem Steuer saß ein Toter.«

»Ist das nicht unglaublich?«, rief Caroline.

»Ich habe ihn als Erster entdeckt«, sagte Dwight. »Ich bin kein Experte, aber der Mann war tot.«

»Wie hat der Tote ausgesehen?«, fragte Lucy Dwight. Er dachte kurz nach und sagte dann: »Er sah aus wie jemand vom Film. Mit einem großen Kopf.«

»Jedenfalls«, sagte Lucy ein wenig ungeduldig.

»Jedenfalls«, sagte Dwight, »sprang dieser Wagen mich regelrecht an, du weißt doch, wie das manchmal ist. Ich musste ihn einfach haben, er war so hübsch. Dieser Wagen ist so gut wie jungfräulich«, sagte Dwight und zeigte darauf, »und jetzt gehört er uns.«

»Dieser Wagen ist nicht so gut wie jungfräulich«, sagte Lucy. »Ein Mann ist darin gestorben. Ich würde sagen, dieser Wagen ist ungefähr so unjungfräulich, wie's nur geht.« So fuhr sie eine Zeitlang aufgebracht fort.

Caroline sah sie mit leicht geöffnetem Mund an,

ohne dass ihre Zähne sich ein Urteil anmaßten. Dann sagte sie: »Ich muss heim in mein einsames Haus.« Sie wohnte nicht weit weg. Fast alle, die sie kannten, und viele, die sie nicht kannten, wohnten ganz in der Nähe. »So, jetzt habt ihr beiden mal Spaß in dem Auto, ist ein süßer kleiner Flitzer.« Sie gab Dwight einen Kuss, und er tätschelte ihr auf dem Weg zur Tür onkelhaft den Rücken. Die Luft draußen roch ganz leicht nach Obst und Gummi. Eine Sirene zerriss sie.

Als Dwight zurückkam, sagte Lucy: »Ich will kein Auto zum Geburtstag, wo ein Mann drin gestorben ist.«

»Dein Geburtstag ist doch noch nicht so bald, oder?«

Das räumte Lucy ein, allerdings plante Dwight oft Monate im Voraus für ihren Geburtstag. Sie wurde rot.

»Schon komisch, dass manche Menschen länger als andere leben, was«, sagte sie schließlich.

Dwight hatte Lucy zum ersten Mal gesehen, als er fünfundzwanzig Jahre alt und sie ein vier Monate altes Baby war.

»Ich werde dich heiraten«, sagte Dwight zu dem Baby. Es gab Zeugen. Er war groß, hatte schwarzes Haar und trug eine Lederjacke, in die eine Freundin ein Seidenfutter eingenäht hatte. Es war eine Silvesterparty bei dieser Freundin, und sie stand neben ihm. »Ah, okay«, sagte sie. Sie konnte nichts besonders Faszinierendes an dem Kind erkennen. Sie könnten bessere Babys als dieses machen, dachte sie. Lucy lag in einem weißen Weidenkörbchen auf dem Sofa. Sie hatte spärliches Haar, und ihr Gesichtsausdruck war ernst. »Du wirst mal meine Frau«, sagte Dwight. Er konnte gut mit Babys und auch mit Kindern. Als Lucy fünf war, mochte sie Spielbilderbücher am liebsten, in denen man durch Aufklappen, Ziehen oder Drehen fand, was fehlte, und zum Geburtstag schenkte ihr Dwight fünfzehn von diesen Büchern, wahrscheinlich so viele, wie je produziert worden waren. Als sie zehn war, schenkte er ihr ein Spielhaus mit lauter Luftballons darin. Auch mit Jugendlichen konnte Dwight gut. Als sie vierzehn war, mietete er ein Jahr lang ein Pferd für sie. Für Frauen hatte er ein besonderes Händchen, wie alle seine Freundinnen bezeugen konnten. Dwight war Lucy nicht treu, als sie heranwuchs, aber er war aufmerksam und hingebungsvoll. Dwight hielt gut Schritt. Und während Lucy stoisch heranwuchs, sich selbst anziehen und Lesen lernte, ihre Haare wachsen ließ und wieder kurz schnitt, Vereinen beitrat und Schallplatten spielte, fleißig Algebra lernte und sich mit Jungen verabredete, war Dwight in der Welt unterwegs. Er schickte ihr immer kleine Steine von seinen Reisen, und sie sortierte sie nach Größe oder Farbe, legte sie in Schachteln und Gläser und nahm sie wieder heraus, bis es so viele waren, dass sie nicht mehr wusste, welche woher stammten. Als es Lucy langsam egal wurde, ob sie je noch einen kleinen Stein zu Gesicht bekam, heirateten sie. Sie kauften ein Haus und richteten sich ein. Es war ein großes, komfortables Haus, groß genug, so der Rückschluss, um Wachstum vielerlei Art Platz zu bieten. Alles war gut. Dwight glich einem großen seltsamen Buch, in dem Lucy nur blättern musste, und alles stand schon darin.

Sie gingen im schwindenden Licht nach draußen und sahen sich den Thunderbird an.

»Ist er nicht ein Traum«, sagte Dwight. »Breite Weißwandreifen, komplette Motorversiegelung.« Er öffnete die Kühlerhaube, sodass der schimmernde Motor zu sehen war. Dwight war glücklich, seine tintendunklen Augen glänzten. Als er die Kühlerhaube zuschlug, war ein leises Prasseln zu hören, als würden Kieselsteine geworfen.

»Was war das«, fragte Lucy.

»Was war was, Liebste?«

»Das da«, sagte Lucy, »auf dem Boden.« Sie hob ein Stück Rost auf, so groß wie ihre kleine Hand und sehr leicht. Dwight sah es prüfend an. Als sie es ihm geben wollte, fiel es herunter und zerbröckelte.

»Er sah so gut erhalten aus, dass ich gar nicht druntergeschaut habe«, sagte Dwight. »Ich lass morgen ein paar Karosserieklempner kommen, die sich das mal anschauen. Ist bestimmt nichts weiter, nur was Oberflächliches.«

Sie fuhr mit den Fingern hinter dem Schweller der Wagentür entlang und förderte eine Handvoll Rostflocken zutage.

»Ich versteh nicht, warum du es noch schlimmer machen musst«, sagte Dwight.

Am nächsten Vormittag machten sich zwei Männer unter dem T-Bird zu schaffen, stocherten hier und da mit Schraubenziehern herum und beäugten das Fahrwerk. Lucy war noch in der Küche und ließ sich ein ausgedehntes Frühstück schmecken. Während sie ihr Müsli aß, las sie sich den Milchkarton durch, auf dessen einer Seite um Organspenden gebeten wurde. Es gab eine neue Entschlossenheit in der Welt, die Dinge in Gang zu halten. Sie wusch ihre Müslischüssel ab und ging nach draußen, wo die zwei Männer gerade unter dem Wagen hervorgekommen waren, sich aufrichteten und Dwight ansahen. Rost lag in Klumpen und Krümeln über die Einfahrt verstreut.

»Der für Ihre Tochter hier?«, fragte einer der beiden.

»Nein«, sagte Dwight gereizt.

»So was würd ich meiner Tochter nicht schenken.«

»Es ist für niemand Derartigen gedacht!«, erwiderte Dwight.

»Unterseite ist kurz vorm Abkrachen«, sagte der andere. »Wenn du damit fährst, geben die Platten nach, der Boden fällt raus, und du sitzt mit dem Hintern auf der Straße. Sie brauchen mindestens neue Bleche. Bleche sind kein Problem.« Er nagte an seinem Daumennagel. »Wo die Blattfedern aufs Chassis treffen, ist auch alles durchgerostet. Muss in jedem Fall gemacht werden. Irgendwer hat schon viel Arbeit reingesteckt, aber es braucht noch viel mehr. Donny, hol mir den Hemmings aus dem Pick-up.«

Der andere Mann schlenderte los und kam mit einem dicken braunen Katalog zurück.

»Vielleicht sollten Sie den gegen was Besseres eintauschen«, sagte der erste Mann. »Einen Wagen mit brauchbarem Gestell.«

Dwight schüttelte den Kopf. »Sie können ihn nicht reparieren?«

»Sicher, *können* schon!«, antwortete Donny. »Du kriegst alles für diese Autos, alle Teile, Sie haben sich da einen Klassiker gekauft!« Er blätterte im Katalog, bis er zu einer Seite kam, auf der eine Firma namens T-Bird Sanctuary ihre Dienste anbot. Das Sanctuary war nicht, wie der Name versprach, ein Zufluchtsort, sondern ein Schrottplatz. Ein körniges Foto zeigte ein Wirrwarr ausgeschlachteter Autos, das sich zwischen

Bäumen erstreckte. Es sah aus wie ein Foto, das heimlich mit einer versteckten Kamera gemacht worden war.

»Ich würd ihn eintauschen«, sagte der andere. »Sehen Sie mal hier, auf dieser Seite, Siebenundfünfziger-T-Bird, Kompressor, feuerrot, vollrestauriert, alles picobello, bereit zur Besichtigung …«

»Mir kommen die Tränen«, sagte Donny.

»Wissen Sie, wenn Sie diesen Wagen behalten wollen«, sagte der andere, »wozu ich Ihnen nicht raten würde, sollten Sie ihn wieder in der Originalfarbe lackieren. Dieses Schwarz ist nicht original.« Er öffnete die Wagentür und deutete auf einen Fleck neben den Angeln. »Sehen Sie hier, Himmelblau.«

Lucy ging wieder ins Haus. Dort stand sie, nachdenklich, und sah auf die Straße hinaus. Als kleines Mädchen hatte sie auf dem Schulweg mal einen Briefumschlag mit ihrem Namen drauf gefunden, aber er war leer gewesen.

»Wir holen noch ein zweites Gutachten ein«, sagte Dwight, als er hereinkam. »Wir fahren damit zu Boris, der ist der Beste in der Branche.«

Sie fuhren zum Stadtrand, wo eine andere Stadt begann, und dort zu einem großen braunen Gebäude. Lucy gefiel das Auto. Es fährt sich sehr gut, dachte sie. Sie sausten dahin, obwohl größere Autos sie überholten.

Boris war klein, kahl und streng. Der Schäferhund neben ihm wirkte außergewöhnlich groß. Seine Pfoten waren zierlich gerundet, aber jede hatte die Größe eines Footballs. In ihm hätte locker ein zweiter Schäferhund Platz, dachte Lucy. Boris lenkte den Thunderbird auf eine Hebebühne und ließ ihn in die Höhe fahren. Die Hände in die Hüften gestemmt, trat er langsam darunter. Kein einziges Haar wuchs auf seinem Kopf. Er ließ den Wagen wieder herunter und sagte: »Hoffnungslos.« Als weder Lucy noch Dwight etwas sagten, rief er: »Wertlos. Nutzlos.« Der Schäferhund seufzte, als hätte er diese Prognose schon sehr oft gehört.

»Und da, wo die Blattfedern aufs Chassis treffen?«, sagte Lucy. Der Satz bezauberte sie.

Boris fuhr mit den Händen durch die Luft, schlug sie dann zusammen und schüttelte sie flehentlich.

»Wie soll ich euch guten Leuten klarmachen, dass es hoffnungslos ist? Was soll ich sagen, damit ihr mich hört, damit ihr mir glaubt? Macht es euch Spaß, Hundertdollarscheine zu vernichten? Stellt ihr euch so den Rest eures Lebens vor? Was seid ihr für Masochisten? Es wäre gemein von mir, euch Hoffnung zu machen. Der Wagen ist nicht zu retten. Verrostet und verrottet. Rost ist lebendig, er atmet, er frisst und verschlingt euer Auto. Die Seitenwände und Schweller wurden schon mal ersetzt, einmal, zweimal, wer weiß, wie oft.

Ihr werdet sie wieder ersetzen. Ist ja ein Kinderspiel, Seitenwände und Schweller zu ersetzen! Wie kann ich euch vor eurer Ahnungslosigkeit und Dummheit und Verblendung bewahren. Ihr tauscht ein schlechtes Teil aus, also, sagen wir, ihr lötet neues Metall an, schweißt es gut fest, ersetzt, sagen wir, die ganze Hinterpartie, und was habt ihr dann geschafft, ihr habt nur einen kleinen Teil von dem geschafft, was nötig wäre, ihr habt so gut wie gar nichts geschafft! Ich sehe schon, dass euch das alles Angst und Übelkeit bereitet, aber das ist nichts gegen die Angst und Übelkeit, die euch befällt, wenn ihr mit diesem unglückseligen Projekt weitermacht. Verschwendet keinen Gedanken mehr daran! So eine Verrottung lässt sich nicht aufhalten. Das bringt uns zu der Frage: Was ist der Mensch?, mit ihren drei Untergliederungen: Was kann er wissen? Was soll er tun? Was darf er hoffen? Fragen, die uns alle betreffen, auch dich, kleine Lady.«

»Was!«, sagte Dwight.

»Mein Vorschlag ist: Fahrt diesen Wagen«, fuhr Boris mit ruhigerer Stimme fort, »freut euch dran, aber nur im Frühling und Sommer, und dann weg damit, verschrotten. Sonst legt ihr nur noch mal neue Schweißnähte, immer neue Schweißnähte, aber der Zerfall wird euch immer einen Schritt voraus sein. Jahre vergehen, und dann kommt der Tag, wenn nichts mehr da ist, an das man die Schweißnaht schweißen kann, kein Fahrgestell, nichts. Einmal Verrottung, ist alles verloren.« Er verneigte sich und zog sich in sein Büro zurück.

Auf der Rückfahrt sagte Dwight: »Früher war nie so viel von Rost und Verrottung die Rede. Scheint neu zu sein, das mit diesem Rosten und Rotten. Man kennt sich wirklich nicht mehr aus.«

Lucy wusste, dass Dwight deprimiert war, und versuchte, teilnahmsvoll zu wirken, obwohl ihr der T-Bird in Wahrheit ziemlich egal war. Eine Melodie, die ihr nicht aus dem Kopf ging, lenkte sie ab. Es war ein Lied, das sie gehört zu haben meinte, als sie noch ein kleines Baby war, und es handelte von einer winzigen Ameise, die in ihrem Eingang steht. Schließlich erzählte sie Dwight davon und summte die Melodie.

»Erinnerst du dich an dieses Lied?«, fragte sie.

»So halb«, erwiderte Dwight.

»Worum ging es da überhaupt?«, fragte Lucy. »Die kleine Ameise hat nichts gemacht, sie hat einfach nur vor ihrem Eingang gewartet.«

»Es war bloß so ein Unsinn, wie man ihn einem Baby vorsingt«, sagte Dwight. Er sah sie zerstreut an und sagte: »Liebste …«

Lucy rief ihre Freundin Daisy an und erzählte ihr von dem schwarzen Thunderbird. Von Rost und Verrottung sagte sie nichts. Daisy war zehn Jahre älter als

Lucy und eine von Dwights letzten Freundinnen. Vor Kurzem war Daisy ein Bein amputiert worden. Sie hatte beim Bergsteigen einen Unfall gehabt und die Sache zu lange verschleppt. Daisy war eine große knabenhafte Frau, die vor der Amputation immer Jeans getragen hatte. Jetzt schwang sie sich an ihren Krücken im Rock durch die Gegend, denn sie hatte gemerkt, dass es die Leute weniger verstörte, wenn sie Röcke trug, aber an den Strand ging sie im Badeanzug, und es scherte sie nicht, ob das die Leute verstörte, denn sie liebte den Strand und das stille schwere Wasser, das so vieles verbarg.

»In der Zeitung habe ich nichts über einen Toten gelesen, der so in seinem Wagen saß«, sagte Daisy. »Wird über so was nicht immer berichtet? Das ist doch ungewöhnlich, oder?«

Lucy pflegte die Freundschaft mit Daisy, weil sie wusste, dass Daisy noch immer in Dwight verliebt war. Hätte jemand, zum Beispiel Gott, Daisy gefragt, was sie lieber wiederhätte, ihr Bein oder Dwight, hätte sie gesagt: »Dwight.« Das fand Lucy aufregend, zugleich stellte es sie vor ein Rätsel und weckte ihr Mitleid. Und wenn sie sich schlecht fühlte, heiterte der Gedanke daran sie stets auf.

»Hab ich dir von dem einbeinigen Mann im Supermarkt erzählt?«, fragte Daisy. »Ich habe ihn noch nie zuvor gesehen. Er war mit Frau und Baby dort, und das Baby war im Kinderwagen und nicht auf dem Arm der Mutter, sodass sie in den Gängen ziemlich viel Platz brauchten, und als ich den Gang entlangkam, verhedderte ich mich irgendwie in dieser kleinen Familie. Natürlich hatte ich das Gefühl, ich hätte den Mann schon mein Leben lang gekannt. Die Leute lächelten uns an. Selbst die Frau lächelte. Es war grauenvoll.«

»Du solltest jemanden kennenlernen«, sagte Lucy ohne großes Interesse.

Daisys Bein lag eingeäschert in einem Schubfach auf einem Friedhof und wartete auf den Rest von ihr.

»Ach was, ach was«, sagte Daisy bescheiden. »Also!«, sagte sie. »Bald kriegt ihr ein anderes Auto!«

Es war fast Abendessenszeit, und in der Luft lag der Geruch von gebratenem Fleisch. Zwei kleine braune Vögel trippelten über das spärliche Gras, und Lucy beobachtete sie interessiert, denn Vögel ließen sich in der Gegend nur selten blicken. Sobald sich irgendwo mehr als drei zeigten, galt das als Plage, und man ergriff verschiedene Maßnahmen, um ihre Anzahl auf ein vertretbares Niveau zu dezimieren. Lucy erinnerte sich, dass die Vögel am Himmel manchmal Schatten auf den Boden geworfen hatten, als sie klein gewesen war. Zeitweise waren es ganze Scharen gewesen, und sie erinnerte sich an das Knarzen ihrer Flügel, aber vermutlich war das einfach eine von diesen kindlichen Erinnerungen, die man behält, nachdem man etwas ein einziges Mal gesehen oder gehört hat.

Sie deckte den Tisch im Esszimmer für drei, denn es war der Abend, an dem Rosette wie jedes Jahr im Frühling zum Essen kam und frischen Maifisch und Maifischrogen mitbrachte, Dwights Lieblingsessen. Rosette war die eleganteste von Dwights Freundinnen gewesen und die mit der schmalsten Taille. Inzwischen war sie mit einem Mann namens Bob verheiratet. Als sie mit Dwight zusammen war, hatte Rosette den Spitznamen Muffin gehabt. Die letzten fünf Jahre, also seit Lucy und Dwight verheiratet waren, hatte sie den Maifisch im Frühling aus dem Norden einfliegen lassen, ihn mitgebracht und bei ihnen zubereitet. Doch obwohl es sein Lieblingsfisch war und er ihn nur einmal im Jahr bekam, würde Dwight an diesem Abend ein wenig später nach Hause kommen, weil er eine weitere Meinung zum T-Bird einholte. Lucy begleitete ihn nicht mehr auf diesen entmutigenden Ausflügen.

Rosette erschien in einem knappen weißen Cocktailkleid und hochhackigen roten Schuhen. Sie hatte ihr eigenes Porzellangeschirr, Silberbesteck, Kerzen und Wein dabei. Sie deckte den Tisch neu, dimmte das Licht und machte für Lucy und sich große Martinis. Sie saßen da und unterhielten sich über dies und jenes, während sie auf Dwight warteten. Rosette und

Bob hatten zwei straffällige Jugendliche in Pflege genommen, Jerry und Jackie.

»Was für grässliche Kinder«, sagte Rosette. »Und auch so unansehnlich. Als sie kleiner waren, sahen sie süßer aus, aber jetzt haben sie so lange Nasen, und die ganze Mundpartie ist auch komisch. Dieses Jahr habe ich ihnen Osterkörbchen geschenkt, und Jackie hat mir geschrieben, was sie wirklich gebrauchen könnte, wäre ein Rezept für die Pille.«

Als Dwight kam, sagte Rosette gerade: »Schuldgefühle zu haben ist gar nicht so schlecht. Es gibt Schlimmeres.« Sie sah Dwight bewundernd an und meinte: »Du siehst aber toll aus.« Sie machte ihm einen Martini, den er schnell austrank, und dann machte sie noch mal Martinis für alle. Lucy trank ihren im Stehen und schaute zum T-Bird in der Einfahrt hinaus. Es war ein hübsches Auto und der Lack so schwarz, dass er nass aussah. Über Lucys ziemlich verschmutzte Grillpfanne gebeugt, bereitete Rosette den Fisch mit großer Feierlichkeit zu. Sie aßen alle langsam und gemessen. Lucy versuchte, den Rogen Ei für Ei zu essen, aber das erwies sich als unmöglich.

»Heute Nachmittag hab ich Jerry mit einem Rasentrimmer auf der Straße gesehen«, sagte Dwight. »Macht er jetzt Gartenarbeiten? Das ist eine gute Beschäftigung für Jungen.«

»Straffällige sind nicht immer Täter«, sagte Rosette.

»Das können viele Leute nicht begreifen, aber nein, Jerry macht keine Gartenarbeiten; wahrscheinlich hat er das Ding aus irgendeinem Garten geklaut. Bob versucht, mit ihm zu reden, aber Jerry stellt die Ohren auf Durchzug. Bob ist nicht sehr überzeugend.«

»Wie geht es Bob?«, fragte Lucy.

»Ehemann Bob ist ein Anruf, den ich nie hätte annehmen sollen«, sagte Rosette.

Lucy verschränkte die Arme über dem Bauch und drückte sich vergnügt, weil Rosette jedes Jahr dasselbe antwortete, wenn man sie nach Bob fragte.

»Das Leben mit Ehemann Bob ist eine lange Dämmerung der Trinkerei und öden Anekdoten«, sagte Rosette.

Lucy kicherte, weil Rosette auch das immer sagte.

Am nächsten Tag sagte Dwight zu Lucy, er wolle den T-Bird ins Haus holen. »Auf der Straße wird er es nicht lange machen«, sagte er. »Er ist ein Schatz, aber müde. Die Elemente setzen einem Wagen zu, und die Elemente sind es, die diesen süßen kleinen Wagen zur Strecke gebracht haben. Wir stellen ihn ins Wohnzimmer, da sind sowieso zu wenig Möbel, und dann wird es so sein, als ob wir mit einem Kunstwerk in unserem Wohnzimmer leben. Wir polieren ihn immer schön und setzen uns rein und unterhalten uns. Es ist sehr friedlich da drin, weißt du.«

Der T-Bird sah aufgeweckt und kokett aus, als sie so über ihn sprachen.

»Dieser Wagen ist für die freie Straße geschaffen«, sagte Lucy. »Ich finde, wir sollten ihn fahren, bis er auseinanderfällt.« Dwight sah sie bekümmert an, und sie riss die Augen auf, konnte kaum glauben, dass sie so etwas gesagt hatte. »Na ja«, sagte sie, »ich finde nicht, dass ein Auto ins Haus gehört, aber vielleicht können wir es eine Zeitlang ausprobieren, und wenn es uns nicht gefällt, stellen wir es wieder raus.«

Er legte die Arme um sie und drückte sie an sich, und sie hörte das Herz in seiner Brust vor Dankbarkeit und Freude klopfen.

Lucy rief Daisy an. Das Hämmern und Sägen hatte bereits begonnen. »Männer werden anders wunderlich als Frauen«, sagte Daisy. »So war das schon immer. Ich hab zum Beispiel gelesen, dass Männer untersuchen, wie man durch den Einsatz von Hochtemperatursonden die Erde rings um Giftmülldeponien in Glas verwandeln kann. Keine Frau käme jemals auf so eine Idee.«

Tagelang arbeitete Dwight fieberhaft. Er nahm das Panoramafenster heraus, zerlegte die Wand, verstrebte den Boden, baute eine Rampe, ließ alle Flüssigkeit aus dem Wagen ab, damit es keine Flecken auf dem Teppich gab, schob ihn ins Haus, zog das Ständerwerk wieder hoch, setzte das Fenster ein, brachte frische Gipswände an und strich das Zimmer neu. Drinnen sah der Wagen aus wie ein großes Puppenauto. Aber er sah gar nicht übel aus, und Lucy störte sich nicht daran, obwohl sie es nicht mochte, wenn Dwight die Motorhaube öffnete. Die geöffnete Motorhaube mochte sie kein bisschen und klappte sie immer zu, wenn sie sie offen stehen sah. Am meisten dachte sie an den Thunderbird, wenn sie nachts neben Dwight im Bett lag. Dann staunte sie über die stille, unsichtbare Gegenwart im Zimmer nebenan, wo er Platz beanspruchte, so fremdartig und glänzend und von innen verrottend.

Sie saßen oft in dem Wagen in ihrem Haus, gingen nirgends hin, sahen durch die Windschutzscheibe zum Fenster und durch das Fenster auf die Straße. Sie luden niemanden dazu ein. Und bald gewöhnte Dwight sich an, allein darin zu sitzen. Dwight war erschöpft. Es dauerte eine Weile, bis er sich von seiner Zimmerei erholt hatte. Lucy sah ihn eines Tages dort hinter dem Steuer, ein Arm über der glänzenden Wagentür baumelnd, die Augen geschlossen, der Mund leicht geöffnet, die Haare so schwarz wie eh und je. Sie konnte sich nicht daran erinnern, wann sie ihn zum ersten Mal gesehen, wirklich gesehen hatte, so wie er sie zum ersten Mal gesehen haben musste, als sie ein Baby war.

»Ich wünschte, du würdest damit aufhören, Dwight«, sagte sie.

Er öffnete die Augen. »Du solltest es selbst mal probieren«, sagte er. »Probier es einfach aus, und sag mir, was du davon hältst.«

Sie saß eine Weile allein im Auto und ging dann in die Küche, wo Dwight stand und Wasser trank. Es war ein grauer Tag mit einem grauen Licht, das gleichgültig auf alles fiel.

»Ich hatte da drin das ganz, ganz leise Gefühl zu verstehen, worum es geht, nämlich dass irgendetwas diese Welt ihrer Verheißung beraubt hat«, sagte Lucy. Sie war von Natur aus nicht sentimental.

Dwight hielt ein Glas Wasser in der Hand und runzelte leicht die Stirn. Wasser floss ins Spülbecken und in den Ausguss, ein Teil des Wassers, das er trank. Auf der Anrichte stand ein Fernseher, und auf dem Bildschirm rollten Männer zwei Tragbahren aus einem Haus und über den Rasen, und darauf lagen zwei mit grünem Stoff bedeckte reglose Gestalten. Das Haus war ein Zementblockhaus, auf der Veranda standen zwei Eisenstühle mit kleinen Kissen, und unter dem Dachüberstand baumelte eine Blumenampel.

»Kriegen wir denn nur diesen einen Sender rein?«, fragte Lucy. Sie stellte den Wasserhahn ab.

»Das sind die Nachrichten, Lucy.«

»Die hab ich schon hundertmal gesehen. Es sind immer die gleichen.«

»Wir sind hier im Sunbelt, Lucy.«

Dass er dauernd ihren Namen sagte, ärgerte sie allmählich. »Na gut, Dwight«, sagte sie. »Dwight, Dwight, Dwight.«

Dwight blickte sie milde an und ging wieder ins Wohnzimmer. Lucy trottete hinter ihm her. Sie sahen beide das Auto an, und Lucy sagte zu dem Wagen: »Ich hätte gerne einen Smaragdring. Und einen kleinen Jungen.«

»Du kannst dir nichts von ihm wünschen, Lucy«, sagte Dwight.

»Ich hätte gerne einen Porsche Carrera«, sagte Lucy zu dem Auto.

»Bist du verrückt, oder was!«, protestierte Dwight.

»Ich hätte gerne ein kleines Baby«, sagte sie nachdenklich.

»Du warst mal ein kleines Baby«, erwiderte Dwight.

»Ja, das weiß ich.«

»Und ist das nicht genug?«

Sie sah ihn unbehaglich an und sagte dann: »Weißt du, was ich früher immer so schön fand? Wenn du gesagt hast: ›Das ist die Lieblingsfarbe meiner Frau …‹, oder: ›Genau das sagt meine Frau immer …‹« Dwight blickte sie aus seinen großen tintendunklen Augen an. »Und deine Frau, das war natürlich ich!«, rief sie. »Das fand ich immer irgendwie sexy.«

»Sex ist bei uns kein Thema mehr, Lucy«, sagte er. Sie errötete.

Dwight stieg in den Thunderbird und legte die Hände aufs Lenkrad. Sie sah, dass seine Finger auf die Hupe drückten, aber es kam kein Ton.

»Ich finde, dieses Auto gehört nicht in unser Haus«, sagte Lucy, noch immer knallrot.

»Es ist ein Ort, wo ich denken kann, Lucy.«

»Aber mitten im Wohnzimmer! Es nimmt fast das ganze Wohnzimmer ein!«

»Ein Mann muss denken können, Lucy. Ein Mann muss sich vorbereiten.«

»Und wo hast du gedacht, bevor wir geheiratet haben?«, fauchte sie.

»Überall, Lucy. Ich habe überall an dich gedacht. Du warst Teil von allem.«

Lucy wollte nicht Teil von allem sein. Sie wollte zum Beispiel nicht Teil der Küsse einer anderen sein. Sie wollte nicht Teil von Daisys Bein sein, das zu seiner Zeit bestimmt seine Rolle gespielt hatte und etwas gewesen war, dem Dwight Aufmerksamkeit geschenkt hatte. Sie hätte eine ganze Menge Dinge nennen können, von denen sie nicht Teil sein wollte.

»Ich will nicht Teil von allem sein«, sagte sie.

»Das Leben ist nicht mehr so wie damals, als ich jung war und du ein kleines Baby«, erwiderte Dwight.

»Ich wollte nie Teil von allem sein«, sagte sie erregt.

Dwight drückte seine Schultern in die Sitzlehne und starrte aus dem Fenster.

»Vielleicht ist der Mann, dem das Auto vorher gehört hat, an gebrochenem Herzen gestorben, hast du je daran gedacht?«, sagte Lucy. Als er schwieg, sagte sie: »Ich mag nicht wieder damit anfangen, auf dich zu warten, Dwight.« Ihr Gesicht hatte sich inzwischen abgekühlt.

»Du wartest, wie es sein muss«, sagte Dwight. »Du musst wissen, was du willst, während du wartest.« Er klopfte auf den Sitz neben sich und lächelte sie an. Es ging hier nicht nur darum, diesen abgenutzten Gegenstand wieder hinauszuschaffen, das wusste sie. Die Zeit bewegte sich nicht seitwärts, wie es ihr immer vorgekommen war, sondern kletterte in die Höhe, fiel wieder herunter, kroch im Kreis wie ein vergiftetes, beschädigtes Wesen. Schließlich setzte Lucy sich neben ihn. Sie schaute durch die Scheibe zur anderen Scheibe und hinaus.

»Es regnet«, sagte sie.

Ein leichter Regen fiel, ein warmer Frühlingsregen. Während sie hinsah, fiel er rascher. Er war silbrig, doch je rascher er fiel, desto weniger wirkte er wie Regen, und sie konnte es fast klirren hören, als er auf die Straße traf.

LU-LU

Heather saß mit den Dunes, Don und Debbie, an deren Swimmingpool. Die Dunes waren alt. Heather, die nebenan in einem kleinen gemieteten Haus wohnte, war jung und verzweifelt. Alle drei waren braun gebrannt und tranken Gin und Grapefruitsaft, um für den reichlich Früchte tragenden Baum im Garten der Dunes das Ihre zu tun. Die Grapefruits waren biologisch angebaut und innen rosa. Zu Hunderten leuchteten sie anmutig zwischen Blättern, die von Spinnmilben- und Blattlausbefall gekräuselt, uneben und gesprenkelt waren.

Vor Heather und den Dunes stand auf einem Glastisch die Ginflasche, zu zwei Dritteln leer, daneben drei Grapefruits und eine Zitronenpresse. Das Etikett der Flasche zeigte eine kleine alte Dame, die sie streng ansah. Unter dem Tisch sah man die Knie der drei, Heathers junge, mit Grübchen, und die knubbeligen der Dunes. Durch das Glas wirkten die Knie beunruhigt, fast verwirrt.

»Wir könnten mit ihr nach Mexiko fahren«, sagte

Don. »Ich wette, Lu-Lu würde es dort gefallen.« Er trug eine schmutzige blaue Schirmmütze mit einem springenden Fisch drauf.

»Aber nicht nach Baja«, sagte Debbie. An ihrem linken Arm war ein Verband, weil sie sich da am Herd verbrannt hatte. »Zu viele Wohnmobile. Und die ganzen alten Knacker, die an ihrem Lebensabend nichts Besseres zu tun haben, als auf Baja rumzugurken. Die würden Lu-Lu sofort plattmachen.«

»Ich hab gehört, dass es auf diesen Vulkaninseln vor Bahía de los Ángeles von Schlangen nur so wimmelt«, sagte Heather.

Die Dunes sahen sie entsetzt an.

Dann sagte Debbie: »Das würde Lu-Lu gar nicht gefallen.«

»Sie kennt keine anderen Schlangen«, sagte Don.

Er schenkte ihnen allen Gin nach.

»Erinnerst du dich an den Tequila, mein Engel?«, sagte er zu Debbie. Er wandte ihr sein runzliges altes Gesicht zu.

»Das mexikanische Nationalgetränk«, sagte Debbie feierlich.

»Auf der Rückseite vom Etikett ist eine große schwarze Krähe«, sagte Don. »Kann man richtig gut erkennen, wenn die Flasche leer ist.«

»Die Mexikaner sind ein morbides Völkchen«, sagte Debbie.

»Ich finde, das Beste an Schlangen ist, dass sie sich fortbewegen, ohne dass man's merkt«, sagte Heather. »Sie bewegen sich, aber es sieht aus, als würden sie sich *auf der Stelle* bewegen. Und dann sind sie plötzlich *weg.*« Sie schnipste mit feuchten Fingern.

»Das findest du das Beste an ihnen?«, erwiderte Don verdrießlich. »Da gibt's ja nun bessere Sachen.«

Heather betrachtete ihre Finger. Sie fragte sich, wie sie nur so feucht geworden waren.

»Wir hatten sogar Anfragen aus San Diego, haben wir dir das erzählt?«, fragte Don. »San Diego will sie unbedingt haben.«

Debbie reckte das Kinn und schüttelte den Kopf. Die zähen Sehnen an ihrem Hals zitterten. »Niemals!«, sagte sie. »Die Leute würden bloß gaffen und Kommentare abgeben.« Sie schauderte. »Ich kann sie schon hören!«

»Sie hat das zweite Gesicht, unsere Debbie«, vertraute Don Heather an. »Passiert aber nicht oft, dass es durch sie spricht.«

Debbie hatte die Augen geschlossen und schaukelte auf ihrem Stuhl vor und zurück. »San Diego!« Sie stöhnte. »Ein Zementboden. Ein Raum mit nichts außer Lu-Lu drin. Nichts! Keine Bilder, keine Pflanzen ... Und Leute, die sie durch die Glasscheibe anstarren. Ein kleines Schild, auf dem was über ihr glückliches Leben hier in Tampa steht und ein bisschen was über ihre Persönlichkeit, aber nicht viel, und über ihre Maße und so weiter … Und ich sehe einen dicken fetten Mann mit einem Eiscremesandwich in einer Hand und einem kleinen Mädchen an der anderen, und der sagt: ›Aber das Ding wiegt ja acht Kilo mehr als Papi!‹« Debbie heulte auf und steckte sich die Finger in die Ohren.

»Das zweite Gesicht ist kein Geschenk«, sagte Don.

»Wir sind so alt«, jammerte Debbie.

Don tätschelte fürsorglich ihren gesunden Arm und wies mit dem Kopf auf ihr Glas.

Debbie trank einen Schluck. »Wir sind so alt«, sagte sie. »Können weder für uns selbst noch für unsere Liebsten sorgen.«

»Und Heather hier ist jung«, meinte Don. »Macht auch keinen Unterschied.«

»Wir leben in der falschen Zeit, genau wie Lu-Lu«, sagte Debbie.

»Lu-Lu hätte im Zeitalter der Reptilien leben sollen«, sagte Heather mit schwerer Zunge. Das Sprechen schien gewisse Probleme zu bereiten. Sie betrachtete die strenge alte Dame auf dem Etikett.

»Das hätte ihr gefallen«, erwiderte Don.

»Ja, das waren noch Zeiten«, sagte Debbie. »Herrlich und dem Untergang geweiht.«

»Wisst ihr, was ich neulich gelesen habe?«, fragte Don. »Es ging um die Neandertaler.«

Debbie sah Don stolz an. Heather kratzte sich an der Schulter. Die Sonne knallte ihr auf den schiefen Scheitel. Warum finde ich die Liebe nicht, fragte sie sich.

»Die waren gar nicht unsere Vorfahren, hab ich gelesen, sondern eine völlig andere Spezies. Und wir sind doch angeblich die einzige Spezies, die eine Seele hat, stimmt's? Aber die Neandertaler, hat sich rausgestellt, haben ihre Toten mit Essen und Feuersteinspänen und solchen Sachen begraben, sogar mit Blumen. Man hat die Gräber gefunden.«

»Und woher weiß man bitte, dass da auch Blumen drin waren?«, fragte Debbie.

»Hab ich vergessen«, erwiderte Don ungehalten. »Ich bin sechsundsiebzig, ich kann mir nicht alles merken.« Er überlegte kurz. »Die haben ihre Methoden«, sagte er.

Debbie Dune schwieg. Sie strich das Röckchen ihres Badeanzugs glatt.

»Was ich sagen will, ist, dass diese Kreaturen vielleicht keine Seele hatten, aber *glaubten*, sie hätten eine.«

»Das ist eine sehr hübsche Geschichte«, sagte Heather schwerfällig.

Die Dunes sahen sie an.

»Mit den Blumen und allem«, fügte Heather hinzu.

»Ich versteh nicht, was du meinst, Don«, sagte Debbie höflich.

»Was ich meine«, sagte Don, »ist, dass niemand wissen kann, wer eine Seele hat und wer nicht.«

»Es gibt noch was, das mir an Schlangen gefällt«, sagte Heather, »nämlich, dass sie sich über lange Strecken mit Nichtstun beschäftigen können.«

»Ich glaube«, sagte Debbie, »worauf es bei der Sache mit der Seele letztlich hinausläuft, ist ganz einfach. Wer weinen kann, hat eine Seele. Wer nicht, hat keine.«

»Lu-Lu weint nicht«, wandte Don ein.

»Das stimmt«, sagte Debbie tapfer.

»Kann ich noch ein bisschen Eis holen?«, fragte Heather.

»Oh, das ist eine gute Idee, Schätzchen. Hol unbedingt noch etwas Eis«, sagte Debbie.

Heather stand auf, ging vorsichtig am Swimmingpool vorbei und in die Küche. Lu-Lu war dort und trank Milch aus einem Topf.

»Hallo, Lu-Lu«, sagte Heather. Stocktaub, dachte sie. Sie öffnete die Tiefkühltruhe und nahm einen Eiswürfelbehälter heraus. Dann schaute sie in den Kühlschrank, der ein Dutzend Eier und eine Schachtel Weizenbiskuits enthielt. Ich sollte was für diese armen alten Leute tun, dachte Heather. Ihnen eine Quiche backen oder so. Sie knabberte an einem Biskuit und sah zu, wie Lu-Lu ihre Milch trank. Lu-Lu starrte zurück.

Heather ging nach draußen. Es war heiß. Die Geranien, die in Konservendosen wuchsen, sahen verhärmt aus.

»Huch«, sagte Debbie. »Jetzt brauchen wir wohl noch mehr Gin, bei all dem Eis.«

»Das ist ein schwieriger Tag für uns«, sagte Don. »Ein Tag der Entscheidung.«

»Der Gin steht gleich rechts auf der Anrichte unter den Notfallnummern«, sagte Debbie.

Heather ging in die Küche zurück. Lu-Lu war immer noch mit der Milch beschäftigt.

»Lu-Lu frisst gerade«, sagte Heather, als sie wieder draußen war.

»Sie frisst nicht viel«, sagte Don.

»Nein«, fiel Debbie ein. »Aber Ratten mag sie. Wenn sie eine Ratte schluckt, behält sie sie eine Zeitlang in der Speiseröhre, weißt du, und der Ratte geht's gut. Die Ratte hat es da so gemütlich, als säße sie in ihrem eigenen kleinen Rattenloch.«

»Die Ratte ist ahnungslos«, sagte Don. »Sie denkt, sie wäre vielleicht sogar entkommen.«

»Lu-Lus Speiseröhre ist wie ein gemütliches kleines Wartezimmer vor der Folterkammer dahinter«, sagte Debbie.

»In Mexiko, in dem großen Zoo in Mexico City, füttern sie die Boas einmal im Monat, und alle Welt kommt hin, um zuzuschauen. Die geben denen lebende Hühner zu fressen.«

»*So* ein morbides Völkchen«, sagte Debbie.

Heather blickte in den Garten hinter ihrem kleinen Haus hinüber. Auf der Wäscheleine hing ihr durchsichtiges Nachthemd und bewegte sich kaum. Zeit zu gehen, dachte sie. Sie saß auf ihrem Stuhl und kaute auf ihrer Unterlippe, die voller Sonnenbrandbläschen war.

Da kam Lu-Lu auf sie zugeglitten. Sie schob ihren pikförmigen Kopf auf Debbies Knie.

»Armes Schätzchen weiß nicht, was ihm bevorsteht«, sagte Debbie.

»Wir kennen weder den Tag noch die Stunde«, sagte Don. »Keiner von uns.« Er spähte durch den Glastisch zu Lu-Lu. »Trüben ihre Augen sich schon wieder ein?«

»Sie hat sich vor nicht mal vier Monaten gehäutet«, sagte Debbie. »*Deine* Augen trüben sich wohl ein.«

»Für mich sehen sie milchig aus«, sagte Don.

»Das hättest du wohl gern!«, rief Debbie. Sie zwinkerte Heather zu. »Für Don ist es das Allertollste, wenn Lu-Lu sich häutet.«

Don grinste schüchtern. Er nahm seine Schirmmütze ab und setzte sie wieder auf.

»Wir haben ihre Häute auf der Veranda aufgehängt«, sagte Debbie zu Heather. »Hast du sie mal gesehen?«

Heather schüttelte den Kopf. Alle drei standen auf und wankten zur Veranda, einem kleinen überdachten

Raum gegenüber der Stelle, wo sie gesessen hatten. Lu-Lu folgte ihnen. Ein halbes Dutzend graue, papierdünne Häute mit Zickzackmuster hingen dort an Heftzwecken von der schimmeligen Decke und raschelten knisternd in der Brise.

»Um es wirklich richtig zu machen, bräuchte man ein Zimmer mit höherer Decke«, sagte Debbie. »Ich wollte immer eins mit schön hoher Decke, hab's aber nie gekriegt. Da könnten sie in ihrer ganzen Pracht drin hängen.«

»Es gibt nichts Hübscheres als Lu-Lu kurz nach dem Häuten«, sagte Don. »Sie glänzt dann wie neu!«

Heather ging zu Lu-Lus alten Häuten. Da waren Lu-Lus großes leeres Maul und die Augenhöhlen. Heather streckte den Kopf vor und schnüffelte. Die Häute riechen salzig, dachte sie. Dann dachte sie, dass sie unmöglich nach irgendetwas riechen konnten, das sich beschreiben ließ.

»Sie klingen schöner als diese billigen Windspiele«, sagte Don. »So welche kann sich jeder kaufen. Wozu soll das gut sein? Nur halten die Häute nicht ewig.«

»Ich hätte Lu-Lu fast Draco genannt, aber zum Glück doch nicht«, sagte Debbie.

»Draco wäre wirklich ein Riesenfehler gewesen«, stimmte Don ihr zu.

»Du wirst nie erraten, was Don mal gearbeitet hat«, sagte Debbie.

Heather fühlte sich schläfrig und angespannt zugleich. Sie machte mehrere kleine nervöse Schritte.

»Er war Konditor«, sagte Debbie.

Heather sah die Dunes an. Nie wäre sie auf die Idee gekommen, dass Don mal Konditor war.

Die Enthüllung schien Debbie erschöpft zu haben. Ihr gesunder Arm ruderte durch die Luft auf Don zu. »Ich muss jetzt ins Bett«, sagte sie.

»Mein Engel«, sagte Don und hielt ihr galant den angewinkelten Arm hin.

Heather folgte ihnen in ihr kleines braunes Schlafzimmer. Alles darin war braun. Es war kühl und friedlich. Lu-Lu blieb, um ein Sitzkissen gewickelt, auf der Veranda.

Heather schlug die Decke zurück, und die Dunes krochen, immer noch in Badesachen, hinein.

»Als ich klein war«, sagte Debbie, »gab es nichts Schrecklicheres für mich, als ins Bett zu gehen, wenn es draußen noch hell ist.«

Don nahm seine Kappe ab und strich sich die Haare glatt. »Sogar meine Haare fühlen sich betrunken an«, sagte er.

»Ich würde Lu-Lu gerne mitnehmen und mir ein neues Leben aufbauen«, verkündete Heather.

Die Dunes lagen im Bett, die dunkle Decke bis zum Kinn hochgezogen.

»Wenn du mit Lu-Lu weggehst«, sagte Debbie,

»musst du sie sehr liebhaben. Lu-Lu kann nämlich nicht zeigen, dass sie deine Liebe erwidert.«

»Schlangen sieht man in der Regel nichts an«, fügte Don hinzu. »Sie haben ja keine Möglichkeit, ihre Zuneigung zu zeigen.«

»Nach einiger Zeit wird sie dich an deinen Schritten erkennen«, sagte Debbie.

Heather war entzückt.

»Meint ihr, sie kommt zu mir ins Auto?«, fragte Heather.

»Lu-Lu fährt gern Auto«, sagte Debbie. »Wirklich gern. Ich wollte sie immer in eine große Wüste fahren, die auf keiner Karte verzeichnet ist, aber ich hab's nie getan.«

»Wir finden eine Wüste«, sagte Heather begeistert.

»Debbie glaubt, sie hätte sich nie viel gewünscht, aber das stimmt nicht«, sagte Don. Er seufzte.

»Wir fahren jetzt besser los«, sagte Heather. Sie strich die Bettdecke glatt und steckte sie unter der Matratze fest.

»Du bist ein Schatz«, sagte Debbie schläfrig.

»Gib Lu-Lu ab und zu ein bisschen Gelee in die Milch«, sagte Don. »Das mag sie.«

Heather ging hinaus und eilte durch den Garten zu ihrer Einfahrt hinüber. Ihr Auto streikte mehrmals, als sie es über den Rasen zum Swimmingpool der Dunes manövrierte. Sie öffnete alle Wagentüren und dann die Türen zum Haus der Dunes. Sie war ganz hibbelig. Lu-Lu starrte sie von der Veranda aus unverwandt an.

»Komm, Lu-Lu!«, rief Heather.

Schon jetzt wirkte ihr eigenes Haus, als wäre es endgültig verlassen. Das Nachthemd baumelte an der Wäscheleine. Lass es da, dachte sie. Das scheußliche Nachthemd mit seinen Sehnsüchten. Sie überlegte sich, dass Lu-Lu für die Fahrt vielleicht gerne etwas Erde hätte. Mit Dons Schaufel schippte sie eine Handvoll Erde auf den Rücksitz. Aber wie sie Lu-Lu dazu bringen sollte, ins Auto zu kommen, wusste sie nicht. Sie setzte sich auf die Kühlerhaube und sah Lu-Lu an. Die Dämmerung ging in Dunkelheit über. Wie lockt man so etwas herbei, fragte sie sich; etwas, das alles verändern kann, mein Leben?

DIE MUTTERZELLE

Sie lebte dort schon seit einigen Monaten, als eine Bekannte sagte: »Ich glaube, du solltest da jemanden kennenlernen. Sie ist neu. Sie lebt drüben am Naturschutzgebiet, dem mit den Motten.« Auch sie war die Mutter eines Mörders, das war die Verbindung, aber Emily und diese Leslie verstanden sich nicht besonders gut, obwohl sie beide natürlich völlig vorurteilsfrei waren. Knapp drei Monate später jedoch, um den Vierten Juli herum, der Zeit der Kuchen, Feuerwerke und mit Fähnchen geschmückten Kinderwagen, zog noch eine Mutter her, trotz ihres weit fortgeschrittenen Lebensabends auf sich allein gestellt. Es schien, als hätte jemand eine rätselhafte Parole ausgegeben. So etwas kommt vor, etwa wenn es hochallergische Menschen, die praktisch gegen das Leben selbst allergisch sind, allesamt zu irgendeinem Berg in Arizona zieht oder ein Küstenstädtchen in Maine über Nacht zur Pilgerstätte für Lippenstiftlesben wird. Als Nächstes kam Penny, gefolgt von einigen weiteren Müttern kurz hintereinander, ehe der Zustrom versiegte.

Niemand musste ihnen ausdrücklich sagen, dass sie besser vorbildliche Bürgerinnen waren. Als ein junges Pärchen im State Park von einem Bären zerfleischt wurde, sorgten sich die Mütter, der Vorfall könnte ihrer Anwesenheit zur Last gelegt werden, denn waren nicht Schwarzbären in der Regel scheu? Und hier ging es um einen äußerst aggressiven Bären, der klein war, kaum mehr als ein Junges, aber bedächtig und zielstrebig.

Eine Mutter, Francine, war überzeugt, ein Jäger habe den Bären vor dem Angriff mit einem Halluzinogen angeschossen, nur so zum Spaß, um zu sehen, was passieren würde. »Muss ja auf Dauer langweilig sein, einfach nur was totzuschießen«, sagte Francine. »Irgendwer hat ihm eine bewusstseinsverändernde Droge verpasst.«

»Hier in der Gegend ist doch das meiste schon seit Jahren weggeschossen«, erwiderte eine andere Mutter. »Wo kam dieser Bär überhaupt her?«

»Genau«, sagte Francine.

Die älteste Mutter war zuckerkrank und so arthritisch, dass sie sich unter Röntgentechnikern schon lange großer Ehrfurcht erfreute. Sie war außerdem halb blind und bezeichnete sich selbst als dumm wie Bohnenstroh, verstand es aber, am Leben zu bleiben. Penny hingegen, die noch keine vierzig war – sie hatte Edward mit sechzehn bekommen –, starb an Lungenkrebs, ohne je eine Zigarette geraucht zu haben, nicht einmal in der schlimmsten Zeit.

Es war Pennys Tod, der sie zusammenbrachte, auch wenn sie nicht daran dachten, ihrem Sohn im Gefängnis zu schreiben. Penny hatte gern gesagt, dass in jedem von uns ein Teil schlummere, der nie gesündigt hat, und an diesen Teil von Edward wende sie sich, wenn sie ihm schreibe. Aber dabei handelte es sich, wie die älteste Mutter zu bedenken gab, um denselben Teil, der nie geboren wurde und nie sterben wird. Folglich war er belanglos. Da konnte man ebenso gut einen Teller mit dem Motiv einer überdachten Brücke drauf anreden.

Sie sahen sich immer noch als siebenköpfige Gruppe, obwohl sie ohne Penny nur sechs waren. Im Großen und Ganzen glaubten sie, dass die Toten in der Nähe blieben und nahezu alle Erfordernisse des Daseins auf Erden erfüllten, nur befreit von der Banalität täglichen Leidens. So gesehen konnten sie argumentieren, auch wenn sie das nie taten, dass die Opfer ihrer Kinder gar nicht so schlecht dran waren wie allgemein angenommen.

Väter taten sich nicht so zusammen, da waren sie sich einig. Leslie hatte es am längsten mit einem Vater ausgehalten. Ihr Sohn Gordon hatte etwas Schreckliches, wirklich Schreckliches getan. Dabei hatte er als Kind nicht den geringsten Ärger gemacht. Kaum zu glauben angesichts des Geschehenen, aber so war die Vorgeschichte, ihr Junge, Gordons Vorgeschichte beziehungsweise das Fehlen derselben. Laut Leslie hatten sie und der Vater sich nach der Gerichtsverhandlung, deren Ausgang nie in Zweifel stand, zunehmend so verhalten, als würden sie vor einem Publikum auftreten. Nicht vor ausverkauftem Haus, das nicht, aber doch vor einer recht respektablen Anzahl von Zuschauern, die dafür sorgte, dass das Stück nicht abgesetzt wurde. Wenn die Lichter ausgingen und sie bis auf das *Publikum*, die Zuschauer und Zuhörer, allein waren, gab es zwischen ihnen nur erdrückende Stille und Erinnerungsfetzen, mit gelegentlichen grandiosen Wut- und Hassausbrüchen.

»Am Ende ging es um Eitelkeit«, sagte Leslie.

Die älteste Mutter sagte: »Aber was erwartest du von den Männern? Sie sind wie ein Virus mit einer Vorliebe fürs Herz. Das Herz befallen sie für ihr Leben gern. Klar, man kann sich wieder erholen, aber den Schaden hat man.«

Wie sich herausstellte, waren die Väter alle wieder ins Berufsleben eingestiegen. Bis auf den letzten waren sie wieder an ihre Arbeitsplätze zurückgekehrt. Und es ging ihnen ganz gut. Es läuft, sagten sie, wenn man sie fragte. Einige hatten wieder geheiratet. Einer hatte seine impulsiv beschlossene Vasektomie rückgängig machen lassen.

Barbaras Tochter wurde von den Medien als »Ausgeträumt«-Mörderin bezeichnet, denn das hatte sie bei ihrer Amoklaufserie gesagt.

»Nur sie weiß, ob das stimmt«, sagte Barbara. »Dass sie behauptet, es gesagt zu haben, heißt noch lange nichts. Sie war schon immer so ein Kind, das allen möglichen Scheiß erzählt und erwartet hat, dass man ihm glaubt.«

»War sie Buddhistin?«, fragte Leslie.

»Das fehlte noch!«, erwiderte Barbara. »Nicht mal Yoga hat sie gemacht. Nichts hat sie gemacht, bis sie dann doch was gemacht hat.«

»Eine Mörderin muss nicht unbedingt eine Lügnerin sein«, sagte die älteste Mutter.

Keine der Mütter hatte Haustiere. Die Kinder hatten allesamt das eine oder andere Haustier gehabt, für das dann ein neues Zuhause gefunden werden musste. Dort draußen gab es Hunderte Menschen, die unbedingt das Haustier eines Mörders haben wollten und, gerade weil sie so versessen darauf waren, als Adoptiveltern völlig ungeeignet waren. Manchmal endeten auch die Geschichten dieser Haustiere schlimm.

»Es dauert dreiundsechzig Tage, um einen Hund auszutragen«, sagte die älteste Mutter. »Zweihundertsiebzig Tage plus/minus bei einem Menschen.«

Die Mütter waren insofern untypisch, als jede nur ein Kind zur Welt gebracht hatte. Zu ihrer Zeit waren zwei die Norm gewesen. Inzwischen waren drei das neue Zwei, während eins das alte Null war.

»Vor den Massenimpfungen hatten die Leute interessantere Gedanken«, behauptete Barbara. »Wohlwollendere und weniger verletzende Gedanken.«

»Wer weiß, was in diesen ganzen Impfungen ist, die sie den Babys geben«, sagte Francine. »Klar sagen die es einem, aber man weiß es ja trotzdem nicht. Wie denn auch?«

»Früher haben sich die Gedanken wie Flüsse bewegt, aber die wollen nicht, dass unsere Gedanken so gehen«, sagte Emily. »Die wollen unser Denken lenken, und es gibt Leute, die ertragen es nicht, dass man ihren Verstand eindämmt. Sie merken es sofort und lassen es nicht zu, während andere es nie merken.«

»Verdammt«, murmelte Leslie.

»Genau«, sagte Francine.

Francines Sohn hatte behauptet, dass die Familie, die er niedergemetzelt hatte, Hunderte Menschen umgebracht hätte, wenn man sie am Leben gelassen hätte.

»Du meinst, weil sie in Pharma oder Bier gemacht haben?«, fragte Barbara.

»Ich verteidige ihn nicht, aber es hätte ja durchaus sein können.«

»Echtes Denken ist selten«, sagte die älteste Mutter.

»Ich hab mal eine Skulptur vom Flussgott gesehen«, sagte Leslie. »Es war das schaurigste Kunstwerk, das mir je unter die Augen gekommen ist. Angeblich hat es jemand in die Luft gesprengt. Es war einfach zu schaurig.«

Emily betrachtete die Flasche, aus der sie Wasser trank. »Wie kann es rein sein, wenn was zugesetzt wurde?«, sagte sie wie zu sich selbst.

Dann erzählte Pam eine Geschichte über Götter. Es kam alles recht zusammenhanglos daher, aber es ging um eine Gruppe verirrter griechischer Seemänner auf einem Fischerboot, die auf einer einsamen Insel landeten, wo sie einen alten Mann in einer Hütte fanden, zusammen mit einem zerrupften, fast federlosen, aber gewaltigen Vogel und einer großen alten, haarlosen Ziege mit rosaroten Zitzen und einem Euter voller Milch.

Igitt, dachte Emily.

»Um es kurz zu machen«, sagte Pam, »der klapprige alte Mann entpuppte sich als Jupiter, dessen Oberherrschaft über das Universum schon lange vorbei war. Die Ziege war seine alte Amme Amalthea, die ihn einst gesäugt hatte, und der Vogel der furchteinflößende Adler, der die verheerenden Blitze des Gottes in seinen Klauen getragen hatte. Als Jupiter von den Seemännern erfuhr, dass alle verbliebenen Tempel in Ruinen lagen, und ihm klar wurde, dass alles, woran er sich erinnerte, verschwunden war, begann er zu schluchzen, und der Adler kreischte und die alte Ziege blökte, alle in schrecklichem Kummer. Die Seemänner waren so verängstigt, dass sie auf ihr Boot zurückflohen. Unter den Männern der Besatzung war ein gebildeter russischer Philosophieprofessor, und der erklärte ihnen, dass der alte Mann Jupiter war und –«

»Auf dem Fischerboot war zufällig ein gebildeter russischer Philosophieprofessor?«, fragte Emily.

»Es ist eine melancholische Geschichte«, sagte Leslie. »Ich weiß nicht genau, warum.«

»Vögel sind traurig«, sagte Francine. »Wisst ihr noch, wie Penny versucht hat, ein Heim für ungewollte Papageien zu eröffnen, und die Stadt sie abgeblockt hat? Angeblich gab es für so etwas kein Genehmigungsverfahren. Penny erzählte, die Vögel hätten geweint, als man sie von ihrem Grundstück holte. Sie wussten Bescheid. Sie wussten, dass ihre letzte Chance gekommen und verstrichen war.«

Die Mütter verfielen in Schweigen.

Dann sagte Barbara: »Also, ich weiß nicht, warum du die Geschichte von dem alten Gott erzählt hast, aber das Schöne daran ist, dass er zum Schluss nicht allein war.«

»Und was ist mit dem, den wir jetzt haben?«, fragte Emily.

»Mit wem?«

»Dem Gott, den wir jetzt haben. Glaubt ihr, dass

irgendwann jemand eine Geschichte erzählt, in der Gott auf eine einsame Insel verbannt ist und weint, als er erfährt, dass alles, was er geformt hat und kennt, verschwunden ist und er demselben elenden Schicksal unterliegt wie alles Erschaffene?«

»Wahrscheinlich«, sagte schließlich eine der anderen.

»Mir ist schon beim Gedanken an den Flussgott unwohl«, sagte Leslie. »Aber inzwischen ist er ja angeblich verschwunden, in die Luft gesprengt. Und da ist nicht mal von Vandalismus die Rede.«

»Wenn wir in Palästina leben würden«, sagte Pam, »und mein Junge hätte dort getan, was er hier getan hat, hätte das israelische Volk mein Haus in die Luft gejagt.« Sie stellte sich vor, dass man ihr erlauben würde, alles daraus mitzunehmen, was sie tragen konnte, vielleicht aber auch nicht.

Eine der Mütter sagte, das nenne man Sippenhaft.

»Mein Haus hätten sie ruhig in die Luft jagen können«, sagte Barbara. »Ich hatte ja nie eins. Bin schon immer von Ort zu Ort geflattert.«

Sie wohnte in einem Motel draußen am Highway, das neben einer ausgebrannten Tankstelle und einem Messer-Outlet lag. Das Management des Motels leistete seinen Beitrag für die Umwelt, indem es Bettwäsche und Handtücher nur nach wiederholter Aufforderung wechselte, eine von den besseren Hotelketten übernommene

Gepflogenheit. Barbara kam mit einer Kreditkarte über die Runden, die sie hinter dem Bett gefunden hatte. Sie steckte noch in der Original-Papierhülle, auf der die PIN stand. Irgendein armer Teufel mit zittriger Handschrift lief draußen in der Welt herum, ohne zu merken, dass sein Konto diskret geschröpft wurde.

Die älteste Mutter gab sich alle Mühe, ihre arthritischen Hände zu strecken, aber es gelang nicht so recht. Sie hätte zu ihrer eigenen Rettung keinen Finger rühren können, selbst wenn das schon gereicht hätte, was nie der Fall war. Sie spürte die Dunkelheit näher kommen, ohne sie eigentlich zu sehen. Das war nicht ungewöhnlich. Das Leben war wie ein Spiegel, der nicht wusste, was er reflektierte. Für den Spiegel existierte die Reflexion gar nicht. Wenn sie zufällig in einen Spiegel schaute, dachte sie jedes Mal: Arme alte Frau, wie traurig sie aussieht.

»Ich hatte der Kellnerin gerade gesagt, dass ich gern eine schöne Tasse Kaffee hätte«, erinnerte sich eine der Mütter, »als die Polizei hereinkam. Sie nahmen mich mit, und ich sollte ihnen erzählen, was ich wusste. Natürlich wusste ich nichts. Seine dunklen Pläne hatte er mir verschwiegen. Manchmal habe ich das Gefühl, dass er das Verbrechen in einem anderen Daseinszustand begangen hat.«

»Wir leben nicht in derselben Zeit wie unsere Kinder, wenn du das meinst«, sagte Pam liebenswürdig.

»Aber hier sind wir«, sagte Leslie. »Das ist doch nicht richtig, oder, was sollen wir denn jetzt tun? Was sollen wir tun?«

Im zarten Mondlicht sah alles tödlich aus, das Unkraut in den Beeten, die Flasche Wasser, die umgekippte Leiter, die lackierten Nägel all der Füße in Sandalen.

»Hat eine von euch mal gemeinnützige Arbeit geleistet?«, fragte Emily und errötete, als alle schwiegen. Was der Nachwuchs der Frauen in diesem Garten getan hatte, ließ sich eindeutig nicht durch den Balsam gemeinnütziger Arbeit wiedergutmachen.

»Als ich neu hier war«, sagte eine der Mütter, »habe ich Stromrechnungen aus Briefkästen genommen und bezahlt.«

»Hat sich eine von euch je zu einer Stellungnahme bereit erklärt?«, fragte Barbara. »Mir war sofort klar, dass ich es nicht tun sollte. Und das respektieren die. Selbst die Hartnäckigen geben nach einer Weile auf.«

»Ich hatte einen Sprecher angeheuert, aber das war ein großer Fehler«, sagte Pam. »Habt ihr, als es um die Höhe der Strafe ging, mildernde Umstände geltend gemacht?«

Die Mütter schüttelten den Kopf.

»Na ja«, sagte Francine, »Allen hat den Notruf gewählt, als sich seine Freundin die Finger und Zehen abgeschnitten hat, allerdings hätte da wohl jeder Hilfe geholt. Aber mitanzusehen, wie das Mädchen, das erst seit wenigen Monaten seine Freundin war, sich die Finger und Zehen abschneidet, könnte ihn durchaus belastet haben.«

»Was hat sie sich bloß dabei gedacht?«, überlegte Emily. »Dass sie die loswerden wollte?«

»Hast du Minuten gesagt?«, fragte Barbara. »Das kommt mir –«

»Monate«, sagte Francine. »Sie war erst seit ein paar Monaten seine Freundin.«

»Hast du nicht gesagt, er war ein Soziopath?«

»War er auch, aber damals noch harmlos. Gesellschaftlicher Umgang oder Menschenmengen waren ihm unangenehm. Er konnte Verkehr, Bars, Flugreisen nicht leiden. Dann fand er eine Freundin. Ich habe große Hoffnung in sie gesetzt, aber wie sich herausstellte, war sie noch durchgeknallter als er.«

»Auf ihre Weise«, sagte Emily.

»*Eine* menschliche Familie«, sagte die älteste Mutter. »Genau das sind wir. Das müssen wir uns in Erinnerung rufen. Das bist du selbst. So sollten wir von jedem Wesen sprechen, damit wir nie vergessen, dass sein tiefstes Inneres dem unseren ganz ähnlich ist.«

»Das bist du selbst«, wiederholte Pam. Sie ballte die Hände zu Fäusten und schlug sich sanft auf die Brust.

Emily dachte daran, wie sie gestern mehrere Minuten lang vom Fenster aus der Nachbarskatze beim Kacken zugesehen hatte. Als die Katze fertig war, scharrte sie ihr Geschäft nicht zu, sondern schüttelte sich nur und stolzierte davon. Groß und weiß, mit einer leuchtenden roten Wunde am Kopf. Die Nachbarin sagte, was die Wunde angehe, lasse sie den Dingen ihren Lauf. Die Katze habe noch einen gesunden Appetit.

»Ich wohne neben einer Frau, die ihren Jungen im Krieg verloren hat, und das reibt sie mir ständig auf übelste Weise unter die Nase«, sagte Leslie. »Sie arbeitet in der Polizeileitstelle, und wenn ich sie freundlich grüße, zischt sie mich an, ja zischt richtig. Sie hat einen Kirschbaum gepflanzt, wahrscheinlich für den Jungen, und der Baum hat die Pflanzengalle. Erst ein paar Jahre alt, und jetzt hat er diesen riesigen Klumpen. Ich weiß, es muss ihr das Herz brechen. Ich würde ihr ja gern sagen, dass manche Gallen auch nützlich sind. Sie geben dem Erdboden Stickstoff zurück, und das ist gut. Und in mancher Hinsicht sind sie auch für den Menschen nützlich.«

»Du weißt sehr viel, Leslie«, sagte Pam, »aber ich glaube, aus deinem Mund würde das der Frau keinen Frieden bringen.«

»So zu reden wäre Selbstmord«, meinte eine.

»Wir müssen uns hier verhalten, als gäbe es uns nicht«, sagte die älteste Mutter.

»Als gäbe es uns nicht?« Barbara war empört. »Aber es gibt uns doch.«

»Ich bin froh, dass wir keine Selbsthilfegruppe sind«, sagte Francine. »Das würde ich nicht verkraften. Wenn wir eine Selbsthilfegruppe wären, fände ich das äußerst verdächtig.«

Sie stimmten alle überein, dass jede Art von Selbsthilfegruppe für die Mütter berühmter Mörder geschmacklos wäre.

»Wir sind in einer heiklen Lage«, befand die älteste Mutter. Sie bat darum, dass jemand, egal wer, die Kerzen anzünden möge.

Leslie sagte: »Mein erster Gedanke am Morgen und mein letzter am Abend ist: Man wird uns auffordern zu gehen.«

»Ich hab immer noch das Eisstielkästchen, das er mir als Kind gebastelt hat«, erzählte Francine. »Ich bewahre den Küchenschwamm darin auf.«

»Das kann nicht hygienisch sein«, bemerkte Emily.

»Ich habe seinen Handabdruck weggeworfen. Im Kindergarten machen sie zum Muttertag doch immer so Gipsabdrücke von den Händen der Kleinen und befestigen sie auf Holzklötzen.«

»Auf eBay wär das bestimmt einiges wert«, sagte Barbara. »Die Leute sind so gruselig.«

»Worüber haben wir heute Abend eigentlich gesprochen«, fragte Leslie. »Wenn ich raten müsste, würde ich sagen, Gott.«

»Das ist weit hergeholt«, erwiderte Barbara.

»Im Gegenteil, damit kannst du kaum falschliegen«, sagte Francine. »Es ist ziemlich vage. Nicht böse gemeint, Leslie.«

»Schon gut«, meinte die.

Die Kerzen wollten nicht brennen, weil sich in den Bechern, in denen sie standen, das Regenwasser der vergangenen Tage gesammelt hatte. »Wir sollten sowieso gehen«, sagte eine der Mütter. Kerzen verursachten ihr stets Unbehagen. Totenwachen, Sex, Abendessen, Gebete … sie hatten zu viele Verwendungen.

»Ich wünschte, ich hätte ihn als Säugling aus seinem Kuschelsack auf die Felsen fallen lassen«, sagte Barbara laut.

Emily hatte sie diesen absolut nutzlosen Gedanken schon öfter aussprechen hören. Es war immer ein sicheres Zeichen, dass der Abend sich dem Ende zuneigte.

»Wir haben nichts entschieden«, sagte die älteste Mutter. »Wir können die Sünden unserer Kinder nicht wiedergutmachen. Wir haben das Desaster geboren und Geschichte gemacht. Ach, Frauen, meine Freundinnen, nichts haben wir geklärt, und die Erde ist nicht mehr schön.«

Sie kam mühsam auf die Beine und wurde ins Haus geführt. Ihre alten Knie knarrten wie Türen. Sie ließ diese Abende gern mit grimmiger Entschlossenheit ausklingen. Natürlich war das alles nur ein Pfeifen im

Walde, aber manchmal schloss sie auch mit der Bemerkung, trotz ihres gemeinsamen hilflosen Kummers und trotz dieser ganzen verlorenen und verwirrenden Jahre, die noch vor ihnen lägen, sei die Erde nicht weniger schön.

KONGRESS

Miriam lebte mit einem Mann namens Jack Dewayne zusammen, der an der staatlichen Universität einen Kurs in forensischer Anthropologie unterrichtete. Nach allem, was man weiß, war es landesweit der einzige Fachbereich, der einen Schein in forensischer Anthropologie anbot, und die Studenten vergötterten Jack. Sie nannten sich Deweenies und erschienen in Totenkopf-T-Shirts zum Unterricht. Die Leute in dieser Stadt waren verrückt nach Jack. Als Miriam einmal in einem Lebensmittelladen einen Korb Limetten betrachtete, kam eine Frau zu ihr und sagte: »Ihr Jack ist ein wunderbarer, wunderbarer Mann.«

»Ach, danke«, sagte Miriam.

»Mein Sohn Ricky ist vor vier Jahren verschwunden, und Anfang des Jahres wurden Skelettreste gefunden. Zerstreut, zerbrochen, viele Knochen fehlten, nicht sehr vielversprechend, ein heilloses Durcheinander. Die Behörden sagten mir, es seien wahrscheinlich nicht Rickys, aber Ihr Jack hat gesagt, doch, und mir dann voller Mitgefühl erklärt, wie er zu diesem Schluss gekommen ist.« Die Frau wartete. In ihrem Einkaufswagen lagen eine große Tüte Vogelfutter und eine Flasche Wodka. »Ohne Jack wäre die Leiche meines Ricky wahrscheinlich immer noch namenlos«, sagte sie.

»Ja, also, vielen Dank«, sagte Miriam.

Sie wusste nie, was sie zu Jacks Anhängern sagen sollte. Und die wiederum konnten nichts mit Miriam anfangen. Warum ausgerechnet sie? Bei all seinem Lebenshunger hätte Jack eine bessere Wahl treffen können, fanden sie. Miriam habe keinen Charme, fanden sie. Sie sei trübsinnig. Selbst Jack dachte das bisweilen.

Morgens im Garten las sie manchmal laut aus einem ihrer vielen überfälligen Büchereibücher vor. Tau funkelte wie Engelsspucke auf den Blüten von Jacks Rosen. Jack war ein sehr guter Gärtner. Miriam glaubte zu wissen, warum er Rosen besonders liebte. Das Innere einer Rose hat nichts mit ihrer äußeren Schönheit zu tun. Wenn man alle Blütenblätter abreißt, bleibt nur ein schäbiger Stumpf übrig. Rosen waren schon genau Jacks Fall.

»Hier habe ich was für dich, Jack«, sagte Miriam. »Das wird dir gefallen. Beckett beschreibt Tränen als ›flüssig gewordenes Hirn‹.«

»Mensch, Miriam«, sagte Jack. »Warum erzählst du mir das? Sieh dir doch diesen Tag an, es ist ein wunderschöner Tag! Hör auf, die Jauchegrube auszupumpen! Lass doch die Jauchegrube in Ruhe!«

Dann klingelte das Telefon, und Jack begann mit seiner täglichen Arbeit, die darin bestand, das frühere Leben von Haaren und Zähnen zu rekonstruieren, als sie noch jemandem gehört hatten. Ein tausend Meilen entfernter Detektiv schickte ihm etwa eine Kiste halb zersetzter Knochen, und binnen Tagen wusste Jack: »Das ist ein männlicher Weißer zwischen fünfundzwanzig und dreißig, der keine Drogen nahm, groß, gesund und vertrauensvoll war. Eindeutig zu vertrauensvoll.«

Oder man fand eine Hand im Magen eines Hais, den man vor der Golfküste Floridas an Bord eines Vergnügungsboots gezogen hatte, und Jack wurde eingeflogen, um sie zu untersuchen. Dann kam er tief gebräunt und erfrischt, mit einem flotten neuen Haarschnitt, zurück und sagte: »Den Hai haben vermutlich die Ringe an der Hand angelockt. Es ist die Hand eines Teenagers. Sie war klein, vielleicht gar eine Zwergin, und wohlgenährt. Sie war Einzelgängerin, abenteuerlustig, ungebildet und womöglich arbeitslos. Wahrscheinlich waren die Ringe gestohlen. Es wäre eindeutig besser für sie gewesen, der Versuchung dieser Ringe zu widerstehen.«

Miriam konnte es nicht leiden, wenn Jack so kritisch war, und Jack war ziemlich oft kritisch. Sie stahl selbst gelegentlich, meistens Betttücher. Aus irgendeinem Grund waren die leicht zu stehlen. Als Mädchen hatte sie sich gewünscht, eine geistreiche, lebhafte und unwiderstehliche Frau zu werden, schlagfertig und gewandt im Diskutieren kontroverser Themen, aber so war es nicht gekommen. Sie war eine Frau geworden, die immer noch auf ihre Berufung wartete.

Jack hatte keine Ahnung, dass Miriam Betttücher und andere Dinge stahl. Er mochte Miriam. Er mochte ihre Knochen. Sie hatte feine Knochen, und es gefiel ihm, sie nachts unter ihrer warmen glatten Haut nachzuzeichnen, ihren Kieferknochen, ihren Schlüsselbeinknochen, ihren Beckenknochen. Es war nichts, wonach er sich verzehrte, er mochte Miriam einfach nur, normalerweise. Und er mochte seine Arbeit. Es gefiel ihm, Dinge zu einem Ende zu bringen und mit den Menschen zu tun zu haben, die die Vermissten zurückgelassen hatten. Er war weder Arzt noch Priester; er war der forensische Anthropologe, und nur er konnte diesen Leuten Frieden verschaffen. Sie wollten es wissen, sie mussten es wissen. Gehörte das Schienbein im Sumpf Denny? Denny, wir wollen dich zurück ... Waren die kleinen und kleinsten Teile, die beim Absuchen des Sees gefunden wurden, wirklich Luciles, obwohl sie doch angeblich in Manhattan war? Sie hat uns erzählt, sie würde nach Manhattan gehen, von einem See war nie die Rede ... Bill war vor Jahren mit seinem kleinen weißen Hund zu einer eintägigen Wanderung aufgebrochen, und jetzt hatte man endlich in einer Schlucht etwas gefunden … Pookie war am Vierten Juli auf ihren kleinen Beinchen vom Wohnwagen weggewackelt, als wir gerade den Grill aufbauten, sie wäre jetzt so viel älter, ein kleines Mädchen, kein Baby mehr, und es wäre so gut, wenn wir es wüssten, wenn wir es doch nur wissen könnten …

Und Jack machte ihnen sein Geschenk, indem er ihnen die unwiderlegbare und fast unaussprechliche Nachricht überbrachte. Das ist sie, das ist er. Sie brauchen sich keine Sorgen mehr zu machen, es ist vorbei, Sie sind frei. Niemand konnte diesen Leuten, die des Wartens müde und die Hoffnung leid waren, so helfen, wie Jack es konnte.

Miriam hatte Menschen, die verschwanden, gern, auch wenn sie persönlich keinen kannte. Aber wenn einer ihrer Nächsten verschwände, würde sie lieber glauben, er hätte sich in die Ferne verliebt, eine weite Ferne. Ganz sicher würde sie sich nicht danach sehnen, von seinem Tod zu erfahren.

Eines Tages brachte einer von Jacks Studenten, ein passionierter Jäger und schlaksiger, blauäugiger Junge namens Carl, der winters wie sommers Camouflage-Hosen und ein schwarzes T-Shirt trug, ihm vier präparierte Hirschhufe als Geschenk. »Ich dachte mir,

Sie hätten vielleicht Lust, eine Lampe daraus zu machen«, sagte Carl.

Miriam war im Garten. Sie stahl neuerdings kümmerliche Pflanzen aus Gärtnereien und anderer Leute Gärten und setzte sie weit weg von Jacks Rosen an einer ungenutzten Stelle ein. Die Pflanzen blieben kümmerlich – standen unter Schock, nahm sie an.

»Das gäbe eine hübsche Lampe ab«, sagte Carl. »Man kann alles Mögliche machen. Aus den Vorderbeinen eines Bocks kann man ein Thermometer für draußen machen. Sieht gut aus mit Schneeflocken drauf.«

»Eine Lampe«, sagte Jack. Er wirkte hocherfreut. Jack verstand sich gut mit seinen Studenten. Er schlief nicht mit den Mädchen und behandelte die Jungen wie seinesgleichen. Er legte die Hände um die oberen Enden der Hufe und spreizte sie leicht.

»Mit der Höhe müssen Sie vielleicht etwas experimentieren«, sagte Carl. »Mit Geweihen kann man auch schöne Sachen machen. Kronleuchter, Kandelaber. Geweihe kann man als Gestell für fast alles benutzen.«

»Wir haben Lampen«, sagte Miriam. Sie hielt eine schlaffe ausdauernde Pflanze in der Hand, die sie aus einem Supermarkt befreit hatte.

»Gott, Miriam, die Idee gefällt mir aber.«

»Ich wette, Sie könnten so was gut, Sir«, meinte

Carl. »Ich hab mal eine gebaut, und das war sehr entspannend.« Er blickte zu Miriam und lächelte mit halb geschlossenen Augen.

»So eine Lampe wäre allerdings wirklich was Neues«, sagte Jack. »Ich glaube, das macht mir Spaß.«

»Vielleicht hätten Sie Lust, mal mit mir auf die Jagd zu gehen, Sir«, sagte Carl. »Wir könnten Pampashirsche mit Pfeil und Bogen jagen.«

»Dem solltest du nun wirklich widerstehen, Jack«, sagte Miriam. Beim Gedanken an eine Lampe aus Tierhufen in ihrem Leben, und auch noch *angemacht*, stieg ein heftiges Gefühl von Panik in ihr hoch.

Aber Jack wollte eine Lampe bauen. Er brauche ein neues Hobby, erklärte er. Hobbys seien gesund, und vielleicht würde er sogar auf Carls Bogenjagd-Vorschlag eingehen. Warum suche sie sich nicht auch ein Hobby, wie Backen oder Football-Schauen? Die Lampe hatte er an einem Wochenende fertig und stellte sie auf ein antikes Vorratsschränkchen im Wintergarten. Die Beine auf eine Höhe zu schneiden, war etwas schwierig gewesen. Vielleicht waren sie nicht exakt gleich hoch geworden. Miriam, die erwartet hatte, das Ding abstoßend zu finden, war hingerissen. Es hatte einen dunkelblauen Lampenschirm, ein goldfarbenes Kabel und eine Sechzigwattbirne. Eine hellere Birne wäre übertrieben, meinte Jack. Miriam konnte sich dem Zauber der kleinen Lampe nicht entziehen. Sie ertappte sich oft dabei, wie sie neben ihr saß und sie anstarrte, das borstige braune Fell, die zierlichen Fesseln, die blanken schwarzen Hufe, alles mit einer Gimpenborte aus Messing auf den Umfang eines Speisetellers zusammengeschnürt. Die kleine Lampe war reine Anarchie mit ihren eng gebündelten Beinchen. Sie war Wirbel, war ein Loch, die ersten fernen Trommeln. Manchmal befürchtete Miriam, sie würde anfangen, mit der Lampe zu sprechen. Das war, wusste sie, bei manchen Menschen so, sie glaubten, sprechen zu müssen. Sie hatte gelesen, dass Luther Burbank beruhigend auf Kakteen einredete, wenn er eine stachellose Sorte zu züchten versuchte, und wiederholt von ihnen gestochen wurde; er musste sich unzählige Stachel aus den Händen ziehen, aber es störte ihn nicht. Er fuhr fort, ruhig und geduldig mit ihnen zu reden; er wurde nie wütend, sondern machte stur weiter.

»Miriam«, sagte Jack, »das ist keine Leselampe, sondern ein Akzentlicht. Du ruinierst dir damit die Augen.«

Früher hatte sich Miriams beträchtliche Fantasie auf Sex gerichtet, was Jack lange gut gefallen hatte, aber inzwischen sprudelte sie nach Lust und Laune über und lag leicht auf allem wie Wasser auf einem See. Es beunruhigte ihn ein bisschen. Vielleicht sollten sie in den Semesterferien verreisen. Gemeinsam etwas Fremdartiges zu erleben wäre vielleicht genau das Richtige. Gleichzeitig machte ihn der Gedanke, mit Miriam wegzufahren, unerklärlich nervös.

Die Tage waren strahlend schön, doch es war fast Herbst, und tagsüber breitete sich kühle Luft aus und berührte alles. Miriams Rastlosigkeit hatte sich gelegt. Jetzt war es Jack, der rastlos war.

»Miriam, ich werde mit der Bogenjagd anfangen«, sagte er. »Carl glaubt anscheinend, dass ich ein Naturtalent wäre.«

Miriam erhob keine Einwände, wie sie es früher getan hätte. Dennoch konnte sie nicht anders, als angespannt neben der Lampe auf Jacks Rückkehr von seinen Expeditionen mit Carl zu warten. Sie hielt sich auf eigenartige Weise bereit und wusste nicht einmal, wofür. Wochenlang ging Jack jagen, und wochenlang störte es ihn nicht, dass er ohne ein ehemaliges Tier zurückkam.

»Die Erwartung und die Herausforderung, darum geht es«, sagte Jack. Er und Carl standen in der Küche und teilten sich einen kleinen Whiskey. Carls Haut war so rein wie die eines Babys, und er roch rein, wenn auch etwas merkwürdig, nach Cold Cream und Sellerie. »Die Saison hat erst begonnen, Sir«, sagte er.

Doch irgendwann begann Jack sich über den ausbleibenden Erfolg zu ärgern. Miriam und die Lampe warteten weiterhin feierlich darauf, dass er mit leeren

Händen zurückkehrte. Er wurde reizbar. Manchmal vergaß er, sich die Tarnfarbe abzuwaschen, und er schlief schlecht. Und eines Spätnachmittags, als Jack im Wald war, schlief er auf dem Ansitz ein, stürzte durch einen Baum und verletzte sich gefährlich mit dem eigenen Pfeil, der sich durchs Auge in seinen Kopf bohrte, als stieße ein Messer in eine Melone. Ein Großteil seines Gehirns verlor die rosige Farbe und wurde so grau wie das Fell eines Nagetiers. Einen Monat später konnte er unter Schwierigkeiten gehen und einen Arm bewegen. Das verbliebene Auge hatte etwas Sehkraft, und er konnte hören, aber nicht sprechen. Aus der Reha kam er mit einem Gesicht nach Hause, das so ausdruckslos war wie ein glasierter Kuchen. Es war als hätte er ein vorzeitiges Begräbnis erlitten, als wäre er zwar verortet, aber nicht anwesend. Miriam war überzeugt, dass er sich der morbiden Ironie bewusst war.

In den Wochen nach dem Unfall war die Lampe Miriam ein großer Trost. Carl dagegen nicht so sehr. Wann immer sie ihm auf dem Flur der Klinik begegnete, heulte er und knirschte mit den Zähnen. Aber die krumme, zierliche Lampe mit ihren vier Füßen strahlte Ruhe aus. Die meisten Abende verbrachten sie zusammen mit stiller Lektüre. Die Lampe hatte einen eklektischen Lesegeschmack. Sie warf ihr Licht im Grunde auf alles. Ihr gefielen die Erzählungen Poes. Am Abend bevor Jack wieder nach Hause kommen sollte, lasen sie ein Büchlein, in dem Tiere Gott ihre Gebete senden – die Maus, der Bär, die Schildkröte und so weiter –, und da waren die Lampe und Miriam vielleicht zum ersten Mal uneins. Miriam gefielen die kleinen Verse. Die Lampe dagegen fand, dass der Verfasser es sicher gut meinte, die Gebete aber süßlich seien und das Denken mit der Existenz verwechselten. Die Lampe hatte ein paar Brocken Kierkegaard aufgeschnappt und war der strikten Ansicht, dass das Denken nie mit der Existenz verwechselt werden sollte. Da sie sich selbst in einem Zustand eigenartiger und veränderter Existenz befand, hatte die Lampe zu manchen Dingen sehr entschiedene Ansichten. Miriam wollte oft an jenes andere Leben denken, in dem die Teile das Ganze kannten, die Beine rannten und ruhten und durch blumenüberflutete Wälder liefen, doch die Lampe wollte nicht über diese Zeiten nachdenken.

Jack kam nach Hause, und Carl zog bei ihnen ein. Er verkaufte seinen ganzen Besitz bis auf den großen Chevy Truck und hatte nur den einen Wunsch, Jack für den Rest seines Lebens zu pflegen. Jacks gesundes Auge tränte häufig, und Ablehnung wie Zustimmung äußerte er mit einem pfeifenden Zischen. Dennoch wirkte er nicht allzu froh, Miriam zu sehen. Ihr wiederum kam es vor, als wäre sie zu einem Grab gefahren und bei laufendem Motor aus dem Wagen gestiegen. Carl schlief eine Zeitlang in Jacks Arbeitszimmer; doch eines Nachts, als Miriam nicht schlafen konnte und mit der Lampe im Wohnzimmer saß, sah sie, dass er ins Schlafzimmer ging und die Tür hinter sich schloss. Und so ergab es sich dann. Carl war Tag und Nacht bei Jack.

Sehr bald schon wollte Carl eine Reise unternehmen. Er war überzeugt, dass die traurigen Besuche der anderen Studenten Jack ermüdeten und die vertraute Umgebung nicht anregend genug war. Obwohl Miriam Carls Einfällen nicht viel abgewinnen konnte, fand sie diese Idee nicht schlecht. Sie war bereit fortzugehen. Schließlich war Jack auf seine Weise ohnehin schon fortgegangen, und es schien sinnlos, in seinem Haus zu bleiben. Sie würden alle drei nebeneinander im großen geräumigen Fahrerhaus auf der breiten kirschroten Ledersitzbank in Carls Truck sitzen und den Südwesten bereisen. Das Einzige, was ihr nicht gefiel, war, dass die Lampe auf der Ladefläche beim Gepäck reisen sollte.

»Da passiert ihr nichts«, sagte Carl. »Schau dir Hunde an. Hunde fahren die ganze Zeit hinten in Pick-ups mit. Sie finden es toll.«

»Tausende Hunde sterben jedes Jahr, weil sie hinten aus den Pick-ups fliegen«, erwiderte Miriam.

Jack blieb bei ihnen im Zimmer, während sie die statistische Wahrscheinlichkeit davon erörterten. Er war verhärmt, sein Kopf vernarbt, und sich selbst überlassen ähnelte er meistens einem großen weißen Apparat. Aber Carl kaufte ihm andauernd Sachen und nahm kleine Veränderungen an seinem Äußeren vor. An diesem Tag trug er gebügelte Khakihosen, ein frisch gestärktes Karohemd, eine große schwarze Sonnenbrille und einen schwarzen Stetsonhut. Carl war jung und schuldbewusst und wahnsinnig verliebt. Während er redete, tätschelte er Jacks Handgelenke, damit Jack sich nicht aufregte.

Obwohl er darauf beharrte, dass er noch nie von einem Hund gehört hatte, der von einem Pick-up gefallen war, erklärte Carl sich zuletzt bereit, eine Abdeckung zu kaufen und die Ladefläche damit zu sichern. Er packte zwei kleine Reisetaschen für sich und Jack, und Miriam besorgte sich einen Karton und stopfte ihre Kleidung um die Lampe herum. Sie hatte vor, bei jeglicher Lampe in jeglichem Motelzimmer den Stecker zu ziehen und sie durch diese zu ersetzen. Das wäre für die Lampe zweifellos der Höhepunkt des Tages.

Am Abend fuhren sie los und hielten erst an, als das Tageslicht enthüllte, wie beträchtlich die Landschaft sich verändert hatte. Sie sahen eine Menge zerbrochenes Glas und riesige Kakteen. Orgelpfeifenkaktus, Saguaro, Goldkugel- und Feigenkaktus. Strenge, fremdartige Formen, viel stiller als Bäume, weniger freundlich und dienstbeflissen. Sie schienen auf eine neuerliche

Wende zu warten, eine weitere ehrfurchtgebietende Verschiebung der tektonischen Platten, ein gewaltiges Geschehen. Die Sonne tauchte jeden Stachel ins Licht, schärfte die zerschlagenen Flaschen und bohrte sich durch die großen zarten Ohren überfahrener Hasen. Sie sahen wenige Menschen und keine Tiere außer toten. Das Land war weit und still, und es schien erhebliche Vorbehalte gegenüber den nichtmenschlichen Geschöpfen zu geben, die darum kämpften, es zu bewohnen. Tote Kojoten und Falken waren an Zaunpfähle genagelt, die Straße gespickt mit Eidechsen- und Schlangenüberresten. Miriam war froh, dass die Lampe zugedeckt war und diesen Anblick nicht ertragen musste.

Am ersten Abend hielten sie bei einem Motel mit chinesischem Restaurant und Lounge nebenan. Miriam bestellte Moo Goo Gai Pan, ein Gericht, das sie seit ihrer Kindheit nicht mehr gegessen hatte, und Orangenlimo. Mit Stäbchen fütterte Carl Jack mit einigen ausgesuchten Leckereien von einem Vorspeisenteller. Nach dem Essen schlenderte Miriam in die Lounge, aber da war nur eine Katze, die sich energisch putzte und Miriam mit den Pfoten über dem Kopf anstarrte. Miriam suchte sich von dem Büchertauschtisch in der Rezeption zwei abgegriffene Taschenbücher aus und ging auf ihr Zimmer. Durch die Wand hörte sie Carl Jack etwas vorsingen, während er das Badewasser einließ. Er würde Jack die Haare waschen, seine Nägel schrubben und über die Zukunft sprechen … Miriam schaltete die Lampe an und nahm eines der Bücher in Augenschein. Es handelte von Wüstenpflanzen, aber viele Seiten darin fehlten, und jemand hatte Wein über die Fotos verschüttet. Immerhin erfuhr sie, dass Kakteen von Rosen abstammten. Sie waren Spätankömmlinge, Anpasser, Teil eines neuen Klimas. So fühlte sie sich auch, als ausgesprochener Spätankömmling, es war ihr Wesen. Sie hatte sich schnell ans Verliebtsein angepasst, und dann ans Nicht-mehr-Verliebtsein. Und das neue Klima war, nun ja, diese Situation. Sie legte das Kakteenbuch weg.

Das andere Buch handelte von der Zebrajagd in Afrika. *Ich habe ihm direkt in seinen großen dicken Hintern geschossen,* schrieb der Autor. Das hatte sie gelesen, bevor sie begriff, was sie da tat, und bereute es entsetzlich, aber die Lampe ließ sich nicht erschüttern, bis Miriam sie schließlich ausschaltete und ins Bett ging.

Am nächsten Tag fuhren sie. Sie hielten bei heißen Quellen und Geisterstädten. Sie hielten bei einem Indianerreservat, und Carl kaufte farbigen Sand in einer Flasche für Jack. Sie hielten bei einem Dairy Queen, und Miriam fuhr, während Carl Blaubeereis in Jacks Mund löffelte. Sie bewunderten die Wüste, die merkwürdigen Gewächse, die eigenartig blassen Farben.

Sie kamen durch einen Canyon aus großen einzelnen Felsbrocken. Ein Schild drohte mit Geldstrafen und Haft für das Verschandeln der Felsbrocken, aber sie waren trotzdem vollgemalt, meistens mit den Namen der Malenden. Die Formen der Steine erinnerten an nichts, aber mit den Wörtern darauf sahen sie wie Klotüren in einer Raststätte aus. Jenseits des Canyons lag eine Kleinstadt mit zwei Museen, einem Backsteinhotel, einer Tankstelle und einer großen Bar namens Horny Toad. Miriam hatte den Eindruck, dass der Motor des Trucks nicht mehr lief.

»Der Truck ist aus«, sagte Carl.

Sie rollten an den Straßenrand, und Carl machte sich an der Zündung zu schaffen.

»Der Generator wird hin sein«, sagte Carl. Er nahm Jack die Sonnenbrille ab, putzte sie mit einem Taschentuch und setzte sie ihm sorgfältig wieder auf. Unter Miriams Ellbogen wurde das Metall der Wagentür heiß.

»Du checkst im Hotel ein«, ordnete Carl an. »Jack und ich gehen zur Werkstatt. Jack mag Autowerkstätten.«

Carl half Miriam, das Gepäck abzuladen, und trug es in die Eingangshalle des Hotels. Sie buchte zwei nicht aneinandergrenzende Zimmer. Es waren die letzten freien Zimmer, obwohl Hotel und Ortschaft verwaist wirkten. Die Museen hätten geschlossen, und alle seien in der Bar, sagte der Hotelier. Ein Museum stelle nur einen versteinerten Hochzeitskuchen, eine versteinerte Katze, ein paar Felsen und alte Kleider aus. Das sei typisch und keinen Besuch wert, vertraute er Miriam an. Aber die Leute kämen von weither, um in das andere Museum zu gehen und sich mit dem diensthabenden Präparator zu unterhalten. Es überraschte ihn, dass sie nicht des Museums wegen angereist waren. Der Präparator sei ein Genie. Selbst wenn er es wollte, könnte er ein Tier nicht tot aussehen lassen.

»Er kann sogar Reptilien, und die stellt er dann zu kunstvollen und lehrreichen Gruppen zusammen«, sagte der Hotelier.

»Das Museum ist voll toter Tiere?«, sagte Miriam.

»Klar«, sagte der Hotelier. »Es ist ja ein Naturkundemuseum.«

Miriams Zimmer lag auf der Rückseite des Hotels über der Küche, und es roch darin wie in einer Sandwichdose, aber sonst war es nicht übel. Sie stellte die Möbel um, steckte die Lampe ein und blickte aus dem Fenster zur Bar, einem länglichen dunklen Gebäude, das sich, je länger sie hinsah, von gedämpftem Stimmengewirr fast zu heben und senken schien. Das war das Horny Toad. Sie beschloss hinzugehen.

Miriam hatte immer gedacht, sie gehöre zu den Menschen, die noch im anspruchslosesten Fremden jede Lust auf ein Gespräch dämpften. Aber im Toad war das nicht der Fall. Die Leute wandten sich ihr augenblicklich zu und sprachen mit ihr. Mit ihren ruhelos glänzenden Gesichtern schienen sie sich nach Zuneigung zu sehnen und waren ganz zum Reden aufgelegt. Kinder waren auch da. Alle waren überaus munter.

Eine junge Frau mit strähnigem Haar, das sich bereits lichtete, berührte Miriam mit einer kleinen trockenen Hand. »Ich heiße Priscilla Dickman und ich bin Ex-Agoraphobikerin«, sagte sie. »Kann ich Ihnen einen Drink ausgeben?«

»Ja«, sagte Miriam verblüfft. Die Leute winkten und lächelten.

»Ich hatte immer solche Angst, die Kontrolle zu verlieren«, sagte Priscilla. »Ich hatte Angst, verrückt zu werden, mich zu blamieren. Ich hatte Angst, krank zu werden, was Erschreckendes zu tun oder zu sterben. Schwer zu glauben, oder?«

Sie sagte, sie werde ihnen Gimlets bringen, und ging zur Theke. Sofort gesellte sich ein älteres Paar zu Miriam, beide in Jeans, Satinhemden und identischen breiten Concha-Gürteln. Sie hießen Vern und Irene. Sie hatten den ganzen Tag im Museum verbracht und waren glücklich und erschöpft.

»Mir gefällt die Nabelschweinfamilie am besten«, sagte Irene. »Die Babys waren einfach zu süß.«

»Hässliche Tiere«, sagte Vern. »Bizarr. Aber sie waren schon immer Irenes Lieblingstiere.«

»Nicht letztes Jahr«, sagte Irene. »Letztes Jahr waren es, glaube ich, die Bären. Vern sagt immer, das Leben sei nur Eines, das aber zu seinem eigenen Vergnügen verschiedene Formen annimmt.«

»Das sage ich, aber ich glaube es nicht«, sagte Vern und zwinkerte Miriam heftig zu.

»Vern mag die Erdhörnchen.«

Vern stimmte ihr zu. »Der Schaukasten ist nichts Besonderes, aber mir gefällt, was ich von ihnen höre. Die Sache mit dem Totstellreflex. Wenn es hart auf hart kommt, bums, stellen sie sich tot. Sie brauchen nichts. Ein Atemzug alle drei Minuten.«

Irene schien der Totstellreflex nicht so zu faszinieren wie ihren Mann. »Waren Sie schon da, meine Liebe?«, fragte sie Miriam. »Haben Sie dem Präparator Ihre Frage gestellt?«

»Nein, noch nicht«, sagte Miriam. Sie ließ sich von Priscilla ein Glas geben, die mit einem Tablett Drinks zurückgekommen war. »Ich heiße Priscilla Dickman«, sagte sie zu dem alten Paar, »und ich bin Ex-Agoraphobikerin.«

»Er antwortet nicht jedem«, sagte Vern.

»Er antwortet den Kindern ab und zu, aber die wissen ja nicht, was sie sagen«, sagte Irene mürrisch. »Ich finde, Kinder sollten nur in den Streichelzoo dürfen.«

Ein ausgemergelter, ernster junger Mann namens Alec kam dazu und stellte sich ihnen als Baumumarmer vor. Er war in Begleitung einer jungen Frau namens Argon.

»Als ich alt genug war, um ungefähr zu wissen, was ich wollte«, sagte Argon, »da hab ich beschlossen, dass es entweder ein Baumumarmer oder Autofreak sein musste. So weit hatte ich es eingegrenzt. Bei meiner ersten Demonstration lag ich mit anderen Leuten in einem Park auf der Straße, wo sie zweihundert Jahre alte Bäume für einen Picknickplatz plattmachen wollten. Wir hatten ziemlich viele Picknicker als Zuschauer. Als die Bullen kamen und mich wegtrugen, sagte ein kleines Mädchen: ›Warum nehmen sie die hübsche Frau mit, Mommy?‹, und da war's um mich geschehen. Von da an fand ich es einfach herrlich zu demonstrieren, immer in der Hoffnung, so was noch mal zu hören. Leider vergeblich.«

»Wir werden alle älter, meine Liebe«, sagte Irene.

»Autofreaks sind irgendwie interessant«, sagte Argon. »Die können was richtig Hypnotisches haben, aber eigentlich nur, wenn sie über Autos reden.«

Etwas später war Alec noch immer mitten in einer langen Geschichte über indische Umweltschützer im Himalaya. Die Baumumarmer-Bewegung habe schon vor langer Zeit eingesetzt, hatte er ihnen erklärt, als der Maharadscha von Jodhpur für einen weiteren Palast

Bäume fällen lassen wollte und eine Frau namens Amrita Devi die Baumfäller daran gehindert hatte, indem sie einen Baum umarmte und die inzwischen wohlbekannten Worte sagte: »Ein abgeschlagener Kopf ist billiger als ein gefällter Baum«, bevor sie zerstückelt wurde. Dann nahmen ihre drei Töchter ihren Platz ein und wurden ebenfalls zerstückelt. 359 weitere Dorfbewohner wurden zerstückelt, ehe der Maharadscha die Sache abblies.

»Und es hat tatsächlich funktioniert«, sagte Alec, an seinem Daumennagel kauend. »Die ganze Gegend ist heute voller militanter Naturschützer. Sie veranstalten dort jedes Jahr einen Jahrmarkt.« Er kaute wie wild an seinem Nagel. »Und da, wo vermutlich die erste Frau gestorben ist, wächst kein Gras. Kein einziger Grashalm. Die Stelle ist abgesperrt.« Einen Augenblick hatte er mit einem abgebissenen Nagelstück zwischen den Zähnen zu tun, bekam es schließlich frei, betrachtete es kurz und schnippte es auf den Boden.

»Weißt du, Alec«, sagte Argon, »diese Geschichte hat mir nie gefallen. Für meine Begriffe schießt sie einfach am Ziel vorbei.« Sie wandte sich an Miriam. »Baumumarmer neigen manchmal dazu, nicht mit beiden Beinen auf dem Boden zu stehen. Ich will eine spirituelle und ökologische Kriegerin sein, aber ich will auch mit beiden Beinen auf dem Boden stehen.«

Miriam blickte zu dem weißen gebogenen Nagel auf dem dreckigen Fußboden. Jack hätte nicht viel damit anfangen können. Nicht mal Jack. Wer waren diese Leute? Sie waren alle so verzweifelt. Das ließ sich nicht allein dem Alkohol zuschreiben.

Andere versammelten sich um den Tisch und erzählten alle von ihren Erlebnissen im Museum, brachten ihre Ehrfurcht vor den Ausstellungsstücken zum Ausdruck, den Berglöwen und Stelzvögeln, den Herden von Wapiti-Hirschen und den Exoten, vor allem vor den Exoten. Sie waren von weither gekommen, um all das zu sehen. Viele von ihnen kehrten Jahr für Jahr zurück.

»Es ist unmöglich, da ungerührt rauszugehen«, sagte eine Frau.

»Am liebsten mag ich den Waldstorch auf dem Baumstumpf in einem einsamen Sumpf«, sagte Priscilla zaghaft. »Er könnte nicht besser dargestellt sein.«

»Das ist tatsächlich ein prächtiges Exemplar. Gibt nicht mehr viele davon«, sagte jemand.

»… so viel besser als jeder Zoo. Zoos sind so deprimierend. Ich habe gehört, in Detroit begehen die Tiere Selbstmord. Stürzen sich in die Wassergräben und ertrinken.«

»Ich glaube, andere Städte haben das Problem nicht so sehr. Nur Detroit.«

»Mag sein. Zoos –«

»Ach, total, das hier ist viel, viel schöner.«

»Schießen, um zu töten, nicht um zu verstümmeln«, sagte Vern.

»Viele Jäger kriegen das einfach nicht auf die Reihe«, sagte Irene. »Und denken dann, sie könnten diesen Schrott hierherbringen! Zu ihm!«

»Ich habe meine Fragen für morgen schon vorbereitet«, sagte Argon. »Ich will ihn zu den Augen befragen. ›Woher bekommen Sie die Augen‹, will ich ihn fragen.«

»Da ist Ihnen schon ein Kind zuvorgekommen, fürchte ich«, sagte Irene. »Ein kleiner Goldschopf mit Baseballmütze.«

»O nein!«, rief Argon. »Was hat er geantwortet?«

»Er hat gesagt, dass er die Augen aus dem Fachhandel bezieht.«

»Ich bin mir sicher, dass er sich bei mir anders ausgedrückt hätte«, sagte Argon.

Alec, der jetzt am anderen Daumen kaute, sah sie hilflos an.

»Das kann ich überhaupt nicht leiden«, sagte jemand. »Irgendwer anders stellt deine Frage, und du kommst der Sache nie auf den Grund.«

»Entschuldigen Sie«, sagte Miriam leise zu Irene, »aber warum sind Sie alle hier?«

»Wir sind hier mit unseren Liebsten, weil wir glauben, dass hier demnächst etwas Großes geschehen wird«, sagte Irene. »Das wollen wir erleben. Und dann sind wir dabei gewesen.«

»Man kann nie wissen«, sagte Vern. »Nächstes Jahr um diese Zeit sind wir vielleicht alle schon hinterm Horizont verschwunden.«

»Aber so weit sind wir noch nicht«, sagte Irene und tätschelte seine Hand.

Die Beleuchtung im Toad flackerte, erlosch und ging schwächer wieder an.

»Die machen zu«, sagten mehrere Leute sofort.

Sie gingen alle nacheinander in die Nacht hinaus. Viele übernachteten in Wohnwagen und Zelten um das Museum herum, andere wohnten im Hotel.

»Ich würde mein Leben auch nicht gerne in Detroit verbringen«, sagte eine Stimme.

»Für mich war die Angst ein schmerzstillendes Mittel«, erklärte Priscilla niemand Bestimmtem, soweit Miriam erkennen konnte. »Aber jetzt mache ich das nicht mehr.«

In ihrem Hotelzimmer saß Miriam eine Zeitlang neben der Lampe. Die Beine waren verstaubt, also wischte sie sie mit einem feuchten Tuch ab. Sie erwog, verschiedene Lampenschirme zu besorgen. Lampenschirm der Woche. Selbst wenn sie in Gedanken nuschelte, konnte die Lampe ihr noch folgen. Es gab Zeitformen, die der menschlichen Sprache noch nicht zugänglich waren, und die Lampe wusste auch diese in ihr Verständnis einzubeziehen. Miriam freute sich auf ihren Museumsbesuch am nächsten Morgen. Sie wollte dort sein, sobald geöffnet wurde. Die Lampe hatte kein Interesse, den Präparator kennenzulernen. Darüber war sie hinaus. Sie lasen eine kurze traurige Erzählung über einen braunen Hund, dessen Glaube an sein Herrchen sich als schrecklicher Irrtum herausstellte, und verbrachten eine ziemlich unruhige Nacht.

Am nächsten Morgen ging Miriam zum Frühstück zu Jack und Carl ins Zimmer.

»Wir sind gerade mit Zähneputzen fertig«, sagte Carl. Jack hatte die Brille nicht auf und sah Miriam mit dem gesunden Auge scheu an. Sie schenkte Kaffee ein, während Carl den Toast butterte und Jack Pflaster aufriss und sie überallhin klebte. Ihm gefielen Kinderpflaster mit bunten Weltraumraketen und Comicfiguren besser als die fleischfarbenen. Er klebte Miriam welche auf die Hand.

»Er mag dich!«, rief Carl.

Schweigend tranken sie ihren Kaffee. Im Zimmer brummte ein Ventilator.

»Der Truck müsste heute fertig sein«, sagte Carl.

»Warst du früher schon mal verliebt?«, fragte Miriam.

»Nö«, sagte Carl.

»Also, ich finde, du wirst damit sehr gut fertig.«

»Kein Problem«, sagte Carl.

Miriam hielt ihre Tasse in der Hand. Sie tat so, als wäre noch ein Schluck darin, obwohl die Tasse leer war. »Wollen wir nicht alle ins Museum?«, sagte sie. »Deshalb kommen die Leute hierher.«

»Davon habe ich gehört«, sagte Carl. »Und meine Meinung ist, so ein Museum und die Leute, die es betreiben – also, die verschließen doch in jeder Hinsicht die Augen vor der Wahrheit. Das ist meine Meinung. Und Jack hier, der war sein ganzes Leben lang ganz groß darin, die Wahrheit nachzuweisen – stimmt's, Jack? Und bist es immer noch, Mensch.« Jack räusperte sich, und Carl strahlte ihn an. »In so ein Museum wollen wir nicht«, sagte Carl.

Miriam war beschämt, aber entschlossen. »Ich gehe mal für ein, zwei Stunden hin«, sagte sie.

Vor ihr standen viele Leute an, allerdings sah sie keine ihrer Bekanntschaften von gestern Abend. Das Museum war ein wuchtiges Gebäude mit breiten Zementsäulen und geschwungenen Wänden aus getöntem Glas. Undeutlich konnte sie im Inneren statische, zottige Arrangements ausmachen. Im ersten Saal, den sie betrat, war der Hobbyraum eines bekannten Basketballspielers in Kalifornien nachgebildet. An der Wand hingen fünfzehnhundert Wolfsschnauzen. Auf einer kleinen Bronzetafel war zu lesen, dass Wilt Chamberlain einem Wildjäger aus Alaska die Wolfstrophäen eines ganzen Jahres abgekauft hatte. Und dass es sein Wunsch gewesen sei, dem Zimmer ein unzweideutig männliches Aussehen zu geben. Miriam hörte einen Besucher heiser zu einem anderen sagen, das sei ihm weiß Gott gelungen. Die nächsten Säle waren Reproduktionen der Arbeitszimmer von Großwildjägern und voller Tierköpfe, Hörner und Geweihe. Im Restaurant waren Giraffen hinter den Tischen aufgestellt, so als würden sie gerade äsen; die großen bewimperten Augen in ihren kantigen viktorianischen Gesichtern blickten zufrieden. In der Streichelecke wackelten Kinder zwischen den Tieren umher, zogen sie am Schwanz und schüttelten ihnen die Pfoten. Miriam ging schnell an Rotten und Herden und Rudeln vorbei und stand plötzlich in grellem Licht vor einem Eisbären mit seinen zwei Jungen.

»Sag hallo zu dem Eisbären«, sagte ein Mann zu seinem Kind.

»Hallo!«, sagte das Kind.

»Die Eisbärin beschützt ihre neugeborenen Jungen, deshalb bleckt sie die Zähne«, sagte der Mann.

»Sie ist tot«, bemerkte Miriam. »Wie die ganze kleine Familie.«

»Hallo, Eisbärin«, krähte das Kind. »Hallo, hallo, hallo.«

»Was ist los mit Ihnen?«, wollte der Vater von Miriam wissen. »Leute wie Sie finde ich zum Kotzen.«

Miriam streckte blitzschnell die Hand aus und gab ihm eine Ohrfeige. Er ließ die Hand seines Kinds los, und Miriam schlug noch einmal kräftiger zu und lief aus dem Raum.

Sie wanderte zwischen den Besuchergruppen umher. Das Museum war schwach beleuchtet, Flötenmusik spielte. Die Wirkung war die eines Bestattungsunternehmens oder einer vornehmen Cocktailbar. Die Tiere waren alle in einem Zustand äußerster und hoffnungsloser Aufmerksamkeit fixiert. Erhobene Schwingen, offene Mäuler, sich aneinanderdrängende Hinterteile. Alle vom Tod zurückgeholt, damit es so aussah, als wären sie im Begriff zu fliehen.

»Die sind herrlich, oder?«, rief eine Frau.

»Geschmackvoll«, sagte jemand anders.

»Aber keins dieser Tiere ist auf natürliche Art gestorben«, sagte ein blasser junger Mann. »Das bekümmert mich ein bisschen.«

»Die Tiere sind Trophäen«, sagte seine Freundin. »Es wäre unnatürlich, wenn sie auf natürliche Art gestorben wären. Es wäre abstoßend. Es wäre wie bei Marylin Monroe oder so. Oder James Dean, zum Beispiel.«

»Es hat mich nur ein bisschen bekümmert. Jetzt geht's wieder.«

»So funktionieren die Dinge nicht, Schatz«, sagte seine Freundin.

Miriam schlängelte sich durch eine Reihe von Leuten, die anstanden, um den Präparator zu sprechen. Er saß in einem Glasverschlag. Daneben war ein kleiner abgeschlossener Raum voller Bälge und künstlicher Körper in allen möglichen Formen, weiß und glatt.

Der Präparator saß hinter einem Schreibtisch, auf dem verschiedenes Werkzeug lag – Scheren und Zangen, Greifzirkel und Ausstopfstäbe. Auf einem Löschpapier lag ein winziger, farbprächtig gefiederter Vogel. Hinter dem Präparator befand sich eine große nichtmenschliche Gestalt, an der wenig Fortschritt zu erkennen war. Sie machte den Eindruck, als befände sie sich in diesem Entwicklungsstadium seit längerer Zeit. Der Präparator hörte sich eine Frage an, die ihm gestellt wurde.

»Ich bin Dichter«, sagte ein Mann mit spatenförmigem Gesicht, »und habe neulich zwei Ornithologen in den peruanischen Dschungel begleitet, um bislang unbekannte Vögel zu entdecken. Den Prozess des Auffindens, Sammelns, Identifizierens und Häutens Hunderter Exemplare für taxonomische Zwecke fand ich langweilig. Enttäuschend. Anders gesagt, ich fand die Tätigkeit, seltene Vögel zu wissenschaftlichen Exemplaren zu machen, banal. Ist Ihre Arbeit nicht auch etwas banal?«

»Sie sind banal«, sagte der Präparator. Seine Stimme

war laut und schien viel Kühle zu verströmen. Sie klang wie die Stimme eines Astronauten.

Er richtete den Blick auf Miriam und winkte sie zur Seite seines Glasverschlags. Dann ließ er einen langen schwarzen Vorhang hinunter, auf dem die Worte standen: *Der Präparator ist gleich zurück.*

»Ich habe dahinten alles gehört und gesehen«, sagte er zu Miriam. »Hier sind überall Überwachungskameras und Mikrofone. Ich mag Frauen mit Esprit. Mir scheint, dass feste Überzeugungen von der Wirklichkeit das Handeln der Menschen in gewaltigem Ausmaß beeinflussen, finden Sie nicht auch? Haben Sie Marguerite Poretes *Spiegel der einfachen Seelen* gelesen?«

Miriam schüttelte den Kopf. Der Titel klang so, als könnte das Buch der Lampe gefallen. Sie wollte versuchen, es zu besorgen.

»Wirklich? Das wundert mich. Sehr bekanntes Weib. Sie wurde auf dem Scheiterhaufen verbrannt, aber enorm viele Menschen haben sich angesichts ihrer Haltung zum Tod zu ihrem Glauben bekehrt.«

»Was für eine Haltung war das?«, fragte Miriam.

»Das weiß ich nicht genau. Dreizehntes Jahrhundert. Die Aufzeichnungen sind verworren. Ich denke, sie ist ohne großes Tamtam abgetreten. Frauen versuchen schon seit Langem herauszufinden, was Stärke ausmacht. Für eine Frau ist das schwerer als für einen Mann. Nicht zu heulen scheint nicht auszureichen.«

Miriam schwieg. In ihrem Hotelzimmer brütete die Lampe über *Moby Dick*. Inzwischen müsste sie tief in der Geschichte versunken sein und Melville saufen wie Wasser. Der formlose Schlund des gleichgültigen Meeres! Gott als teilnahmsloses, fühlloses Wesen, bestehend aus unermesslich vielen Toden! Die Natur. Gleitend … bezaubernd … majestätisch … fähig, alles zu vernichten! Die Lampe berauschte sich daran.

»Ich bin seit zehn Jahren hier«, sagte der Präparator. »Dieses Museum habe ich aus dem Nichts aufgebaut. Der Kerl vor mir hatte nur ein paar lumpige Ausstellungsstücke. Seine Spezialität waren Medaillons. Auf einem Medaillon muss alles tot aussehen, das ist sein ganzer Sinn. Aber wenn ich etwas zu Ende brachte, sah es lebendig aus. Man konnte es fast atmen hören. Natürlich hat es nicht geatmet. Ha! Am besten war es, während ich daran arbeitete, da hat es wirklich gelebt, aber wenn ich fertig war … ach«, sagte er. »Ich habe getan, was ich konnte. Ich habe meine *oubliette* erreicht. Verstehen Sie, was ich meine?«

»Ja«, sagte Miriam.

»Ah«, sagte er. »Das Wort *oubliette* geht mir nicht aus dem Kopf. Es sagt alles.«

»Das stimmt«, sagte Miriam.

»Sie sind die Richtige«, sagte er. »Ich möchte in den Ruhestand gehen, und ich möchte, dass Sie mich ablösen.«

»Das könnte ich nicht, unmöglich«, sagte Miriam.

»Sie müssten nichts ausstopfen. Das habe ich alles schon getan, darüber sind wir hinaus. Sie müssen nur Fragen beantworten.«

»Mit Fragen kenne ich mich nicht aus«, sagte Miriam.

»Sie müssen nichts anderes wissen, als dass Sie antworten können, was Sie wollen. Die Fragen sind im Grunde immer die gleichen, Sie würden wahnsinnig werden, wenn Sie die Antworten nicht variieren würden.«

»Ich denke drüber nach«, sagte Miriam. Aber eigentlich dachte sie über die Lampe nach. Das Sonderbare war, dass sie nie in ein Tier verliebt gewesen war. Sie hatte diese gattungsübergreifende Erotik ausgelassen und war gleich zu modifizierten Körperteilen übergegangen. Daran war irgendetwas falsch, dachte sie. Es war so hoffnungslos. Nun ja, die Liebe war hoffnungslos …

»Ich trage eine gewisse Verantwortung«, sagte Miriam. »Ich habe eine Lampe.«

»Das ist ja ein wunderbares Detail!«, sagte der Präparator. »Und wenn nicht viel los ist, haben Sie dazu noch all die Tiere. Mehr als tausend, wissen Sie, und manche davon sind verdammt selten. Ich glaube, Sie werden sich viele Geschichten über sie ausdenken.«

Es schien eine ziemlich gute Abmachung für die Lampe zu sein. Miriam fasste ihren Entschluss. »In Ordnung«, sagte sie.

»Sie werden im Handumdrehen eine Anhängerschaft haben«, sagte der Präparator. »Ich schließe jetzt noch mit diesen Leuten ab, und morgen früh können Sie anfangen.«

Vorm Museum war immer noch eine lange Schlange. Miriam kam auf dem Rückweg daran vorbei.

»Ich war schon fünfmal hier«, sagte eine kahlköpfige Frau zu ihrer Freundin. »Ich glaube, du wirst sehen, dass es fast eine religiöse Erfahrung ist.«

»Oh, ich finde, alles sollte so sein«, sagte ihre Freundin.

Carls großer Truck stand nicht mehr in der Werkstatt. Miriam blickte sich um, aber der Truck tauchte nirgends auf und würde es, was sie anging, wohl auch nie mehr tun. Für die meisten Menschen, und Carl und Jack zählten offenbar dazu, bedeutete eine Panne, dass es nur eine Frage der Zeit war, bis sie weiterkonnten. Sie ging zum Hotel rüber und die Treppe zum Zimmer der beiden hinauf. Die Tür stand offen, und die Betten waren abgezogen. Die großen Kissen sahen ohne ihre hübschen Bezüge aus wie gehäutet. Ein Zimmermädchen in rosafarbener Uniform wechselte gerade den Kanal, und etwas wurde vom Sprecher als *eine von Möwen umzingelte Abwasserfahne* beschrieben.

Das Zimmermädchen bemerkte Miriam und sagte: »San Diego, Kanalrohr gebrochen. Ein einziges Abflussrohr für eins Komma vier Millionen Menschen. Eins Komma vier, was erwarten die.«

Miriam ging den Flur entlang und öffnete leise die Tür zu ihrem eigenen Zimmer. Sie sah die Lampe an. Die Lampe sah sie ihrerseits an, als hätte sie keine Ahnung, wer sie war. Miriam kannte diesen Blick. Sie hatte immer gespürt, dass er voller Verheißung war. Nichts konnte passieren, nirgends, das war die Wahrheit, die darin steckte. Und vor diesem Wissen brannte die Lampe. Brannte!

LETZTE GENERATION

Er war neun.

»Neun«, sagte sein Vater, »das ist mal ein Alter. Als ich neun war ...«, und so weiter.

Sein Vater hieß Walter und war Automechaniker bei einer Chevrolet-Werkstatt in Tallahassee. Außerdem hatte er einen siebzehn Jahre alten Bruder, der Walter jr. hieß, und sein eigener Name war Tommy. Die Jungen hatten keine Mutter, sie war vor einiger Zeit bei einem Autounfall ums Leben gekommen.

Es war nicht ihre Schuld.

Ihre Mutter hatte sich um Häuser gekümmert, die am Fluss vermietet wurden. Sie machte dort sauber und verwaltete sie für die Besitzer. Kurz vor ihrem Tod war in einem dieser Häuser die Toilette verstopft. »Ich hab dem Klempner gesagt, dass ich wissen will, was eigentlich in dieser Toilette drin war«, erzählte ihnen Tommys Mutter, »weil ich den Mietern nicht traute. Ich wusste, die hatten das absichtlich gemacht, normal war das nicht. Ich hab gesagt: Geben Sie mir Bescheid, was Sie da finden, und als er zurückrief, meinte er: Tja, Sie wollten wissen, was ich gefunden habe – Fleischfett und Papierhandtücher.«

Darüber hatte sie sich ziemlich aufgeregt. Tommy befürchtete, dass diese Information seiner Mutter noch durch den Kopf gegangen war, als sie starb, dass sie beim Fahren noch den Kopf darüber geschüttelt hatte – Fleischfett und Papierhandtücher! – und sie dann angefahren worden und gestorben war.

Sie hatte gebremst, weil ein Rettungswagen mit blinkendem Licht über eine Kreuzung gerast war, und ein Lastwagen war ihr hinten reingekracht. Der Rettungswagen hatte ein Ziel, obwohl es zu der Zeit gar keinen Notfall gegeben hatte. Er sollte bei einem Stockcarrennen in Bereitschaft stehen und war spät dran. Das Rennen – das erste der Saison – sollte zum Zeitpunkt des Unfalls gerade beginnen. Walter jr. saß mit einem Mädchen auf der alten Tribüne und wartete auf den Start. Der Ansager hatte die Fahrer eben aufgefordert, den Motor anzulassen. Ein ungeheures Röhren erschütterte die sonnige, staubige Piste, und eine riesige Wolke Insekten stob aus dem modrigen Holz der Tribüne auf. Das Mädchen neben Walter jr. hatte aufgeschrien und ihre Cola über ihm verschüttet. Es waren Tausende Insekten, eine Art Flugameisen, länglich und rot, mit durchsichtigen Flügeln.

Tommy hatte den beängstigenden Insektenausbruch nicht gesehen. Er war zu Hause gewesen, hatte ein kleines Auto aus einem Bausatz zusammengebastelt und mit silberner Farbe bemalt.

Tommy fand Seile gut. Manchmal aß er Dreck. Gewitter begeisterten ihn. Er war klein für sein Alter, ein schmächtiges Kind, und trug Jeans mit hochgekrempelten Beinen, zum Hineinwachsen, auch wenn er nur langsam wuchs. Oft verstrichen Wochen, in denen er kein Stück wuchs.

Sie lebten in einem zweistöckigen Haus am Fluss mit einer großen Veranda und Bäumen ringsum. Durch ein Paneel in der Decke kam man an ein besonders lästiges Wasserrohr. Das Rohr leckte, wann immer es ihm gefiel, aber nicht ständig. Allem Anschein nach war es von Bauarbeitern so ungünstig eingesetzt worden, dass es weder repariert noch ausgetauscht werden konnte. Um das Wasser aufzufangen, hatte Walter in der Zwischendecke über Tommys Zimmer und dem Stockwerk darüber einen Eimer aufgestellt, den er alle paar Wochen leerte. Tommy war überzeugt, dass es dort oben etwas gab, das Wasser brauchte, so wie alle Lebewesen, irgendein stilles, lauschendes, beobachtendes Ding, das sein Zimmer mit ihm teilte. Gleichzeitig wusste er, dass da nichts war. Walter kippte das Wasser aus dem Eimer in den Garten. Für Tommy war es wichtig, immer dabei zu sein, wenn der Eimer nach unten gebracht, geleert und wieder zurückgestellt wurde.

Im Haus hing, neben anderen Fotos, eins von Tommy und seiner Mutter, als er sechs war, aufgenommen an der Böschung desselben Flusses, an dem der Rest der Familie noch immer lebte, aber nicht an derselben Stelle. Es war weiter stromaufwärts gewesen. Tommy hielt einen Fisch am Schwanz hoch. Seine Mutter hatte schwarzes Haar und lächelte ihn an, er betrachtete den Fisch. Der Fisch war nicht sehr groß, aber offenbar doch groß genug, um ihn zu behalten. Man erzählte Tommy, dass er den Fisch gefangen und seine Mutter ihn allein für Tommy in einer Pfanne mit Butter und Salz gebraten und Tommy ihn auch gegessen habe, aber er erinnerte sich an nichts davon. In seiner Erinnerung hatte er den Fisch gefunden, was nicht stimmte.

Tommy liebte seine Mutter, aber sie fehlte ihm nicht. Seinen Vater hatte er noch nie besonders gemocht. Aber er mochte Walter jr.

Walter jr. hatte einen Schnurrbart und seinen eigenen Chevy Truck. Abends fuhr er mit seinen Freunden gern durch die Gegend, und manchmal nahm er Tommy mit. Die großen Jungs tranken Bier, pöbelten Leute in Ford Trucks an und machten auch sonst viel Unsinn, während sie die Uferstraßen entlangrasten. Einmal sahen sie eine nackte Frau in einem erleuchteten Fenster. Die Scheinwerfer sausten über alles Mögliche hinweg. Eines Abends zeigte einer der Jungs auf einen Briefkasten.

»Guckt mal, das ist ein Dreihundert-Dollar-Briefkasten!«

»Briefkästen kosten nicht dreihundert Dollar«, brüllte ein anderer.

»Ich hab die Werbung gesehn. Ist nicht kaputtzukriegen. Die Klappe lässt sich nicht abreißen. Wenn du mit ’nem Schläger oder Kantholz draufhaust, splittert bloß das Holz, der Kasten bleibt ganz. Schmeiß ’nen M-80 rein, und der Kasten bleibt ganz.«

»Was ist ein M-80?«, fragte Tommy.

Die großen Jungs schauten ihn ungläubig an.

»Der weiß nicht, was ein M-80 ist«, sagte einer.

Walter jr. hielt an und setzte zurück. Sie stiegen alle aus und starrten auf den Briefkasten. »Was für Post, meint ihr, kriegen solche Leute überhaupt?«, sagte Walter jr.

Die Jungs rüttelten an dem Kasten. »Der bettelt ja gradezu drum«, sagte einer der Jungs. Sie lachten, zuckten die Schultern, und einer pinkelte auf den Kasten. Dann stiegen sie wieder in den Truck und fuhren weiter.

Walter jr. hatte auch Freundinnen. Eine Zeitlang ging er mit Audrey, nur mit Audrey. Sie hatte dickes Haar und sehr weiße, glatte Haut. Tommy fand sie wunderschön. Zusammen, fand er, glichen Audrey und sein Bruder jungen Göttern, die die Welt nach vielem Herumprobieren erschaffen, und alles nur kraft Wundern und Selbstverwandlungen. In Wirklichkeit waren die zwei ein ziemlich normales Paar. Eher noch sah Audrey seltsam, wenn nicht gar hässlich aus.

»Wenn du meinen Bruder heiratest, werde ich dein Schwager«, sagte Tommy zu ihr.

»Ha«, meinte sie.

»Warum magst du mich nicht?« Er betete sie an, und ihm war klar, dass sie eine gewisse Macht über ihn hatte.

»Wer will das wissen?«

»Ich. Ich will das wissen. Tommy.«

»Wer ist das?« Dann lachte sie, wirbelte ihn herum, ließ ihn kopfüber an den Knien baumeln wie einen Affen, stellte ihn wieder auf die Füße und gab ihm einen alten Kaugummi.

Nach einer Weile ging Walter jr. mit anderen Mädchen aus.

»Er hat mich abserviert«, erzählte Audrey Tommy, »einfach so.«

Es war am Ende des Sommers, an dessen Anfang seine Mutter gestorben war. Ihre Kleider hingen noch im Schrank. Audrey kam jeden Tag vorbei, und dann saßen sie und Tommy in zwei federnden, schweinchenrosa lackierten Stahlstühlen auf der Veranda vor dem Haus am Fluss.

Audrey sagte zu ihm: »Du darfst keinem trauen.« Und: »Lass dich auf nichts ein.«

Wenn Walter jr. vorbeikam, würdigte er sie keines Blickes. Als wäre Audrey Luft. Pfeifend marschierte er ins Haus, das Haar dunkel und kraus, der Bauch flach wie ein Brett. Er trug eine Sonnenbrille, obwohl der Sommer alles andere als schön gewesen war, sondern kühl und feucht. Das Wasser im Fluss war gelb vom Regen.

»Vermisst dein Vater deine Mutter«, fragte Audrey Tommy.

»M-hm.«

»Und wer vermisst sie am meisten?«

»Keine Ahnung«, erwiderte Tommy. »Dad wahrscheinlich.«

»Klar«, sagte Audrey. »Das ist wahre Liebe. Immer das wollen, was man nicht hat.«

Sie brachte ihm Geschenke mit. Ein großes Buch über Eisberge zum Beispiel. Er wusste, dass sie es gestohlen hatte. Zusammen sahen sie sich das Buch an, und Audrey las ihm manche Stellen laut vor.

»Eisberge wurden von Mönchen entdeckt«, sagte Audrey. »So steht das nicht genau da, aber ich mache es einfacher für dich. Eisberge wurden von Mönchen entdeckt, die dachten, dass es schwimmende Kristallschlösser sind.« Sie zeigte zum Fluss. »Kneif mal die Augen zusammen und schau auf den Fluss. Sieht doch aus wie eine Wolke, die auf dem Boden liegt, oder?«

Angestrengt kniff er die Augen zusammen. Er sah es nicht.

»Ich mag Wolken«, sagte er.

»Wolken sind nicht mehr so schön wie früher«, sagte Audrey. »Das ist allgemein bekannt.«

Tommy blickte wieder ins Buch. Es war ein großes Buch, mit nichts als Bildern von Eisbergen, so kam es ihm jedenfalls vor. Wie konnte sie das gestohlen haben? Sie blätterte vor und zurück, ohne eine für ihn erkennbare Reihenfolge.

»Später kamen Forschungsreisende und entdeckten die Seekuh«, las sie vor. »Die Seekühe fraßen Seetang im flachen Wasser der Beringstraße. Sie waren riesengroß und beschränkt, ihre Haut glich der Rinde von uralten Eichen. 1741 entdeckt, waren sie um 1768 bereits ausgestorben.«

»Ich weiß nicht, was ausgestorben heißt«, sagte Tommy.

»Siebzehnhundertachtundsechzig war im achtzehnten Jahrhundert. Dann kam das neunzehnte und zwanzigste Jahrhundert, und jetzt leben wir im einundzwanzigsten. Dem Jahrhundert der Zerstörung. Die Erde gibt es seit vier Komma sechs Milliarden Jahren, und es dauert vielleicht nur noch fünfzig Jahre, um sie auszulöschen.«

Er dachte eine Weile nach. »Dann bin ich neunundfünfzig«, sagte er. »Und du fünfundsechzig.«

»Wir wollen nicht dabei sein, wenn die Erde ausgelöscht wird«, sagte Audrey.

Sie ging in die Küche und holte zwei Eis am Stiel aus dem Gefrierfach, die sie schnell aßen, und ihre Lippen und Zungen färbten sich rot.

»Möchtest du, dass ich dich küsse?«, fragte Audrey.

Er öffnete den Mund.

»Pass auf«, sagte sie. »Man sabbert nicht, wenn man küsst. Wo hast du das denn gelernt?«

»Hab ich nicht«, sagte er.

»Macht nichts«, sagte sie. »Wir brauchen uns gar nicht zu küssen. Wir sind die letzte Generation.«

Jeden Abend, wenn Walter von der Arbeit kam, kochte er für seine Söhne. Er deckte den Tisch, schenkte ihnen Milch ein.

»Also, Männer«, sagte er, »da wären wir.« Dann fing er an zu weinen. »Tut mir leid, Männer«, sagte er.

Währenddessen ging an einem marmorierten Himmel über dem feuchten Wald die Sonne unter, und das Licht verweilte noch kurz als verwischtes Leuchten.

Nachts tat Tommy kaum ein Auge zu, weil er darauf wartete, dass der Morgen kam und ging, damit es Nachmittag wäre und er mit Audrey in den Metallstühlen schaukeln könnte.

»Die letzte Generation hat gewisse Verpflichtungen«, sagte Audrey, »auch wenn du das vielleicht nicht glaubst. Wir sollten nichts wissen und nichts wollen und nichts sein, aber gleichzeitig sollten wir alles wollen und alles wissen und alles sein.«

Oben in seinem Zimmer stemmte Walter jr. Gewichte. Sie hörten ihn heiser atmen und keuchen.

Audreys seltsames, glattes Gesicht wirkte ausdruckslos. Leer.

»Hast du meinen Bruder geliebt«, fragte Tommy. »Liebst du ihn immer noch?«

»Ganz bestimmt nicht«, erwiderte Audrey. »Wir waren nur flüchtige Freunde.«

»Mein Vater sagt, wir sind alle nur flüchtige Gäste Gottes.«

»Das sagt er nur, weil deine Mutter so schnell gegangen ist.« Sie schnipste mit den Fingern.

Tommy umklammerte die geschwungenen Metalllehnen des Stuhls. Dann hielt er die Hände ans Gesicht und beschnupperte sie. Er hatte davon geträumt, mit den Händen durch Audreys Haar zu streichen und bis zu den Handgelenken darin einzutauchen. Ihr Haar hatte die Farbe von Pfefferkuchen.

»Liebe ist sowieso nicht, was du denkst«, sagte Audrey.

»Ich denk gar nichts«, erwiderte Tommy.

»Liebe ist rücksichtslos. Ich lese gerade ein Buch für Englisch, *Sturmhöhe*. Da steht alles drin, aber vor allem handelt es von der Rücksichtslosigkeit der Liebe.«

»Erzähl mir das ganze Buch«, sagte Tommy.

»Emily Brontë hat *Sturmhöhe* geschrieben. Ich erzähl dir eine Geschichte über sie.« Er pulte an einem Schorf auf seinem Knie.

»Emily Brontë hatte eine Bulldogge namens Keeper, die sie sehr mochte. Seine einzige schlechte Gewohnheit war, auf den Betten zu schlafen. Die Haushälterin beklagte sich darüber, und Emily sagte, wenn er noch einmal auf den sauberen weißen Betten schlafe, werde sie ihn schlagen. Eines Abends dann sah Emily ihn wieder schlafend auf einem sauberen weißen Bett liegen, und sie zerrte ihn runter, schubste ihn in eine Ecke und schlug ihn mit den Fäusten. So bestrafte sie ihn, bis seine Augen geschwollen waren und er blutig und halb blind war, und danach pflegte sie ihn wieder gesund.«

Tommy schaukelte auf seinem Stuhl und beobachtete Audrey. Er hörte auf zu pulen. Der Schorf wollte nicht abgehen.

»Sie hatte ein hartes Leben«, sagte Audrey, »aber sie war gerecht.«

»Hat sie ihm später gesagt, dass es ihr leidtut«, fragte Tommy.

»Nein. Natürlich nicht.«

»Hat Keeper ihr verziehen?«

»So denken Hunde nicht.«

»Ich hab nie einen Hund gehabt«, sagte Tommy.

»Ich hatte einen, als ich klein war. Eine Golden-Retriever-Hündin. Sie sah aus wie alle Golden Retriever. Gleiche Größe, gleiche Farbe, die gleichen großen, traurigen Augen. Und sie verhielt sich auch genauso. Treu ergeben, erwartungsvoll und doch resigniert. Verstehst du, was ich meine? Aber ich mochte sie sehr. Für mich war sie was Besonderes. Als sie starb, wollte ich, dass sie unter meinem Fenster begraben wird, aber weißt du, was die zu mir gesagt haben? ›Der beste Platz, um einen Hund zu begraben, ist dein Herz.‹«

Sie sah ihn an, bis er schließlich sagte: »Stimmt.«

»Das ist Quatsch«, widersprach sie. »Ein Haufen Du-weißt-schon-was. Lass dich auf nichts ein. Du musst aufpassen.«

»Mach ich«, sagte er und schüttelte den Kopf.

Manchmal besuchte Audrey ihn in der Schule. Er sagte ihr, wann er Pause hatte, und sie kam zum Pausenhof und unterhielt sich mit ihm durch den Maschendrahtzaun. Einmal brachte sie eine Freundin mit. Sie hieß Flan und trug übergroße Kleider, einen langen, weiten Rock und einen riesigen Pullover mit kleinen, in Reihen rennenden Tieren drauf. An den Nähten von Ärmeln und Kragen sah man nur Teile von den kleinen Tieren.

»Der ist ja wie eine kleine Puppe«, sagte Flan.

»Jetzt mach ihm mal keine Angst«, erwiderte Audrey.

Flan war erkältet. Sie hielt sich kleine zerknüllte Taschentücher an Mund und Augen. Die Taschentücher waren blau, rosa und grün, und sie tupfte sich damit das Gesicht ab und steckte sie wieder in ihre Tasche, aber eins fiel heraus und flatterte ins Unkraut neben dem Schulhofzaun. Es wehte nicht weg, sondern blieb flatternd liegen.

»Ich mach ihm keine Angst. Woher hast du die ganzen Muttermale am Hals?«, fragte sie Tommy.

»Was meinst du damit, woher hat er die?«, sagte Audrey. »Die hat er nirgendwoher.«

»Machst du dir keine Sorgen wegen der Muttermale?«, beharrte das Mädchen.

»Nö«, antwortete Tommy.

»Du bist aber ein mutiger kleiner Kerl«, sagte Flan. »Da ist noch mehr, ich weiß. Ich mein ja nicht, dass es nur die Muttermale sind.« Sie zupfte an ihrem schrecklichen Pullover. »Den hat mir Audrey geschenkt. Hat ihn geklaut. Du weißt, dass sie Sachen klaut und nach einer Weile wieder zurückbringt? Aber der gefällt mir, der wird nicht zurückgebracht.«

Unglücklich schaute Tommy den Pullover an und dann Audrey.

»Manchmal ist Zurückbringen das Beste daran«, sagte Audrey. »Manchmal nicht.«

»Audrey kann alles klauen«, sagte Flan.

»Kann sie ein Haus klauen«, fragte Tommy.

»Der ist ja so was von niedlich«, sagte Flan.

»Ich muss wieder rein«, sagte Tommy. Hinter ihm auf dem Pausenhof spielten die Kinder ein seltsames Spiel – rennen, ducken, rufen. Regeln schien es keine zu geben. Er trottete zu ihnen hinüber und hörte Flan sagen: »Ein niedlicher kleiner Kerl, ehrlich.«

Tommy sah Flan nie wieder, und das war ihm ganz recht. Er fragte Audrey, ob Flan zur letzten Generation gehörte.

»Ja«, erwiderte Audrey. »Klar.«

»Gehört mein Bruder auch zur letzten Generation?«

»Theoretisch natürlich schon«, sagte Audrey. »Aber nicht wirklich. Er hat zu viele Sachen.«

»Ich hab auch Sachen«, sagte Tommy. Er hatte seine kleinen Autos. »Du hast mir Sachen geschenkt.«

»Aber du besitzt nichts, weil meine Geschenke gestohlen sind. Außerdem sind sie dir bald nicht mehr wichtig. Du wirst den Kram vergessen, aber Walter jr. steht darauf, Sachen zu besitzen, und er denkt gern darüber nach, was er noch will. Er hat seinen Truck und seine Hanteln und diese Hemden mit Perlmuttknöpfen.«

»Zum Geburtstag wünscht er sich Stiefel aus Eidechsenleder«, sagte Tommy.

»Ist das nicht erbärmlich?«, sagte Audrey.

Walter kam jeden Abend von der Arbeit nach

Hause, wusch sich Hände und Arme, deckte den Tisch und schenkte Milch ein. Die Jungs saßen links und rechts von ihm. Der Stuhl, auf dem früher ihre Mutter gesessen hatte, stand zum Garten hin, zu einem Holzstapel.

»Männer«, setzte Walter an, »als ich in eurem Alter war, wusste ich nicht ...« Er schüttelte den Kopf, und seine Augen füllten sich mit Tränen.

Er hatte in letzter Zeit vergessen, den Eimer in der Zwischendecke über Tommys Zimmer zu leeren. Ein heller Fleck hatte sich an der Decke ausgebreitet. Tommy zeigte ihn Audrey.

»Sieht hübsch aus«, sagte sie, »die Form, und alles so braun und gelb gesprenkelt, aber eigentlich sagt es nichts aus. Ist nur ein Teil des todgeweihten Lebens, das uns umgibt.« Sie stieg hoch und holte den Eimer herunter.

»Ein Mönch würde mit diesem Wasser in die Wüste gehen und es über einen vertrockneten, zerbrochenen Stock da gießen«, sagte sie. »Darum werden Leute Mönche, sie sind es leid, immer nur von todgeweihtem Leben umgeben zu sein.«

»Dann werden wir Mönche«, sagte er.

»Mönche lieben die Einsamkeit«, sagte Audrey. »Sie lieben die Einsamkeit mehr als alles andere. Die ersten Mönche haben schon vor langer, langer Zeit auf das Ende aller Tage gewartet.«

»Das Ende aller Tage ist aber nicht gekommen, oder?«, fragte Tommy.

»Damals war es noch zu früh. Sie wussten nicht, was wir heute wissen.«

Sie trug silberne Sandalen. Einmal war ein Riemen an einer Sandale gerissen, und Tommy hatte ihn mit seinem Sofortkleber repariert.

»Irgendwann könnten wir einen kleinen Jungen wie dich haben«, sagte sie, »und den würden wir Tommy Zwei nennen.«

Aber die Idee gefiel ihm nicht. Er hatte Angst, dass dieser Tommy Zwei irgendwie aus ihm kommen, dass er ihn machen und sich schämen würde. Also verwarfen sie beide die Idee.

Eines Tages sagte Walter jr. zu ihm: »Hör mal, Audrey sollte nicht ständig hier sein. Sie ist komisch. Sie ist keine Mama, glaub mir.«

»Ich brauche keine Mama«, sagte Tommy.

»Sie ist sauer auf mich und will sich durch dich an mir rächen. Sie spielt nur mit dir. Du willst doch nicht, dass man mit dir spielt, oder? Sie ist einfach ein sehr unglücklicher Mensch.«

»Ich bin auch unglücklich«, sagte Tommy.

»Du musst mal aus dem Haus und was spielen. Fußball vielleicht.«

»Aber warum?«, fragte Tommy. »Ich mag Daddy nicht.«

»Das ist nur eine Phase«, sagte Walter jr. »Du magst ihn schon.«

»Audrey und ich sind die letzte Generation, und du nicht«, sagte Tommy.

»Wovon redest du da?«

»Du solltest dazugehören, gehörst du aber nicht. Da kann man nichts machen.«

»Komm, wir drehen eine Runde im Truck«, sagte Walter jr.

Tommy fuhr nach wie vor gern im Truck durch die Gegend. Sie kamen an den Häusern vorbei, in denen ihre Mutter geputzt hatte. Sie wirkten gepflegt. Inzwischen putzte dort jemand anderes.

»Du siehst nicht gut aus«, sagte Walter jr. »Du bist zu blass. Du schleichst die ganze Zeit trübselig herum.«

Am Armaturenbrett zitterte die Nadel des schwarzen Kompasses. Das Kompassgehäuse sah aus, als wäre es mit Wasser gefüllt. Vielleicht war es Wasser. Tommy sah sich alles aufmerksam an, versuchte aber, nicht darüber nachzudenken. Audrey brachte ihm bei, wie das ging. Irgendwann fiel ihm ein, dass er sich seinem Bruder zuwenden und lächeln sollte, weil es seinem Bruder dann besser ging, das wusste er.

Die Winterabende waren kühl. Audrey und Tommy saßen weiter im Halbdunkel auf der Veranda in ihren Stühlen, aber jetzt in Decken gewickelt.

»Walter jr. geht ja zurzeit viel aus«, sagte Audrey. »Ich finde es schön, dass wir diese Abende für uns haben, aber wir sollten kleine Ausflüge machen, weißt du? Ich hab dir vieles zu zeigen. Warst du schon mal am Fernsehturm nördlich von hier?«

Walter, der Vater, lag schon im Bett. Er arbeitete und schlief. Er hatte die Seifenreste aufgehoben, die seine Frau in der Dusche hinterlassen hatte, in Seidenpapier gewickelt und in eine Schublade gelegt. Aber inzwischen schlief er, ohne sich dessen bewusst zu sein, in der Mitte des Bettes.

»Nein«, sagte Tommy. »Ist der im Wald?«

»Der ist viel höher als der Wald und nicht weit von hier. Er heißt Tall Timbers und steht mitten auf den Routen der Zugvögel. Tausende Vögel fliegen jedes Jahr dagegen, alle möglichen Arten. Wir könnten da hin und uns die Vögel ansehen.«

Tommy war verblüfft. »Sind die Vögel tot?«

»Ja«, sagte sie. »In einem Zeitraum von elf Jahren wurden um den Turm dreißigtausend Vögel von einhundertsiebzig Arten gefunden.«

»Warum wird er nicht verlegt?«

»So was machen die nicht«, erwiderte Audrey. »Das würde ihnen nie einfallen.«

Tommy wollte die Vögel am Turm nicht sehen. »Gehen wir«, sagte er trotzdem.

»Wir gehen im Frühling hin. Dann wechseln die

Vögel den Breitengrad und ziehen von einem Ort zu einem andern. Früher hat hier im Frühling ein winzig kleiner Singvogel gelebt, aber der wurde seit Jahren nicht mehr gesehen. Man hat ihn auch vor keinem Sendemast gefunden. Früher hat man ihn oft da entdeckt, deshalb wusste man, dass er nicht ausgestorben ist.«

»Mönche haben früher auf hohen Türmen gelebt«, sagte Tommy, denn das hatte sie ihm erzählt. »Wenn ein Mönch da oben wäre, könnte er die Vögel fernhalten, er könnte mit den Armen wedeln oder so, damit sie nicht dagegenfliegen.«

»Mönche leben in einem kühlen, kristallinen Halbdunkel von Geist und Herz«, sagte Audrey. »Mit so was würden die sich nicht abgeben.«

Sie schaukelten in ihren Stühlen auf der Veranda. Die Veranda war nacheinander in verschiedenen Farben gestrichen worden. An den Stellen, wo die Stühle das Holz zerschrammt hatten, war es hellgrün, dunkelgrün, blau, rot. Insekten krabbelten auf den Lichtern herum.

»Wenn ich krank wäre, würdest du dann bei mir bleiben?«, fragte Tommy.

»Weiß ich nicht. Käme drauf an.«

»Meine Mama wäre geblieben.«

»Ach, das weiß man nie«, erwiderte Audrey. »Du musst dir klarmachen, dass Mamas müde werden.

Manchmal wollen sie alles hinter sich lassen. Sie kommen ins Grübeln, und dann sind sie weg.«

»Hast du eine Mama?«, fragte er vorsichtig.

»Theoretisch ja«, erwiderte Audrey, »aber sie ist weg, genau wie deine. Bevor etwas weg ist, muss es da gewesen sein, stimmt's? Trotzdem empfinde ich keinen Groll gegen sie. Es ist wichtig, dass man keinen Groll empfindet.«

»Ich empfinde keinen Groll«, sagte Tommy.

Dann, eines Nachmittags, kam Walter von der Arbeit in der Autowerkstatt nach Hause, und es schien, als wäre er aus einem seltsamen Schlaf erwacht. Sein Erwachen schien ihn nicht zu erschrecken. Seine kummervollen Tage und Nächte endeten mit einer Wucht, die nicht größer war als das Auflaufen eines Bootskiels am Ufer eines Flusses. Er weinte nicht mehr. Packte die Sachen seiner Frau in Kartons und verstaute sie. Er verstaute sie in der Zwischendecke über Tommys Zimmer, um genau zu sein.

»Wieso ist dieses Mädchen ständig hier?«, fragte Walter. »Sie ist doch nicht mehr Walter jr.s Freundin, oder? Sie sollte nicht ständig hier sein.«

»Audrey ist meine Freundin«, sagte Tommy.

»Sie ist kein nettes Mädchen. Sie ist zu alt, um deine Freundin zu sein.«

»Dann bin ich zu jung, um dein Freund zu sein.«

»Nein, mein Lieber, du bist mein Sohn.«

»Ich mag dich nicht«, sagte Tommy.

»Du liebst mich, aber du magst mich nicht, meinst du das?« Walter war dünner und sauberer. Er sprach aufgekratzt.

Tommy dachte darüber nach und schüttelte den Kopf.

In der Schule, am Rand des Pausenhofs, unterhielt sich Audrey mit Tommy durch den Maschendrahtzaun.

»Kennst du den schönen Sumpf in der Nähe? Er ist voller Fische, alle möglichen Arten. Weißt du, woher man das weiß?«

Er wusste es nicht.

»Sie vergiften den Sumpf hier und da. Sie legen Netze aus und werfen das Gift rein. Es setzt sich in den Kiemen der Fische fest und erstickt sie. Die Fische treiben an die Oberfläche, dann holen sie die Netze ein und klassifizieren, wiegen und messen jeden einzelnen.«

»Wer?«, fragte Tommy.

»Die machen das zweimal im Jahr, um zu sehen, ob es noch so viele Arten wie früher gibt. So zählen die Sachen. So ticken die. Sie tun so, als wäre ihnen was wichtig, aber das stimmt nicht. Alles nur geheuchelt.«

Tommy erzählte ihr von seinem Vater, der nicht wollte, dass sie vorbeikam, und dass er nicht mehr mit ihr reden sollte.

»Ach, der alte Herr ist wohl wieder zurück«, sagte Audrey. »Glaubt anscheinend, er kann wieder neu anfangen. Das ist erbärmlich.«

»Was sollen wir machen?«, fragte Tommy.

»Du solltest nicht auf ihn hören«, sagte Audrey. »Wieso hörst du auf ihn? Wir sind die letzte Generation, wir hören auf was anderes.«

Sie schwiegen eine Weile und horchten. Die anderen Schüler waren schon wieder drinnen.

»Auf was denn«, fragte Tommy.

»Du erkennst es, wenn du es hörst. Irgendwas wird passieren, etwas Ungewöhnliches, auf das wir immer vorbereitet waren. Das Leben deines alten Herrn hat sich schon zum Schlechteren gewendet, so viel steht fest. Er ist jetzt wie ein Fremder, der den falschen Weg geht. Verstehst du, was ich meine? Oder sein Leben ist wie der Fremde und steht ganz still da. Ein Fremder, der an einer dunklen Straße steht und darauf wartet, dass dein Vater vorbeigeht.«

Wie es aussah, gelang es seinem Vater, Audrey fernzuhalten. Tommy hätte das nicht für möglich gehalten. Er wusste, dass sein Vater machtlos war, aber Audrey kam nicht vorbei. Walter marschierte in seinen dunklen, öligen Stiefeln durchs Haus und reparierte Sachen. Er strich die Küche, stapelte den Holzhaufen neu. Er tauschte das Rohr über Tommys Decke aus. Das war lange als unmöglich hingenommen worden, aber jetzt war es möglich, und es leckte nicht mehr. Der Eimer wurde jetzt für die Asche aus dem Ofen benutzt. Walter jr. hatte einen Job in dem Fitnessstudio, in dem er trainierte. Er hatte lange, harte Muskeln und wirkte zerstreut. Er machte sich Sorgen um Mädchen und Geld. Er wollte eine eigene Wohnung in der Stadt.

Tommy lebte allein mit seinem Vater. »Sprich mit mir, mein Junge«, sagte Walter. »Ich liebe dich.«

Tommy sagte nichts. Sein Vater widerte ihn ein wenig an. Er wollte neu anfangen. Es war erbärmlich.

Tommy sah Audrey nur noch an Schultagen, in der Pause. Er wartete am Zaun auf sie, im gläsernen, unerbittlichen Licht des Südstaatennachmittags.

»Ein Junge hat mir mal gesagt, dass meine Brustwarzen aussehen wie Schüsseln mit Cornflakes«, sagte Audrey.

»Wann?«, sagte Tommy. »Nein.«

»Das ist ein Vergleich. Vergleiche sind Quatsch. Uns bleibt keine Zeit mehr für Vergleiche. Früher gab es noch Zeit dafür, aber das ist vorbei. Du solltest nicht sehen, was du siehst, und dann denken, es sieht aus wie etwas anderes. Sie haben uns nicht viel gelassen, aber was noch da ist, sollte als das gesehen werden, was es ist.«

An manchen Tagen kam sie nicht. Dann wieder sah er sie am Zaun warten, oder sie tauchte plötzlich auf, während er dort wartete. Doch dann vergingen Tage, mehr Tage als zuvor.

Tage, an denen Walter sagte: »Wir brauchen einander, mein Sohn. Wir sind noch nicht darüber hinweg. Wir müssen uns gegenseitig stützen. Ich brauche deine Hilfe.«

Es war Abendessenszeit. Sie saßen am Tisch bei den Resten der Mahlzeit, die Walter zubereitet hatte.

»Ich will Audrey zurück«, sagte Tommy.

»Audrey?« Walter wirkte erstaunt. »Walter jr. hat gehört, was mit Audrey passiert ist. Sie hat sich gebettet, wie es so schön heißt, und so muss sie jetzt liegen.« Er schaute Tommy an und wandte sich dann bestürzt ab.

»Wer will dich schon?«, sagte Tommy. »Niemand.«

Walter rieb sich den Kopf. Er sah sich im Zimmer um, schaute auf die Milch, die Tommy auf dem Boden verschüttet hatte. Das Haus war leer, sie waren allein. Keine Tiere, nichts. So hatte er sich das alles nicht vorgestellt.

In der Nacht hörte Tommy, wie sein Vater umherlief, sich an Möbeln stieß, aufstöhnte. Ein Glas fiel herunter. Er hörte es eine gefühlte Ewigkeit zerbrechen. Die Luft im Haus schien drückend, säuerlich. Er schob sein Fenster hoch und spürte die Luft warm über seine Haut streichen. Unten am Fluss schwappte das Wasser klatschend ans schlammige Ufer. Es war beinahe die Jahreszeit, in der er mit Audrey zu dem Turm gehen konnte, wo die ganzen Vögel lagen. Er spürte es in der Luft. Audrey würde bald bei ihm sein, ganz gleich, wo sie war oder wohin man sie geschickt hatte, und sie würden zum Turm gehen und den kleinen Singvogel finden. Dann würden sie wissen, dass er noch existierte, weil sie ihn dort tot fanden. Er und Audrey, sie würden ihn finden. Sie waren die letzte Generation, diejenigen, die alles zum letzten Mal sehen würden. Was man als letzte Generation so macht.

DIE BLAUEN MÄNNER

Bomber Boyd, dreizehn Jahre alt, erzählte seinen neuen Bekannten in jenem Sommer, sein Vater sei vom Staate Florida hingerichtet worden, weil er einen Hilfssheriff und dessen Drogenspürhund ermordet habe.

»Wie kacke, dass er den Hund umgebracht hat«, sagte ein Mädchen.

»Erschießung, elektrischer Stuhl oder Giftspritze?«, fragte ein Junge.

»Elektrischer Stuhl«, sagte Bomber. Er bereute es, den Hund im selben Atemzug erwähnt zu haben. Der Hund war wirklich nicht nötig gewesen.

»Giftspritze ist faschistisch, Mann«, sagte ein kleiner, grimmig aussehender Junge. »Wo machen sie so was?«

»Florida, Florida, Florida«, murmelte das Mädchen. »Wir waren mal in Key West. Sonnenuntergang, Sloppy's. Und wir haben Meerschneckenlampen mit winzigen Plastikflamingos und Palmen gekauft, die innen von einer kleinen Glühbirne beleuchtet werden.« Das Mädchen hatte einen Irokesenschnitt, der mindestens drei Handbreit hoch war. Sie war blass und ihre Haut makellos bis auf einen Pickel, der kunstvoll über ihrer vollen Oberlippe blühte.

»Key West ist nicht Florida«, sagte ein Junge.

Zu sechst standen sie da herum, vier Jungen und zwei Mädchen. Wartend stand Bomber dabei.

May war in ihrem Garten und sah einen Stapel von hundert Fotos durch, die ihr Sohn und ihre Schwiegertochter vor Jahren auf ihrer Marokkoreise gemacht hatten. Bomber war damals vier Jahre alt gewesen, und May hatte sich den ganzen Frühling lang um ihn gekümmert. Es gab Fotos von Kamelen, von Mauern umgebenen Städten, gekachelten Treppen und großen Bottichen voll bunter Farben auf Hausdächern. May schaute sich die Bilder systematisch an, eins nach dem anderen. Da waren Männer, die sich in einem Marmorbecken die Köpfe wuschen. Auf einer staubigen Straße lag der größte Bund Möhren, den May je gesehen hatte. May hatte die Fotos schon oft betrachtet. Langsam arbeitete sie sich zu einem vor, das sie jedes Mal wieder beunruhigte, ein Foto von ihrem Jungen in der Stadt Fez. Er trug Khakihosen und ein Polohemd und kauerte neben einer Decke, auf der Zähne zum Verkauf angeboten wurden. Man hatte May erklärt, in Marokko gebe es viele selbst ernannte Zahnärzte, die Zähne zogen und auf Tellern zur Schau stellten, und die verkauften sie dann. Auf dem Foto sah ihr Sohn gesund, muskulös und neugierig aus, aber seine Miene hatte etwas Unvertrautes. Irgendwie hatte es da angefangen, dachte May. Sie legte die Fotos weg und nahm einen Packen Postkarten aus jenen Tagen in die Hand, die meisten an Bomber adressiert. Eine hielt sich May dicht vor die Augen. Männer in blauen Burnussen lehnten an ihren Kamelen, hinter ihnen die Wüstenwildnis. Auf der Rückseite stand: *Die blauen Männer! Wir hätten sie so gerne gesehen, aber es hat sich nie ergeben.*

May und Bomber probierten ihr Zusammenleben an einem neuen Ort aus. Sie hatten nur einander, denn Bombers Mutter erholte sich in Kalifornien, und das würde wohl noch eine Weile dauern, und Mays Ehemann Harold war tot. In dem neuen Ort, der auf einer Insel lag, hatte May ein Haus gekauft und einen hübschen kleinen Blumengarten angelegt. Im Obergeschoss gab es zwei große Zimmer, die sie wochenweise an Touristen vermietete. Ein Zimmer war gelb gestrichen, das andere rosa. May lauschte gerne den Stimmen in den Zimmern, aber in der Regel redeten die Touristen nicht viel. Sie spitzte sogar manchmal die Ohren, um etwas zu hören. Natürlich horchte sie nicht auf Liebesgeräusche. Liebesgeräusche waren schließlich nicht das, worauf es ankam.

Einmal, als sie im Flur oben ein Tischchen abwischte, waren ihr die letzten Worte ihres Mannes wieder in den Sinn gekommen. Ob jemand in einem der Zimmer, dem gelben oder rosafarbenen, sie ausgesprochen hatte, war ihr nicht ganz klar, aber da waren sie. *Dieser Arzt findet sich ja so was von toll …* genau das waren Harolds allerletzten Worte gewesen.

Die Touristen sammelten Muschelschalen und ließen sie dann auf den Kommoden und den Fensterbänken liegen, wo May sie einsammelte und zum Strand zurückbrachte. Wenn sie nachts nicht schlafen konnte, ging sie in eine Bar im Ort, wo die jungen Leute tanzten, The Lucky Kittens, und trank ein Glas Bier. Im Lucky Kittens ging es laut und lässig zu, und es wurde die ganze Nacht getanzt. May saß allein an einem Tisch bei der Tür, eine alte Dame, würdevoll und fehl am Platz.

Bomber war unten am Kai und beobachtete die Touristen, die mit der Fähre kamen. Die Touristen grinsten und waren, wie sie glaubten, zu allem bereit. Zwei Jungen spielten auf der Mole mit einem Tennisball, der ältere in einem College-Sweatshirt. Der jüngere tänzelte nah am Rand der Mole hin und her, um die Bälle, die der andere in hohem Bogen warf, mit beiden Händen zu fangen. Das Wasser stand hoch und dunkel und war mit Ölflecken gesprenkelt, und sie lachten beide wie verrückt. Bomber glaubte, dass sie Brüder waren, und fand es schön, ihnen zuzusehen.

Ein Mädchen schlenderte träge über den Kai auf ihn zu. Es war das blasse Mädchen mit dem perfekten Pickel, den sie jetzt vorsichtig im Gehen berührte. Ihre rasierten Schläfen hatten einen leichten Schimmer von Babypuder. Sie hieß Edith.

»Ich hab nachgedacht«, sagte Edith, »und ich finde, was man machen sollte, also, so eine Geste würd schon reichen. Also, so Mörder zum Beispiel, die könnte man dazu verurteilen, nur noch Schwarz zu tragen. Sie dürften sich frei bewegen, müssten aber immer Schwarz tragen und dazu eine Art Maske.«

Manchmal versuchte Bomber das, was mit seinem Vater geschehen war, als Operation zu betrachten. Man hatte eine Operation vorgenommen. »Eine Maske«, sagte er. »Ha.« Er verschränkte die Arme vor der Brust. Er fand Ediths langes blasses Gesicht wunderschön.

Sie nickte. »Eine Maske«, sagte sie. »Irgendwas ganz Verblüffendes.«

»Aber das wäre doch nicht genug, oder«, sagte Bomber.

»Sie könnten die nicht abnehmen«, sagte Edith. »Das ginge nicht.« An ihrer Schläfe war eine blasse Ader, gewunden wie ein Stück Schnur. »Wir haben das übrigens nicht geglaubt, was du uns erzählt hast«, sagte sie. »Da war dieser Junge, Alex, und der hatte ein Boot. Und der hat erzählt, er hätte so ein Mädchen, das er nicht mochte, zum Wasserski mitgenommen, und sie wären in diese kleine Bucht gefahren, wo die Schwäne sind, und er hätte sie mitten da reingesteuert, und sie hätte die Schwäne einfach verquirlt, aber er hat gelogen. Er ist so eine Pfeife.«

»Welcher ist Alex?«, fragte Bomber.

»Ach, der hängt hier auch rum«, sagte Edith.

Sie schwiegen, als die Passagiere von der Fähre an ihnen vorbeiströmten. Sie sahen den zwei Jungs beim Ballspielen zu, der jüngere flitzte hin und her, ohne sich einmal zu vergewissern, wie viel Platz ihm nach hinten blieb, die Augen nur auf den leise, langsam fallenden Ball gerichtet, der aus der Hand seines Bruders kam.

»Das ist schön, oder?«, sagte Edith. »Der Kleine hat so viel Vertrauen, dass es irgendwie heilig ist, aber wenn sein Vertrauen ein Irrtum wär, dann wär's erst recht heilig.«

Bomber hätte am liebsten die Ader berührt, den Pickel, den dunklen gewachsten Haarschopf, aber er stand bloß da, reglos, schlaff wie ein nasser Sack. »Ja«, sagte er.

»Also, so, wenn er reinfallen würde«, sagte Edith.

Eines Sonntags ging May in die Kirche. Die Kirche gehörte zu einer Konfession, die, wie May dankbar zur Kenntnis nahm, jeden ohne Unterschied beerdigte. Sie saß in einer Bank hinter drei jungen Frauen und betrachtete ihre hübschen blonden Haare, ihre Hälse, ihre Krägen und Reißverschlüsse. Eine der Frauen kratzte sich am Nacken. Ein paar Minuten später kratzte sie sich wieder. May beugte sich vor und sah eine kleine Zecke an ihrem Hals. Sie entfernte sie vorsichtig mit den Fingern, so vorsichtig, dass die junge Frau von Mays Berührung gar nichts mitbekam. May zerdrückte die Zecke energisch zwischen den Fingernägeln, ließ sie dann auf den Boden fallen, und die Zecke war nicht mehr zu sehen.

Nach dem Gottesdienst gab es Kaffee. May setzte sich zu einer Gruppe von Leuten an einen Tisch, über den Teller mit Muffins, bunten Plätzchen und glasierten Kuchen verstreut waren. Als die Unterhaltung abflaute, sagte May: »Ich bin gerade aus Marokko zurück.«

»Wie exotisch!«, rief eine Frau. »Haben Sie die Kasbah besichtigt?« Alle drehten sich zu May um und sahen sie aufmerksam an.

»Es gibt viele Kasbahs«, sagte May. »Ich habe Tee in einem Zelt am Rand der Sahara getrunken. Die Kinder in Marokko betteln einen alle um Aspirin an. *›Boom-boom la tête‹, sagen sie, ›boom-boom la tête.‹*

Ihre kleinen Hände sind so trocken wie Papier. Liegt wohl an der mangelnden Luftfeuchtigkeit.«

»Sie sind doch nicht etwa allein gereist?«, fragte eine Frau. Sie keuchte beim Sprechen.

»Doch, ich war allein«, sagte May.

Alle am Tisch ließen anerkennendes Gemurmel hören. May hielt einen winzigen Heidelbeermuffin in der Hand. Sie konnte sich nicht erinnern, ihn sich genommen zu haben. Er lag auf ihrer Handfläche, und seine Papiermanschette sah so aus wie der Muffin selbst. Schon früher war May in der Öffentlichkeit auf solche Muffins hereingefallen. Sie stellte ihn auf den Tisch zurück.

»Ich habe die blauen Männer gesehen«, sagte sie.

Alle sahen sie lächelnd an. Sie waren größer als sie und neigten die Köpfe.

»Die meisten Touristen bekommen sie nicht zu sehen«, sagte May. »Sie wandern durch die Wüste. Ihre Kamele sind hellbeige, fast weiß, und die Männer, die sie reiten, sind blau. Sie tragen fließende dunkelblaue Gewänder und blaue Turbane. Stellenweise ist sogar ihre Haut blau, wo die Sachen abgefärbt haben.«

»Sind es Beduinen?«, fragte einer. »Was ist ihr Ziel?«

May erschrak. Ihr war, als betrachtete er sie argwöhnisch.

»Sie sind Teil des Mysteriums«, sagte sie. »Sie zu sehen heißt, einen Teil des Mysteriums zu sehen.«

»Muss ein eindrucksvoller Anblick gewesen sein«, sagte jemand anderes.

»Ja«, sagte May, »und wie.«

Kurz Zeit später zerstreute sich die Gruppe, und May ging hinaus und zu Fuß durch den Ort nach Hause. Sie mochte diesen Ort, der von anderen abgeschnitten war. Die Leute kamen nur her, wenn sie es wollten. Zufällig landete man hier nicht. Der Ort schien sich für Besuche anzubieten, und die meisten Leute kamen nicht, um zu bleiben. Manche waren allerdings doch geblieben. May mochte das klare Licht und die Bäume, um die der Wind blies. Sie mochte die Pick-ups und die Jeeps mit den Hunden drin. Wenn die Pick-ups parkten, blickten die Hunde ernst aufs Pflaster hinunter, als gäbe es dort etwas Erstaunliches zu sehen.

May war in Hochstimmung, beinahe fiebrig. Das Lügen hatte sie spät im Leben angefangen, aber mit Begeisterung. Bomber schien es nicht zu merken, obwohl er Mays Ansicht nach auf ungesunde Weise von der Wahrheit besessen war. Als May nach Hause kam, zog sie ihr Sonntagskleid aus und ihre Gartensachen an. Sie betrachtete sich im Spiegel. Ich bin für diesen Menschen verantwortlich, dachte sie. »Pass bloß auf«, sagte sie zu der Person im Spiegel.

Bombers Freunde trinken nicht, rauchen nicht und essen kein Fleisch. Sie sind knochig und wild. Im Winter kommt ein Psychiater in ihr Klassenzimmer und sagt: »Ihr denkt, Selbstmord sei ein Ausweg und kein Abschied für immer, aber in Wahrheit ist es so.« Das wissen sie selber! Vor Langeweile tränen ihnen die Augen. Als sie klein waren, haben ihre Mütter sie über den Tod immer angelogen, aber inzwischen wissen sie es besser. Es ist idiotisch, von Toten zu erwarten, dass sie irgendwas Neues tun. Aber einer ihrer Klassenkameraden hatte sich umgebracht, deshalb kommt der Psychiater jeden Winter wieder.

»Sie haben einen Baum gepflanzt«, sagte Edith, »weißt du, zur Erinnerung an diesen Jungen in der Schule, aber der hatte sich an einem Baum aufgehängt.« Sie verdrehte die Augen. »Ich meine, diese Schule. Da fällt einem doch nichts mehr ein.«

Edith und Bomber saßen einander gegenüber in Mays Wohnzimmer, das von Dämmerlicht erfüllt wurde. Edith trug Männer-Boxershorts, Schnürstiefel und ein grelles Hawaiihemd. »Das ist ein schönes Haus«, sagte Edith. »Es riecht gut. Manchmal sehe ich deine Granny aus dem Kittens kommen. Sie ist goldig.«

»Eine Sache, die ich früher immer mit meinem Dad verbunden habe«, sagte Bomber, »ist, dass er mir mal ein Tipi geschenkt hat, als ich klein war, und das hat er dann mitten im Wohnzimmer aufgeschlagen. Ich hab wochenlang darin geschlafen, mitten im Wohnzimmer. Das war toll. Aber in Wirklichkeit war es gar nicht mein Dad gewesen, sondern meine Gramma.«

»Deine Granny ist so goldig«, sagte Edith. »Ich weiß, dass ich sie mögen würde. Kennst du Bobby?«

»Welcher ist Bobby?«, fragte Bomber.

»Der Magere mit dem etwas überstehenden Zahn. Solche wie den hab ich früher gemocht. Und was macht der, er angelt. Es gibt keinen Fisch, den er nicht fangen kann.«

»Ich könnte das nicht«, sagte Bomber.

»Ach, so was musst du jetzt nicht können«, meinte Edith.

Die letzten Dinge, die May ihrem Sohn gebracht hatte, waren ein dunkler Anzug und ein weißes Hemd. Das könne sie gern tun, hatte man ihr gesagt. In den zwei Jahren vor seinem Tod hatte sie ihm viel mitgebracht – Süßigkeiten und Zigaretten, Bücher zu allen Themen –, und zuletzt eben dies. Sie hatte das Hemd gekauft und zu Hause mehrmals gewaschen, damit es weich wurde, und war dann dahingefahren, an diesen Ort. Es war ein kühler, nebliger Morgen, und die Luft roch nach den Chemikalien der meilenweit entfernten Fabriken. Tau glitzerte auf den Drähten, dem Gras und den Palmwedeln. Sie saß ihm gegenüber in dem hohen, schmalen, vertrauten Raum mit den vergitterten Fenstern weit oben, und er hatte die Schachtel mit dem Hemd geöffnet. Zusammen hatten sie es angeschaut. Zusammen hatten sie stumm die Köpfe darübergebeugt und es angestarrt. Ihre Augen hatten sich hineingesenkt, als wäre es ein Loch. Sie hatten das Hemd betrachtet, und es schien sich zu verändern und zu schrumpfen, als müsse es sich einer grausigen und unmöglichen Zeit- und Bestimmungslücke anpassen.

»Was für ein Hemd«, sagte ihr Junge.

»Gib es mir zurück«, flüsterte May. Sie war unheimlich erschrocken. Sie hatte so einem idiotischen Schicklichkeitsgefühl nachgegeben, und jetzt packte sie Entsetzen – das Entsetzen, das jenseits der Furcht vor dem Tod lag.

»Das ist es. In diesem Hemd werde ich gehen«, sagte ihr Junge. Er war dünn, sein Haar grau.

»Ich hab nicht nachgedacht«, sagte May. »Gib es mir bitte zurück, ich kann an all das gar nicht denken.«

»Ich wurde geboren, um dieses Hemd zu tragen«, sagte ihr Junge.

Im Lucky Kittens hing über der Bar ein großes Bild von Kätzchen, die aus einem Sack hervorkrabbeln. Der Sack war riesig, er stand in keinem Verhältnis zum Meer und dem Himmel dahinter. Wenn May das Bild eine Zeitlang betrachtete, schien der Sack zu beben. Eines Nachts auf dem Heimweg streifte sie jemand, warf sie fast um und rannte mit ihrer Handtasche weg. In ihrer Handtasche waren fünfzehn Dollar und auch die Fotos und Postkarten aus Marokko. May setzte ihren Heimweg fort und spürte am linken Arm immer noch das Gewicht der Handtasche. Jetzt, da sie nicht mehr da war, schien ihr Arm schwerer zu sein. May zwang sich weiterzugehen, blickte dabei aus Gewohnheit in die schmucken Häuser an der Straße. Die Zimmer waren raffiniert erleuchtet, wie eigens für die Vorübergehenden ausgestellt. Nie war jemand in ihnen zu sehen. Zu Hause suchte sie im Spiegel nach Schrammen. Es gab keine, doch ihr Gesicht war puterrot.

»Du wurdest ausgeraubt«, sagte sie zu dem Gesicht.

Sie ging ins Wohnzimmer. Oben, im rosa Zimmer oder im gelben, lief jemand umher. Der Arm tat ihr weh. Sie schaltete das Licht aus, saß im Dunkeln und rieb sich den Arm.

»Die Temperatur in der Wüste kann über achtzig Grad erreichen«, sagte sie laut. »Nachts fällt sie unter den Gefrierpunkt. Morgens nach dem Aufwachen fand ich oft eine Eisschicht im Wasserglas neben meinem Bett vor.« Das hatte auf einer der Postkarten gestanden. Sie sah alles vor sich, die Handschrift, die Worte, klar wie der helle Tag.

Etwas später hörte sie Bombers Stimme. »Gramma«, sagte er, »warum sitzt du im Dunkeln?« Das Licht ging wieder an.

»Hallo!«, sagte May.

»Manchmal«, sagte Bomber, »liegt sie draußen im Garten, und der Nebel wälzt sich heran, und sie bleibt einfach da.«

»Der Nebel wirbelt dann um mich herum«, sagte May, »und Bomber sagt: ›Gramma, der Nebel ist da, und du liegst draußen!‹« Das erzählte sie der Gestalt neben Bomber, die eine extravagante Hahnenkammfrisur hatte. Die Gestalt trug einen bequemen Seidenpyjama und schwarze Arbeitsstiefel mit Stahlkappen.

»Gramma«, sagte Bomber, »das ist Edith.«

»Hi!«, sagte Edith.

»Was für ein hübscher Name. Es gibt eine Lilienhybride, die Edith heißt und die ich sehr mag. Im nächsten Herbst werde ich eine Edith-Zwiebel pflanzen.«

»Blüht sie jedes Jahr?«, fragte Edith.

»Ja«, sagte May.

»Das ist so cool«, sagte Edith.

Einige Tage nach dem Raub wurde May die Handtasche zurückgebracht. Sie lag im Garten, gleich hinter der Pforte. Alles war noch da, nur die Banknoten waren andere. May hatte einen Zehndollarschein und einen Fünfdollarschein gehabt, und jetzt waren es lauter Eindollarscheine. Die Postkarten waren da. May nahm eine in die Hand und betrachtete die vertraute Schrift auf der Rückseite. *In der Wüste wird es nie dunkel,* stand da. *Der Nachthimmel ist tiefblau, als wäre die Sonne hinter ihm eingeschlossen.* Ihr Junge war einst ein aufmerksamer Tourist gewesen, der ihr nach Hause schrieb, ihr Dinge zu erklären versuchte, die sie nie sehen würde. Aus dem Gefängnis hatte er nie geschrieben. Der Erklärungsdrang hatte ihn verlassen. May dachte an den Tod. Es war, als beugte sich jemand über sie und versuchte, ihr etwas in den Mund zu blasen. Sie schüttelte den Kopf und sah auf ihre Handtasche. »Wo bist du gewesen?«, sagte sie zu ihr. Da waren die Fotos aus Marokko. Sie sah sie durch. Alle vollzählig. Aber sie wollte sie nicht mehr. Die Dinge waren nicht mehr dieselben, wenn sie zurückkamen. Sie schloss die Handtasche, warf sie in einen der großen grünen Abfalleimer und bedeckte sie mit ein paar vertrockneten Blumen, um sie zu verstecken. Keine Woche später war erneut alles wieder da, lag erneut im Garten hinter der Pforte. Die Leute wühlen wohl dauernd im Abfall, dachte sie sich, auf der Suche nach was Brauchbarem. In der Stadt riefen die jungen Leute sie jetzt beim Namen. »May«, sagten sie, »guten Morgen!« Oder: »Wie geht's, Gramma?« Sie war die Mutter des zum Tode Verurteilten, und Bomber war sein Sohn, und offenbar war es egal, was sie taten oder nicht – er war es, der von diesen Leuten aufgenommen worden war, und er, der ihnen erlaubte zurechtzukommen.

Edith verbrachte immer mehr Zeit bei May und Bomber. Sie hatte ihre Haare in einem komischen Braunton gefärbt und trug Schals um den Hals geknotet.

»Mir gefällt dieser Look«, sagte Edith. »Es sieht aus, als hätte ich eine Tracheotomie zu verbergen, oder?«

»Deine Haare sind gut«, meinte Bomber.

»Weißt du, was der Psychiater in der Schule behauptet?«, sagte Edith. »Dass man denkt, man will sterben, obwohl man eigentlich nur eine Veränderung will.«

»Was ist los mit dem Typ«, fragte Bomber. »Gibt es da wirklich ein Problem in eurer Schule oder was?«

»Oh, absolut«, sagte Edith. »Du siehst deiner Granny ein bisschen ähnlich. Hat dein Dad ihr ähnlich gesehen?«

»Ein bisschen, glaube ich«, antwortete Bomber.

»Du bist ja so ein süßer Junge«, sagte Edith. »So ein süßer böser Junge. Ich hab dich richtig lieb.«

Der Sommer war vorbei. Das Licht hatte sich verändert, und die Blätter hingen reglos an den Bäumen. Im Lucky Kittens wurde weiter getanzt, aber es tanzten nicht mehr so viele. Wenn May hinging, wollte man kein Geld von ihr, und May fügte sich. Sie konnte daran offenbar nichts ändern.

Edith half im Haushalt. Sie putzte die Fenster mit Essig und machte Schokoladendesserts. Eines Abends sagte sie: »Musst du eigentlich noch so Einkommensteuer zahlen?«

May sah das Mädchen an und beschloss, felsenfest zu lügen. »Nein«, antwortete sie.

»Na, das ist gut«, sagte Edith. »Nach dem, was die gemacht haben, wäre es ganz schön absurd, Steuern zu zahlen.«

»Auf jeden Fall«, sagte May.

»Aber du bezahlst auf andere Weisen«, sagte Edith.

»Bitte, Liebes«, sagte May, »es war nur ein Irrtum. Auf lange Sicht hat es nichts zu bedeuten«, sagte sie, über ihre eigenen Worte bestürzt.

»Ich helf dir zahlen«, sagte Edith.

Bei dem kühlen Wetter kamen keine Touristen mehr. Als die Schule wieder anfing, fragte Edith, ob sie in das gelbe Zimmer einziehen könne. Sie vertrage sich nicht mit ihren Eltern, sei umhergezogen, habe hier und da bei Freunden übernachtet, sei aber praktisch ohne Zuhause, ob sie vielleicht in dem gelben Zimmer wohnen könne?

May war von Edith fasziniert. Sie wollte sie nicht

im Haus haben, im Stockwerk über ihr, als Bewohnerin des gelben Zimmers. Sie hatte das Gefühl, dass sie und Bomber nach vorne schauen, ihr neues gemeinsames Leben anderswo ausprobieren sollten, wusste jedoch, dass dies ihr neues Leben war. Dies war der Ort, an dem sie offenbar angelangt waren.

»Natürlich, Liebes«, sagte May.

Sie fürchtete sich, was sie erstaunte, denn sie konnte kaum glauben, dass sie noch Furcht empfinden konnte nach dem, was ihnen widerfahren war, aber da war es und überstieg noch das Allerschlimmste – eine Art Abtrennung oder Forderung. Sie erinnerte sich, dass sie Edith erzählt hatte, sie wolle im Herbst Pflanzenzwiebeln im Garten einsetzen, aber das würde sie nicht tun, auf gar keinen Fall. »Nein«, sagte May zu ihrem Garten, »denkt nicht mal dran.« Edith zog in das gelbe Zimmer ein. Es war still dort, aber May lauschte auch nicht.

Später geschah etwas, das sich herumsprach. May saß am Steuer, es war dunkel, und der Wagen kam von der Straße ab. Edith und Bomber waren bei ihr. Das Auto überschlug sich zweimal, kam dann wie durch ein Wunder wieder auf die Räder und schlitterte mit zerbeultem Dach und eingedrückten Kotflügeln auf die Straße zurück. Ein Polizist hatte das mitangesehen und folgte ihnen ungläubig über eine Meile weit, ehe er sie stoppte. Niemand war verletzt, und zuerst stritt

May ab, dass überhaupt etwas Ungewöhnliches passiert war. May sagte: »Ich dachte, es wäre nur ein Traum, deshalb bin ich weitergefahren.«

Danach schienen die drei noch sichtbarer als vorher, denn sie fuhren in dem beschädigten Wagen herum, bis der Winter kam.

BESUCHSRECHT

Donna kam als Besucherin im langen schwarzen Mantel. Es war Frühling, aber noch kühl, und sie trug nie helle Farben, schließlich war sie keine Butterblume. Sie besuchte ihre Freundin Cynthia, die wegen Depressionen in Pond House war. Donna trank nie, bevor sie Cynthia besuchte. Sie verzichtete dann auf ihre gewohnten Exzesse und war nüchtern und wach, mit einem herrlich flauen Gefühl im Magen. Sie fand, dass Pond House ein unglücklicher Name war. Teiche waren doch stehende Gewässer, ohne Bewegung, künstlich und klein. Das war nicht nur ihre Meinung. Ein Teich war wirklich ein künstlich begrenztes Gewässer, argumentierte sie, aber Cynthia meinte, Pond sei vermutlich der Name des Mannes, der den Krankenhausflügel gestiftet hatte. Cynthia hatte drei Zimmergenossinnen, eine Frau in den Sechzigern und zwei fettleibige Teenager. Donna tat gern so, als wäre die alte Frau ihre Mutter. »Hallo«, sagte sie oft, »sehen wir aber heute toll aus, was für ein hübscher Pullover.«

Donna besuchte Cynthia jetzt seit ungefähr einer Woche. Sie konnte sich kaum noch vorstellen, was sie mit sich angefangen hatte, bevor Cynthia sich gnädigerweise ins Pond House hatte einweisen lassen. Donna fühlte sich dort rundherum wohl, aber besonders gern saß sie in Cynthias Zimmer und unterhielt sich leise mit ihr, während die anderen zuhörten. Sie taten nicht mal so, als würden sie nicht zuhören. Manchmal schlenderten sie und Cynthia in den Aufenthaltsraum und holten sich einen kleinen Imbiss aus dem Kühlschrank. Im Aufenthaltsraum waren alberne Luftballons in Form von Gegenständen oder Lebensmitteln, nur mit menschlichen Zügen, an die Möbeln festgebunden. Dort schwebten sie gegenüber der Schwesternstation, und die Leute schlugen im Vorbeigehen danach. Cynthia dachte, die Ballons müssten auf Menschen, die ohnehin schon verstört waren, zutiefst verstörend wirken, aber tatsächlich fanden alle sie amüsant. Keiner der Patienten in Pond House galt als ernsthaft krank, zumindest nicht auf Station drei. Station vier war etwas anderes. Aber hier sollten sie sich ihrer Lage quasi reumütig bewusst und in dem Glauben bestärkt werden, man könne ihnen helfen. Cynthia war hergekommen, weil sie sich zerstörerische und egoistische Handlungen angewöhnt hatte – zuletzt hatte sie das Auto ihres Freundes abgefackelt, eine schwarze Corvette. Der

Freund war verheiratet, aber Cynthia hatte den starken Verdacht, dass er schwul war. Er machte sie wahnsinnig. »Er nimmt nur und gibt nichts«, erklärte sie Donna ernst.

Sie sagte, sie sei so mutlos, dass ihr alles leicht gelb vorkomme, dass sie alles durch einen gelben Schleier sehe.

»Das stand in einem Artikel, den ich gelesen habe«, sagte Donna aufgeregt. »Das mit dem Gelb.«

»Weißt du, Donna«, sagte Cynthia, »du bist auch ein Teil meines Problems.«

Wenn Cynthia so anfing, entschuldigte sich Donna und ging für eine Weile weg. Oder sie kehrte aufs Zimmer zurück und unterhielt sich mit der alten Frau. Es machte ihr Spaß, ganz besonders freundlich zu ihr zu sein. Einmal brachte sie ihr Kaugummi mit, ein andermal eine Nachtcreme. Die übergewichtigen Teenager ignorierte sie, aber eines Nachmittags rempelte eine der beiden sie auf dem Flur absichtlich an. Der Körper des Mädchens war hart, und sie roch nach Kokosnuss. Sie schob ihr Gesicht dicht an Donnas heran. Ihre Poren waren groß und sauber, und Donna konnte die Kontaktlinsen auf der Hornhaut ihrer Augen sehen.

»Ich bin leidenschaftlich, hingebungsvoll und voll geheimer Träumereien, genau wie meine Freundin«, sagte das Mädchen, »also schleim uns nicht so zu.«

Dann schlug sie Donna brutal auf den Arm. Donna war den Tränen nahe, aber sie war ja nur eine Besucherin. Sie brauchte nicht so oft herzukommen; eigentlich kam sie viel zu oft, manchmal zwei-, dreimal am Tag.

Zweimal wöchentlich fanden Gruppentreffen statt, und Donna versuchte dann immer, da zu sein, auch wenn sie nicht teilnehmen durfte. Manchmal jedoch, wenn sie sich einfach direkt vor die Tür stellte, bemerkten die Schwestern und Psychologen sie nicht sofort. Cynthia, die dicken Teenager, die alte Frau und ein halbes Dutzend andere Patienten saßen um einen großen Tisch und sagten alles, was ihnen so in den Sinn kam.

»Ich hab geträumt, dass ich einen Fuchs auskotze«, sagte eins der dicken Mädchen. Donna konnte die beiden nicht auseinanderhalten.

»Ich hab mal was ausgeschissen, das wie eine Zwiebel aussah«, sagte ein Mann. »Es wollte gar nicht mehr aufhören. Ich zog es mit meinen eigenen Händen aus mir raus. Ich dachte, das ist der Teufel, aber es war ein Wurm. Ein Geschenk aus Mittelamerika.«

»Das ist echt eklig«, sagte das andere dicke Mädchen. »Das ist so was von –«

»Ey!«, sagte der Mann. »Kümmer dich gefälligst um deinen eigenen Kram, Kleine!«

Nach der Sache mit dem Wurm bat die alte Frau darum, gehen zu dürfen. Donna begleitete sie zurück aufs Zimmer, wo sie sich auf ihr Bett setzten.

»Fühlen Sie mal mein Herz«, sagte die alte Frau. »Wie es rast. So wurde ich nicht erzogen.«

Die alte Frau spielte gern Karten, und sie und Donna benutzten oft ein schmutziges, altes Spiel mit Bildern von bunten Fischen auf der Rückseite. Donna stellte sich vor, sie wäre in einer Schiffskabine auf einem kurzen, gefahrlosen Ausflug zu einer schönen Insel. Die alte Frau war eine rätselhafte Gegnerin, ganz anders, als sie zunächst wirkte. Tatsächlich hatten die Schwestern Donna erzählt, dass sie erheblich gestörter war, als es den Anschein hatte. Jenseits des Kabinenfensters waren hohe Wellen, die sie verfolgten und begleiteten. Die Wellen waren ein wichtiger Teil der Welt, die das Schiff brauchte, aber sie wollten dem Schiff übel, so viel stand fest.

»Was sind das für Fische?«, fragte Donna.

»Das sind Riffbewohner«, sagte die alte Frau.

Sie spielten eine Variante von Spit in the Ocean. Donna hatte keine Ahnung gehabt, dass es von diesem schlichten Spiel so viele Varianten gab.

Die zwei dicken Mädchen kamen herein und legten sich auf ihre Betten. Die alte Frau wurde Donna gegenüber immer zutraulicher und erzählte ihr von ihrem Mann und ihrem kleinen Haus.

»Nachdem mein Mann gestorben war, hatte ich Angst, jemand könnte ins Haus kommen und ...« Sie fuhr sich mit dem Finger über die Kehle. »Ich habe mir so einen Mann gekauft. Safe-T-Man II, die neue Generation. Sie wissen schon, die aussehen, als wären sie eins fünfundachtzig groß, aber faltbar sind und in eine kleine Tragetasche passen. Ich habe ihn ins Auto oder in den Sessel meines Mannes direkt vors Fenster gesetzt. Er hatte alle möglichen Anziehsachen. Einen Ledermantel. Eine Baseballkappe.«

»Wo ist er jetzt?«, fragte Donna.

»In seiner kleinen Tragetasche. Eigentlich hat er mir ein bisschen Angst gemacht. Ich glaube, ich habe ihn zu dunkel bestellt oder so. Jedenfalls konnte ich mich nie so richtig an ihn gewöhnen.«

»Das ist rassistisch«, sagte eins der dicken Mädchen.

»Ja, was für eine rassistische Bemerkung«, sagte die andere.

»Ich wette, er fragt sich, was aus mir geworden ist«, sagte die alte Frau. »Mein Auto, wette ich, auch. In einem Moment fährst du auf der freien Landstraße, Aufregung über Aufregung, und im nächsten stehst du in einer dunklen Garage. Ich habe keine Angst vor dem Tod, aber ich will nicht alt sterben.«

Natürlich war sie jetzt schon ziemlich alt, aber die dicken Mädchen ließen es auf sich beruhen. Cynthia kam ins Zimmer. Sie aß ein Stück Obst, eine Nektarine oder so was.

»Wenn ich hier rauskomme, gehe ich als Erstes nach Hause und mache mein festliches Brathuhn«, sagte die alte Frau. »Ich hoffe, zum Essen seid ihr alle meine Gäste.«

Die dicken Mädchen und Cynthia starrten sie an.

»Sehr gern«, sagte Donna. »Was ist denn festliches Brathuhn? Soll ich was mitbringen? Wein? Einen Salat?«

»Man braucht dazu Zahnstocher«, sagte die alte Frau. »Man brät es mit Zahnstochern, aber die nimmt man dann raus.«

»Das klingt wunderbar«, sagte Donna.

Cynthia verdrehte die Augen. »Hör auf damit«, sagte sie zu Donna.

»Ich bin jetzt müde«, sagte die alte Frau freundlich. »Ich mag nicht mehr Karten spielen.« Sie steckte die Karten in die Schachtel zurück, aber darauf waren keine Riffbewohner abgebildet, sondern eine triste europäische Stadt mit vielen Kirchturmspitzen, das genaue Gegenteil eines Riffbewohners.

»Die gehören nicht in diese Schachtel!«, rief sie. »Das fällt mir zum ersten Mal auf. Würden Sie zu mir nach Hause gehen und das andere Kartenspiel holen?«, fragte sie Donna.

»Klar«, erwiderte Donna.

»Mein Haus ist ein bisschen merkwürdig«, sagte die alte Frau.

»Wie meinen Sie das?«

»Kann ich mir gut vorstellen«, sagte eins der dicken Mädchen.

»Ich liebe mein kleines Haus«, sagte die alte Frau sehnsüchtig. »Ich möchte so bald wie möglich zurück.«

Sie gab Donna die Adresse und einen Schlüssel aus ihrer Handtasche. Am Abend, als die Besuchszeit zu Ende war, fuhr Donna zu dem Haus, das kastenartig und aufgeräumt war, mit einem Schottergarten und einem toten Vogeljungen in der Einfahrt. Auf Donna wirkte das Haus nicht allzu merkwürdig. Sicher, man würde es nicht lange da aushalten. Es gab einiges, was eigentlich angeschlossen gehörte, aber kein Stecker steckte in der Steckdose. Sie fand die Karten fast sofort in der Küche. Auf der Vorderseite der Schachtel waren die bunten Fische, und auf den Karten war das Bild der ausländischen Stadt. Planlos öffnete sie den Kühlschrank, der voller Ketchup war, nichts als Ketchupflaschen, jede angebrochen. Donna verspürte den Drang, einige Flaschen mit anderen aufzufüllen, um ihre ungehörige Anzahl zu verringern, widerstand ihm jedoch ohne große Mühe.

Auf der Rückfahrt zu ihrer Wohnung machte sie bei einem Restaurant Halt und trank an der Bar ein paar Drinks. Die Barfrau hieß Lucy und war gerade aus dem Urlaub zurück. Sie sei fünfundvierzig Minuten lang mit Delfinen geschwommen, erzählte sie. Ein Delfin, der ihr nicht von der Seite gewichen sei, habe einen gewaltigen Ständer gehabt.

»Er glitt dauernd an mir vorbei, wieder und wieder«, erzählte Lucy und fuhr mit der Hand durch die Luft. »Ich hab mir schon Sorgen wegen der kleinen Kinder gemacht. Die bringen da oft kleine Kinder hin, die aus diesem oder jenem Grund nur noch wenige Wochen zu leben haben. Ich denke mal, einen Delfin mit einem Ständer zu sehen wäre für sie nicht gerade erfreulich.«

»Aber das würden die Delfine doch dann nicht tun, oder?«, fragte Donna.

»Eigentlich ist das Schwimmen mit ihnen gar nicht so erholsam«, sagte die Barfrau. »Sie mögen manche Leute lieber als andere, und die, die ignoriert werden, fühlen sich mies. Von Gaia außen vor gelassen und so.«

Die Gäste im Restaurant verlangten ständig exotische Getränke, die Lucy in ihrer *Barkeeper-Bibel* nachschlagen musste. Nach einer Weile fuhr Donna nach Hause.

Am nächsten Tag rauschte sie in ihrem langen schwarzen Mantel ins Pond House, mit einem Strauß Narzissen als Geschenk für alle.

Cynthia saß in einem großen Chintz-Sessel und las *Anna Karenina*.

»Solltest du das lesen?«, fragte Donna.

Cynthia wollte nicht mit ihr sprechen.

Donna ging zu der alten Frau und gab ihr das Kartenspiel.

»Ich bin so erleichtert«, sagte die alte Frau. »Das hätte ein Riesenproblem werden können, ein Riesenproblem. Würden Sie mir noch einen Gefallen tun? Würden Sie meinen Hund holen und ihn mir bringen?«

Donna war begeistert von der Idee. »Sie haben einen Hund? Wo ist er?«

»In meinem Haus.«

»Füttert ihn jemand?«, fragte Donna. »Kriegt er Wasser?« Sie hatte ihre Berufung gefunden, da war sie sicher. So könnte sie ewig weitermachen. Sie kam sich vor wie eine Langstreckenschwimmerin an dem Ort, wo Langstreckenschwimmerinnen im Geiste hingehen, wenn sie gut sind.

»Neiiin«, sagte die alte Frau. »Er braucht kein Wasser.« Auch sie wirkte entzückt. Die beiden strahlten sich an. »Er ist ein guter Hund, ein Wachhund.«

»Ich hab ihn nicht gesehen, als ich da war«, gab Donna zu.

»Bei Ihnen musste er nicht aufpassen«, sagte die alte Frau.

»Welche Rasse?«, fragte Donna.

Die alte Frau wirkte plötzlich besorgt. »Er ist zum Einstöpseln.«

»Ach«, sagte Donna enttäuscht. »Ich glaube, der ist mir doch aufgefallen.« Er hatte wie eine Lautsprecherbox ausgesehen. Sie dachte, die alte Frau hätte eher so was in Richtung Cerberus gemeint, der Hund, der den Eingang zur Unterwelt bewachte. Diese Griechen! Es war nicht so, dass man nicht reinkam, im Gegenteil, man kam nicht raus. Und diese Sache mit dem Honigkuchen … Eigentlich hatte sie die Sache mit dem Honigkuchen nie verstanden.

»Er erkennt Eindringlinge auf eine Entfernung von zehn Metern und bellt. Durch Glas, Stein, Holz und Beton. Je näher jemand kommt, desto lauter und schneller bellt er. Er ist nur ein kleines Ding, klingt aber bösartig. Ich mochte ihn lieber als den Safe-T-Man. Ich hab mir damals beide gleichzeitig zugelegt.«

»Aber hier würde er doch die ganze Zeit bellen«, sagte Donna. »Das sollten Sie bedenken«, fügte sie hinzu.

»Er kann auch still sein«, sagte die Frau. »Und brav.«

»Dann bringe ich Ihnen den Hund«, sagte Donna, als hätte sie gerade eine schwere Entscheidung getroffen.

Als sie Pond House verließ, kam sie an einem ganz in Rot gekleideten Mann vorbei, der ins Telefon brüllte. Mitten auf Station drei stand ein Münztelefon, das regelmäßig benutzt wurde. »Was ist los mit dir, bist du mit einer Axt in der Hand auf die Welt gekommen?«, schrie er.

Am nächsten Tag kehrte Donna mit dem Hund der alten Frau in einer schicken braun-weißen Einkaufstüte von Bendel zurück, die sie mal aufbewahrt hatte. Als sie ankam, ging das Gruppentreffen eben zu Ende. Während sie bei der Tür herumstand, sah Donna die dicken Teenager und Cynthias runden hübschen Kopf mit dem modischen Haarschnitt. Ein männlicher Patient, den sie noch nicht kannte, sagte gerade: »He, wenn es so aussieht, geht, spricht, riecht und sich anfühlt wie die Anima, dann ist es auch die Anima.« Donna fand das ziemlich lustig und leicht obszön. »Miss!«, rief ihr jemand zu. »Sie dürfen hier nicht dabei sein!« Sie ging in Cynthias Zimmer und setzte sich auf deren Bett. Das Bett der alten Frau war komplett abgezogen. Sie saß da und starrte es mit leerem Blick an.

Als Cynthia hereinkam, sagte sie: »Donna, die alte Frau ist gestorben, ehrlich wahr. Nach dem Abendessen haben wir alle dagesessen und unseren Wackelpudding gegessen, und sie ist einfach umgekippt.«

»Ich hab hier was, das sie haben wollte«, sagte

Donna und hielt die Tüte hoch. »Das gehört ihr, ist aus ihrem Haus.«

»Schmeiß es weg«, sagte Cynthia. »Hör zu, mach es schnell und gründlich.« Sie fing an zu weinen.

Donna fand die Reaktion ihrer Freundin etwas seltsam, aber genau deshalb war sie ja vermutlich in Pond House.

Im Laufe des Tages stellte sich heraus, dass die Frau keine Familie hatte. Niemanden.

»Das festliche Brathuhn hätte es sowieso nicht gegeben«, sagte Cynthia, »das steht mal fest.« Sie hatte jetzt wieder ihre große Klappe, bemerkte Donna.

Der Vorfall wurde im Zimmer diskutiert. Die alte Frau hatte ihren Wackelpudding gegessen. Sie hatte kein Wort gesagt, nicht bedrückt gewirkt.

»Sie hatte keine Ahnung«, sagte eins der dicken Mädchen.

»Wart ihr zwei schon vorher befreundet oder erst, seit ihr hier seid?«, fragte Donna.

Sie warfen ihr einen hasserfüllten Blick zu. »Ich glaube, die geilt sich an Spinnern auf«, sagte eine.

Sie sahen sich so ähnlich, dass Donna nicht sicher war, welche sie im Flur geschlagen hatte. Für sie waren sie Tweedledum und Tweedledee. Sie stellte sich vor, sie wäre eine Dozentin, die Führungen gibt. »Tweedledum und Tweddledees Neurosen sind so normal, dass wir sie nicht weiter beachten müssen«, würde sie sagen und auf die dicken Mädchen zeigen. Dann stellte sie sich vor, die beiden wären ihre Gefängniswärterinnen, über die sie unanfechtbare moralische Macht ausübte.

Der elektronische Wachhund hatte im Haus der alten Frau nicht funktioniert. Es war ein schlichtes Ding, an dem sich wenig einstellen ließ; es schaltete sich ein oder nicht, und tat es nicht. Donna war nach draußen auf die Straße gegangen, hatte sich langsam wieder dem Haus genähert und dabei einen Bogen um den Jungvogel gemacht. Dann war sie losgelaufen, hatte mit den Armen gefuchtelt. Kein Bellen, nur das Knirschen ihrer Schuhe auf dem Schotter. Auch in ihrer eigenen Wohnung hatte er nicht funktioniert, sich nicht mal warm angefühlt.

Arme alte Seele, dachte Donna.

Aus den Ecken des Krankenhauses stahl sich der Abend herein. Da war der Geruch nach Kartoffeln, das Geräusch von Rollwagen mit Essenstabletts. Um diese Zeit mussten sich die Besucher für gewöhnlich verabschieden.

»Cynthia«, sagte Donna. »Wir sehen uns morgen.«

»Warum?«, fragte Cynthia.

Zu Hause stellte Donna sich vor, sie wäre ohne Fahrkarte in einen Zug gestiegen, der auf glänzenden Schienen irgendeinem Ziel entgegenraste, und entwischte dem Schaffner. Sie mixte sich einen Drink, trank ihn fast aus, schenkte noch ein wenig nach. Das

Telefon klingelte, es war Cynthia. Sie freute sich riesig, dass es Cynthia war.

»Du wirst es nicht glauben, Donna«, sagte Cynthia. »Also, dieser Neue, weißt du noch, der so nervt? Beim Abendessen meinte er, dass Frauen, die versuchen, sich umzubringen, es oft nicht schaffen, aber Männern gelingt es auf Anhieb. Er behauptet, dass die nackten Zahlen schon alles über den Unterschied zwischen Männern und Frauen sagen. Nämlich dass Männer Macher sind, während Frauen betrügen und flirten, und da ist Holly von ihrem Stuhl aufgesprungen und –«

»Wer ist Holly?«, fragte Donny.

»Meine Zimmergenossin, verdammt noch mal, die, die dich nicht leiden kann. Sie hat den Typen angegriffen und ihm mit dem Löffel ein Auge ausgestochen.«

»Ausgestochen?«

»Ich hätte es nicht für möglich gehalten, aber, Mann, sie wusste, wie's geht.«

»Ich frage mich, ob es mich hätte treffen können«, sagte Donna.

»Tja, vermutlich schon. Hier drin regiert das Chaos.« Cynthia lachte hysterisch. »Ich möchte hier weg, Donna, obwohl es mir nicht besser geht. Aber ich könnte gehen, weißt du. Ich könnte einfach rausmarschieren.«

»Echt?«, sagte Donna und dachte: Wenn ich hier rauskomme, bin ich weg.

»Aber ich glaube, ich sollte mich besser fühlen. Ich habe keine Ziele. Ich brauche Ziele.«

Vielleicht war es doch keine so gute Idee, dass Cynthia das Telefon benutzte. Donna saß lieber ruhig bei ihr in Pond House, bot an, ihr Kleinigkeiten zu bringen, um die sie nicht gebeten hatte, und dachte über Dennis nach, Cynthias verheirateten Mann, der nicht ein einziges Mal zu Besuch gekommen war. Klar, vermutlich ärgerte er sich noch wegen seines Autos, auch wenn er keine Anzeige erstattet hatte.

Cynthia redete weiter, größtenteils über ihr Leben, Einzelheiten, die Donna bereits kannte und die auch jetzt nicht spannender waren als sonst. Schon in der Kindheit hatte sie es schwer gehabt. Sie war ein temperamentvolles kleines Ding gewesen, war aber unterdrückt, immer nur unterdrückt worden. Donna lief mit dem Hörer am Ohr umher, mixte sich noch einen Drink, zerquetschte eine oder zwei Ameisen, die sich auf die Arbeitsfläche gewagt hatten, und starrte aus dem Fenster in die Dunkelheit, stellte aber fest, dass sie nicht die Dunkelheit sah, nur ein düsteres Bild ihrer selbst und der Gegenstände hinter ihr. Sie trank einen Schluck und wandte sich einigen Postkarten zu, die sie an einen der Schränke geklebt hatte. Einige hingen da schon seit Jahren. Auf einer Karte war eine

Stadt, eine trostlose, zivilisierte Stadt, ähnlich jener auf den Spielkarten der alten Frau.

Cynthia sagte gerade: »Das Maß ist langsam voll, verstehst du, Donna, und ich habe das Gefühl, ich spüre es regelrecht, dass mir alles über den Kopf wächst. Ich –«

»Cynthia«, fiel Donna ihr ins Wort. »Wir alle sind allein in einer bedeutungslosen Welt. Und damit hat sich's. Okay?«

»Du hast leicht reden!«, schrie Cynthia.

Es knackte laut, als die Verbindung unterbrochen wurde.

Donna konnte sich nicht erinnern, wer ihr die Postkarte geschickt hatte und von wo. Sie konnte sich auch nicht vorstellen, weshalb sie die Karte überhaupt aufgehängt hatte. Die Stadt reizte sie nicht. Aber sie wollte die Karte auch nicht abnehmen und sich näher ansehen.

Später lag sie im Bett und versuchte einzuschlafen, indem sie die Rangfolge der Pokerhände aufzählte. Royal Flush, Straight Flush, Vierling, Full House … Eine Stimme in ihrem Kopf wiederholte andauernd: *Passen oder mitgehen. Na? Was denn jetzt?* Dann dämmerte der Morgen. Sie duschte, zog sich an und eilte ins Krankenhaus, wo sie in der Cafeteria einen Kaffee trank. Ihre Augen huschten umher, streiften alles, funkelten. Da war ihr Mantel, an einem Haken neben ihrem Tisch. Plötzlich erschien ihr der Mantel grotesk. Ja wirklich, wie sah sie in dem Mantel überhaupt aus?

Oben auf Station drei war Cynthia nicht in ihrem Zimmer, nur eins der dicken Mädchen, mit rotem Gesicht und vom Weinen geschwollenen Augen.

»Ich habe gerade meine Freundin verloren«, sagte das dicke Mädchen.

»Dann bist du nicht Holly«, sagte Donna.

»Ich wünschte, ich wäre es«, erwiderte das dicke Mädchen. »Ich wünschte, ich wäre Holly.« Sie lag auf ihrem Bett und weinte laut.

Donna blickte aus dem Fenster auf die Straße hinunter. Die Fenster ließen sich nicht öffnen. Ein Baum mühte sich ab zu blühen, war aber durch den Parkplatz schwer beeinträchtigt worden. Schlecht eingeparkte Autos hatten riesige Rindenstücke abgerissen. Als kleines Kind hatte sie auf einer Reise nach Florida mal eine Palme in Flammen aufgehen sehen. Das war wunderschön! Dann waren Ratten, so lang wie ihr flaumweicher Kinderarm, den Stamm hinuntergerannt. Später erfuhr sie, dass so etwas unter den richtigen Umständen bei Palmen mitunter vorkam. Aber dieser Baum wollte nichts dergleichen, und konnte es auch nicht. Er litt still vor sich hin.

Sie wandte sich vom Fenster ab und verließ das Zimmer, wo das dicke Mädchen weiterschluchzte.

Leise summend ging sie durch den Flur und tat so, als wäre sie ein Virus, der ziellos durch einen fremden Körper wanderte. Im Aufenthaltsraum entdeckte sie Cynthia, die sich ihre langen, perfekten Nägel lackierte.

Cynthia musterte sie säuerlich. »Ich wäre wirklich froh, wenn du mich nicht mehr besuchen würdest«, sagte sie.

Eine Schwester erschien aus dem Nichts, wie es so die Art von Schwestern war. »Wen besuchen Sie?«, fragte sie Donna.

Cynthia schaute auf ihr Nagellackfläschchen und schraubte den Deckel zu.

»Sie müssen jemanden besuchen«, sagte die Schwester.

»Mich besucht sie nicht«, murmelte Cynthia.

»Was?«, sagte die Schwester.

»Mich besucht sie nicht«, wiederholte Cynthia laut.

Nach einigem Protest ihrerseits wurde Donna von Cynthia weg- und durch den Flur zum Fahrstuhl geführt. »Es reicht«, sagte die Schwester. »Sie haben Ihre Rechte hier verspielt.« Donna war allein im Fahrstuhl nach unten. Im Erdgeschoss stiegen ein paar Leute ein, und der Fahrstuhl fuhr wieder nach oben. Auf Station drei stiegen sie aus. Donna fuhr wieder nach unten. Sie ging über den Parkplatz zu ihrem Auto.

Morgen würde sie wiederkommen und Cynthia und auch der Schwester aus dem Weg gehen. Fürs Erste musste sie entscheiden, welche Strecke sie nach Hause nehmen würde. So baute man heute Straßen; es gab fünf oder sechs Wege zum selben Ort. Auf dem Highway stieß sie fast sofort auf eine Baustelle. Überall wurde gebaut. Absperrbalken und Warnkegel, blinkende orangefarbene Pfeile, und sie musste sich einfädeln. Vorsichtig scherte sie aus und versuchte, die Fahrspur zu wechseln. Keiner wollte sie reinlassen! Sie drängelte sich in die Autoschlange. Dann stellte sie fest, dass sie in eine Leichenprozession geraten war. Alle hatten ihre Scheinwerfer an. Sie war Teil eines Trauerzugs, einer beklommenen Menge. Sollte sie ihr Licht anschalten, um Anteilnahme zu zeigen, sich zu entschuldigen? Sie setzte ihre Sonnenbrille auf. Aber nur wegen einer Beerdigung fuhr man doch nicht am helllichten Tag mit Licht. Wegen allem Möglichen, ja. Wenn man sich an jemanden oder etwas erinnerte. Genau genommen, um zu zeigen, dass man sich an jemanden oder etwas erinnerte, das war ein Unterschied. Auch aus Sicherheitsgründen wurde darauf gedrungen. *Licht an! Zu Ihrer eigenen Sicherheit.* Aber dies war ein Leichenzug, daran bestand kein Zweifel.

Nach einer gefühlten Ewigkeit war die Straße wieder frei, und Donna steuerte das Auto scharf auf die andere Spur. In kürzester Zeit hatte sie die Prozession weit hinter sich gelassen.

In ihrer Straße angekommen, parkte sie und eilte zu ihrer Haustür. Sie spürte eine unangenehme Erregung. Es war Vormittag, in der Nachbarschaft war es ruhig wie immer. Wer wusste schon, was die Leute hier trieben? Auf dieser Straße sah sie nie eine Menschenseele.

Dann fing ein Hund an zu bellen, und das ziemlich alarmierend. Als sie weiterging, wurde das durchdringende Bellen lauter, hektischer. Der Hund der armen alten Frau, dachte Donna, die graue Maschine, die irgendwie wieder angegangen war und ihrem Zweck diente. Sie wusste es. Aber es klang erstaunlich echt, bemerkenswert echt, und auch die Verwirrung, die sie empfand, war so bemerkenswert echt, dass sie innehielt. Sie konnte nicht weitergehen. Aber sie konnte auch nicht zurück.

BARMHERZIGKEIT

Ein Polizeibeamter, der in einem Café nahe der Grenze zwischen Arizona und New Mexiko ein Tamale aß, hatte ihnen davon erzählt.

»Ich bin einfach da raus in diesen ganzen weißen Sand, hab mir eine Düne gesucht und bin rauf und hab geguckt und geguckt und es einfach auf mich wirken lassen, also, ich hab noch nie so was gesehen, noch nie so was gefühlt. Ich glaube, ich könnte ganz lange da draußen im Sand bleiben, und ich weiß nicht mal genau, warum.«

»Klingt nicht so, als würde man das allzu oft machen wollen«, sagte Richard. Der Polizist runzelte die Stirn. Dann ignorierte er die beiden.

Als sie wieder im Wagen saßen, wollte Janice sofort dorthin. Sie waren unterwegs nach Santa Fe und sahen sich ein bisschen was vom Südwesten an. Beide trugen Khakikombinationen, und Richard hatte eine handbemalte Krawatte um, für die er ziemlich viel Geld bezahlt hatte.

Sie fuhren zum White Sands National Monument,

zahlten den Eintritt und fuhren hinein. Der Ranger sagte: »Wir laden Sie ein, auszusteigen und ein wenig die Gegend zu erkunden, klettern Sie auf eine Düne für einen besseren Blick auf das endlose Meer aus Sand ringsum.«

Langsam fuhren sie einen Rundweg entlang. Alles war weiß und ordentlich. Als hätten die Dünen einen wichtigen Auftrag.

»Willst du aussteigen?«, fragte Richard. »Ich warte im Wagen.«

Janice glaubte, noch immer zu Ehrfurcht und Verklärung fähig zu sein, und fühlte sich unwohl, wenn sie in Richards Gegenwart so wenig empfand. Auch das Wissen, dass sie sich auf einem Rundweg befanden, störte sie. Sie betrachtete die Dünen ohne Hoffnung. Als sie umkehrten, sahen sie etwas Kleines, Durchsichtiges, wie eine Eidechse, unter die Räder ihres Autos taumeln und machten einander darauf aufmerksam.

»Ich weiß nicht, wovon dieser Polizist geredet hat«, sagte Richard.

»Er wollte etwas Spirituelles ausdrücken.«

»Bist du das nicht auch langsam leid hier? Alles ist heilig und geheimnisvoll und nur für Eingeweihte. Sogar die Bullen suchen nach Erleuchtung. Das geht mir auf die Nerven, um ganz ehrlich zu sein.«

Sie wünschte, sie wäre ausgestiegen. Sie war nicht einmal ausgestiegen. Ihre Schuhe hatten hohe Absätze. »Lass uns zurückfahren«, sagte sie. »Lass es uns noch mal versuchen.«

»Janice«, sagte Richard.

Nach ein paar Meilen sagte er: »Ich hab vergessen zu pinkeln.«

»Nein, so was!«, rief sie.

»Ich halte an der Raststätte da«, sagte er.

»Zum Pinkeln! Wie schön!«, sagte sie. Sie fixierte ihn mit einem begeisterten Blick.

Draußen war die Hitze atemberaubend, und die Wüste schimmerte lavendelblau. In einem Pavillon standen Leute und unterhielten sich laut über Verwandte, die über neunzig wurden, obwohl sie wie die Schlote rauchten. Etwas weiter weg rief jemand nach einem kleinen Hund. »Peaches«, rief die Frau, »komm jetzt her.« Der Hund wirkte glaubhaft unvertraut mit dem Namen Peaches. Es war eindeutig ein Name, der ihm nicht seine wahre Natur zu bezeichnen schien, und deshalb würde er auch nicht darauf reagieren.

Die Straße führte an den Pavillons und Toiletten vorbei durch eine Landschaft, wo jede Form pflanzlichen Lebens mit Schildern erklärt war, und danach zurück auf den Highway. Janice ging dort entlang zu ein paar Automaten. Sie liebte Kaffee aus dem Automaten. Sie fand den Geschmack ungewöhnlich und nicht für jedermann. Während sie darauf wartete, dass der Pappbecher in die Halterung fiel und sich mit der unheimlichen Flüssigkeit füllte, bemerkte sie einen staubigen violetten Van, der in der Nähe parkte. Zwei wunderhübsche Kinder standen mit verschränkten Armen daneben und sahen sich um, als besäßen sie eine gewisse Autorität. Sie waren ziemlich schmutzig und blond und bezaubernd. Im offenen Wagen machten sich ein Mann und eine Frau zu schaffen. Der Junge und der Mann waren beide barfuß und ohne Hemd. Die Frau, die lange unordentliche Haare hatte, sagte etwas zu dem Mädchen, woraufhin es in den Wagen kletterte, gerade als der Mann triumphierend etwas zutage förderte – eine leere Pizzaschachtel, wie es schien. Janice konnte den Blick kaum abwenden. Sie trank den Kaffee aus, der inzwischen kalt war und noch eigenartiger schmeckte, und ging zu Richard und ihrem Mietwagen zurück, der an der Motorhaube einen kleinen Kratzer hatte. Sie hatte den Autoverleih mit großem Nachdruck darauf hingewiesen, damit man am Ende nicht sie dafür verantwortlich machte. Am Kühlergrill klebten einige Schmetterlinge. Wortlos stieg sie ein und schloss die Tür. Sie hätte Richard gerne gesagt, wie viel sie sich ihm gegenüber verkniff, aber tatsächlich war das nur wenig.

Als sie an dem Van vorbeikamen, hielt der Mann das Stück Pappe hoch, auf der jetzt in bunter Kreide *Bitte: Brauchen Geld für Benzin* stand.

Der Doppelpunkt in dieser Bitte berührte Janice tief.

»Richard«, sagte sie, »wir müssen dieser Familie was geben.«

Der Mann hielt das Schild an sich gedrückt, direkt oberhalb einer Blinddarmnarbe, während die Kinder steinern in die Ferne blickten.

»Richard!«, sagte sie.

»Ach bitte, Janice«, sagte er. »Echt jetzt.«

»Fahr zurück«, sagte sie.

Sie hatten den Highway erreicht, und Richard beschleunigte. »Warum willst du immer zurückfahren. Wir fahren nicht zurück. Warum machst du nicht alles gleich beim ersten Mal?«

Die Ungerechtigkeit dieser Bemerkung nahm ihr den Atem. Sie erwog, sich zurückzuwerfen und mit ihren hochhackigen Schuhen gegen die Windschutzscheibe zu hämmern. »Ich will dieser armen Familie Geld für Benzin geben«, sagte sie.

»Irgendjemand wird ihnen schon was geben.«

»Aber ich will, dass wir das sind!«

Richard fuhr schneller.

»Hör zu«, sagte sie vernünftig, »wenn du im Krankenhaus wärst und eine neue Leber bräuchtest und der Arzt käme rein und würde sagen: ›Ich habe gute Nachrichten, wir haben eine Leber für Sie‹, wärst du dann nicht dankbar?«

»Ja, schon«, sagte Richard nachdenklich.

»Jemand hätte dir eine zweite Chance gegeben.«

»Aber ein Toter«, entgegnete Richard, immer noch nachdenklich. »Anders ginge es ja nicht.«

»Ich wünschte, ich würde fahren«, sagte sie.

»Tust du aber nicht.«

Janice stöhnte. »Ich hasse dich«, sagte sie. »Wirklich.«

»Wir fahren jetzt einfach nach Santa Fe«, sagte Richard. »Das ist eine zivilisierte Stadt. Sie wird auch auf uns zivilisierend wirken.«

»Mit dieser Krawatte siehst du bescheuert aus«, sagte sie.

»Ich weiß«, sagte er. Er riss den Knoten auf, kurbelte das Fenster herunter und warf die Krawatte hinaus.

»Was machst du denn!«, rief Janice. Die Krawatte war aus echtem Celluloseacetat und in den Vierzigerjahren bemalt worden. Sie zeigte einen Krieger der Prärie-Indianer vor einem Pueblo. Dass die Szene fehlerhaft war, in völliger Ignoranz entworfen, machte die Krawatte noch teurer und, wie man ihnen erklärt hatte, auf lange Sicht wertvoller. Aber es gab jetzt keine lange Sicht mehr. Die Krawatte war futsch. Janice rutschte auf ihrem Sitz hin und her und blickte atemlos geradeaus in die Ferne. Mit ernstem Mitgefühl dachte sie an die kleine Familie.

»Ich fürchte, ich muss noch mal halten. Zum Tanken«, sagte er.

Er ist herzlos, dachte sie. Ein moralischer Eingeborener. Sie schlang die Arme um sich.

Sie nahmen eine Ausfahrt zu einer Ortschaft, die sich als eine einzige Häuserzeile mehrere Meilen entlang des Highways erstreckte, und hielten an einer Tankstelle, die äußerlich einem Handelsposten nachempfunden war, hinter einem Zaun daneben alte Autos mit großen Heckflossen. Richard stieg aus und tankte. Dann putzte er die Windschutzscheibe und grinste sie dabei an.

Sie kennt ihn nicht, dachte sie. Sie war mit dem Menschen, der er war, in etwa so vertraut wie mit der Theorie der kalten Dunklen Materie.

Er klopfte an die Scheibe. »Willst du reinkommen?«, fragte er. »Schnapsgläser, Samtgemälde, lackierte Skorpione?«

Er ist ein Snob, dachte sie.

Er seufzte und ging weg, die Brusttasche seiner Jacke nach seinem Portemonnaie abtastend. Janice rutschte schnell auf den Fahrersitz, legte die Hände ums Lenkrad und fuhr unter lautem Rumpeln und quietschendem Sand los. Innerhalb einer Viertelstunde war sie wieder an dem Rastplatz. Die Kinder waren die Leiter des Vans hinaufgeklettert und lagen auf dem Dach. Die Frau war nirgends zu sehen. Der Mann hielt noch immer stocksteif das Schild hoch. Janice hielt an.

»Hallo, wie geht's?«, sagte er. Seine Augen strahlten hell.

»Ich möchte Ihnen zwanzig Dollar geben«, sagte Janice. Sie öffnete ihre Handtasche und stellte erschrocken fest, dass sie nur zwei Fünfzigdollarscheine bei sich hatte.

»Rose!«, rief der Mann laut und senkte das Schild. Er hatte einen langen, abgesehen von der Narbe glatten Oberkörper.

Die Frau kam aus dem Van und sah Janice kühl an.

»Ja?«, sagte sie.

»Ich habe Ihr Schild gesehen«, sagte Janice verwirrt.

Die Kinder richteten sich gelangweilt auf und schauten zu ihr herunter.

»Wir müssen nach Hause, das sind siebzig Meilen von hier, um diese Kinder morgen in die Schule zu bekommen«, erklärte Rose. »Was wir machen, also, grundsätzlich gehen wir so vor, dass wir zur nächsten Tankstelle fahren, und dann geben Sie uns den Betrag, den Sie möchten. So können Sie sicher sein, dass wir das Geld für Benzin ausgeben und nichts anderes.«

Janice war dankbar für die Regeln, die sie ausgearbeitet hatten.

»Auf einem Rastplatz geben die Leute einem Geld, an einer Tankstelle nicht«, sagte der Mann. »Das ist nur menschlich. Auf Rastplätzen sind sie eher mit sich selbst im Reinen.«

Sie machten sich miteinander bekannt. Der Mann hieß Leo. Die Kinder hießen Zorro und ZoeBella. Janice stellte sich auch vor.

»Mein Gang-Name ist Skinny Puppy«, sagte Zorro, »aber den benutzt du auf eigene Gefahr.«

»Gang-Name am Arsch«, sagte Leo. »Er hat keine Ahnung von Gangs. Letzte Woche hat er einem Chicano in 'nem Lowrider den Stinkefinger gezeigt. Hätte uns fast das Leben gekostet.«

»Das war gar nicht absichtlich«, sagte Zorro. »Hab bloß meine Hand aus dem Fenster gehalten.«

»Der Wichser hätte uns fast vom Highway gedrängt«, sagte Leo.

Janice merkte, dass sie die Familie unverhohlen und ein bisschen dümmlich anstarrte. Sie schlug vor, zur Tankstelle zu fahren, damit sie dann alle ihrer Wege gehen konnten.

»Kann ich mitfahren?«, fragte Rose. »Ich würde mich gerne mal wie ein Mensch fühlen, wenn auch nur für ein paar Meilen.«

»Ich will auch mit!«, rief Zorro. Er öffnete die hintere Tür von Janice' Wagen, purzelte über den Vordersitz und schmiegte sich an sie. »Mmmh, du riechst gut«, sagte er.

»Ich weiß nicht, wo er den Scheiß immer herhat«, murmelte Rose. »Jedenfalls nicht von seinem Vater. Raus mit dir!«, schrie sie.

Der Kleine turnte wieder nach hinten, aus der Wagentür hinaus und in den Van. ZoeBella, die kein Wort gesagt hatte, stieg neben ihm ein.

Janice lud Rose ein, mit ihr zur Tankstelle zu fahren, die Leo anscheinend kannte. Sie fühlte sich mit sozialer Verantwortung gesegnet. Es ging ihr gut. Bald war es vorbei, und sie würde darauf zurückblicken können. Richard hatte nur einen einzigen geistigen Schlüssel, der ihm nicht alle Türen öffnete, das hatte sie immer von Richard gedacht. Sie dagegen hatte viele Schlüssel, dachte sie dankbar, und aus diesem Grund ging sie auch so frei durch eine Welt, die ihr in jede Richtung offenstand.

Leo hatte Schwierigkeiten, den Van anzulassen. Blauer Rauch qualmte aus dem Auspuff.

»Das sieht nicht gut aus«, bemerkte Janice.

»Ringe, Dichtungen, Ventile, such dir was aus«, sagte Rose.

Der Van schaffte es auf den Highway und schwankte vor ihnen her. Auch von den Reifen schien Rauch aufzusteigen. Der Himmel war wolkenlos und strahlend blau, und die Rauchwölkchen lösten sich darin auf.

»Manche Leute mögen den Himmel hier«, sagte Rose ungefragt, »aber mir ist der Himmel über New York lieber. Das ist vielleicht ein Himmel. Die hohen Gebäude schieben ihn weg, sodass er ganz weit oben ist. Dadurch sieht er wilder aus.«

Janice stimmte ihr zu und fand, dass das eine höchst originelle Bemerkung war. Sie war sehr zufrieden mit sich. Begeistert sah sie Rose an.

»Dieser Zorro hat deinen Sitz dreckig gemacht«, sagte Rose, die einen staubigen Fußabdruck auf dem Polster musterte.

Janice winkte ab. »So schöne Kinder«, sagte sie. »Und so ungewöhnliche Namen.«

»Ich wollte ihn weiß Gott nicht Zorro nennen, aber sein Vater hat darauf bestanden. Die beiden sind Halbgeschwister. ZoeBellas Dad, Warren, war blind. Ich hoffe, du erliegst nicht dem verbreiteten Missverständnis, Blinde seien bessere Menschen. So ist es nämlich nicht. Blinde halten es nicht für nötig, sich auf andere einzulassen. Sie tragen nichts zu einem Gespräch bei. Aber er hatte einen großartigen Hund, Mountain. Mountain hat mit uns zusammen den Lamaze-Kurs besucht. Lamaze hilft einem, sich auf was anderes als die Geburt zu konzentrieren, und ich habe mich wochenlang auf Mountain konzentriert, aber als es dann endlich so weit war, ZoeBella zu bekommen, haben sie Mountain nicht in den Kreißsaal gelassen. Verstoß gegen die Infektionsschutzregelungen, haben die gemeint. Na, da bin ich durchgedreht, und ich glaube, das ganze Theater hat auch ZoeBella ganz schön geschadet. Da hab ich die ganze Schwangerschaft über nicht geraucht und nicht getrunken, und dann lassen die den Scheißhund nicht in den Kreißsaal. Es war eine ziemlich schwierige Geburt, und Warren, dieser Scheißkerl, war überhaupt keine Hilfe. Aber wir haben die Klinik verklagt, weil sie Mountain nicht reingelassen haben, und wir haben uns dann außergerichtlich mit denen geeinigt. Warren gab es da schon lange nicht mehr, aber das Geld hat uns vier Jahre lang über Wasser gehalten, Leo und Zorro auch. Was für eine Erleuchtung das war. Ich wünschte, ich könnte noch mal so was bringen. Hast du schon mal mit einem Blinden gevögelt?«

»Aber nein«, sagte Janice. »Hab ich nicht.«

»Mach's, Alte, bevor du stirbst«, sagte Rose. »Es gibt nichts Besseres.«

Janice nickte.

»Aber bleib dann nicht da. Bring deine Muschi in Sicherheit«, riet Rose.

Janice nickte wieder. Langsam machte sie sich ein bisschen Sorgen, wie Richard wohl drauf sein würde, wenn sie ihn abholte. Der Van schlingerte schwelend vor ihnen her. Janice wurde leicht schwindelig von dem Anblick. Als sie die Ausfahrt erreichten, merkte sie, dass sie das Lenkrad fest umklammert hielt. Der Van bog nicht bei der Tankstelle ab, an der sie Richard zurückgelassen hatte, sondern fuhr zu einer anderen direkt gegenüber, wo er laut klappernd zum Stehen kam.

»Was für ein Schrotthaufen. Da kriegt man schon vom bloßen Hingucken Lust auf einen Cocktail, was?«, sagte Rose.

»Ich würde Ihnen gerne fünfzig Dollar geben, wenn es Ihnen recht ist«, sagte Janice. »Und wahrscheinlich könnten Sie auch Öl gebrauchen. Wollen Sie nicht auch etwas Öl kaufen? Damit Sie sicher nach Hause kommen.«

»Ach, das Ding ist ein Fass ohne Boden«, erwiderte Rose. »Säuft wie ein Loch.« Sie nahm den Geldschein vorsichtig entgegen. »Danke«, sagte sie bedächtig. Sie schien in irgendein komplexes Ritual vertieft. Sie hatte ganz offenkundig keinen Respekt vor dem Geld, vor der Person, die es ihr gab, aber schon. War es so?, fragte sich Janice. Und warum gab sie ihr überhaupt so viel Geld? Ihr eigenes Verhalten wurde ihr zunehmend suspekt.

Rose stieg aus, streckte sich und schlenderte zu ihrer Familie. Janice fuhr auf die andere Straßenseite. Der Handelsposten war fest verschlossen. Vier Dalmatiner mit Köpfen so groß wie Farbeimer beobachteten sie gierig von der Einzäunung aus.

»Richard!«, rief sie. Die Hunde spielten verrückt. Sie rasten, von Pflichtgefühl befeuert, laut bellend am Zaun entlang und warfen noch ihre Wasserschüsseln um. Janice umrundete ein paarmal langsam den Handelsposten, fuhr dann auf die Straße und gelangte ans

Ende der Ortschaft. Bei der riesenhaften Statue eines Laufvogels endete die Stadt einfach. Dahinter erstreckten sich viele tausend Hektar Viehweiden, auf denen kein einziges Vieh weidete. Sie hielt neben der Statue, stieg aus und atmete in kleinen Zügen, aus Angst, die überhitzte Luft zu tief einzuatmen. Ein älteres Paar kam zu ihr und fragte, ob Janice sie mit ihrer Kamera fotografieren könne.

»Hat die nicht so einen Selbstauslöser?«, fragte Janice. »Können Sie sie nicht auf einen Stein stellen, den Auslöser betätigen und sie das Foto machen lassen?«

Das alte Paar sah ratlos drein und begann zu zittern.

»Schon gut. Entschuldigen Sie«, sagte Janice. »Es tut mir leid. Geben Sie her.«

»Schauen Sie, dass alles aufs Bild kommt«, sagte die Frau. »Sie müssen weiter zurückgehen.«

Janice machte ein paar Schritte rückwärts und hob die Kamera ans Auge. Da waren sie.

»Noch ein bisschen weiter«, sagte die Frau.

Janice wich weiter zurück und riss sich an einem Abfalleimer die Seite ihres Schuhs auf.

»Das muss der Grund sein, warum der Abfalleimer dort steht«, sagte die Frau.

»Der Abfalleimer markiert die Stelle!«, rief ihr verhutzelter Begleiter.

»Lächeln Sie ruhig«, sagte Janice. »So. Erledigt.« Sie hatte kein Foto gemacht. Sie wollte keins machen. Das war ein vertretbares Recht.

»Herzlichen Dank«, sagte der alte Mann.

»Reizend von Ihnen«, sagte die Frau, »als Sie erst mal bereit waren.«

Janice ging auf ihrem kaputten Absatz zum Auto und fuhr, immer wieder hupend, durch den Ort zurück. Richard war nicht nur eine Nervensäge, er konnte auch gefährlich werden. Sein Verhalten war gefährlich, dachte sie. Erneut umfuhr sie die Tanksäulen des verlassenen Handelspostens. Die Hunde mit den riesigen Köpfen lagen auf dem Bauch und teilten sich etwas, das graubraun, ausgeweidet aussah. Sie fuhr zur anderen Straßenseite. Rose und die Kinder saßen auf einem Bettlaken am Boden. Der Van stand auf einer Hebebühne in der Werkstatt.

»Suchst du jemanden?«, fragte Rose.

»Nein«, sagte Janice. »Sehe ich etwa so aus?«

»Dann siehst du hungrig aus oder so was«, sagte Rose.

»Ich hab Hunger«, sagte Zorro. »Mann, hab ich einen Hunger.«

»Sind die aus Pferd?«, fragte ZoeBella und zeigte auf Janice' Schuhe.

Janice erschrak, als sie die Stimme des Mädchens hörte, die sanft und getragen klang. »Was?«, sagte sie.

»Deine Schuhe, sind die aus Pferd?«

»Ich weiß nicht. Aus irgendeinem Leder jedenfalls. Pferd wäre ja schrecklich, oder?«

»Du bist dir nicht sicher«, sagte ZoeBella leise.

Leo kam zu ihnen und wischte sich seine verschmierten Finger an der Hose ab. Streifen von Motoröl liefen ihm an der Brust hinunter, und auch seine Haare waren voller Öl. »Wir haben ein kleines Problem, aber das kann man reparieren«, sagte er. »Der Mann hier lässt mich sein Werkzeug benutzen. Wie wäre es, wenn ihr Frauen und Kinder was essen geht?«, schlug er großzügig vor. »Setzt euch in ein nettes Restaurant mit Klimaanlage und bestellt euch was Schönes.«

Rose war heikel, was das Restaurant anging. Es musste dunkel sein, Essnischen haben, kein Salatbüfett und keine Sicht nach draußen. Sie stiegen in Janice' Wagen und fuhren wieder die Straße entlang. Zorro wurde in mehrere Lokale geschickt, um zu prüfen, ob sie in Betracht kamen. Er trug ein T-Shirt mit dem Aufdruck VERBIETET TELLEREISEN. Einige Vögel und Tiere, verkrüppelt und mit ziemlicher Sicherheit tot, waren farbenfroh um eine furchterregende schwarze Eisenfalle angeordnet.

»Er liebt dieses T-Shirt, aber ich glaube nicht, dass er's kapiert«, vertraute Rose Janice an.

»Du solltest dieses T-Shirt vergraben, mit Zorro drin«, sagte ZoeBella leise.

Janice suchte weiterhin die Straße nach Richard ab. Sie sah niemanden, der ihm auch nur entfernt ähnelte; nicht dass sie sich damit zufriedengegeben hätte, natürlich.

»Suchst du nicht doch jemanden?«, fragte Rose.

»Überhaupt nicht«, erwiderte Janice. »Ich will nur was von der Umgebung mitbekommen.«

ZoeBella lehnte sich über den Vordersitz und sagte sanft: »Ich glaube, der Polizist hinter uns will, dass du rechts ranfährst.«

»Ja!«, sagte Zorro. »Das Blinklicht ist an!«

Der Polizist teilte Janice mit, dass sie an einem Stoppschild nicht ordnungsgemäß angehalten habe. Er erinnerte sie stark an den Polizisten, dem sie und Richard beim Frühstück begegnet waren. Während er den Strafzettel in Höhe von zweihundert Dollar ausfüllte, fragte Rose ihn, welches Speiselokal er empfehlen könne, und er empfahl das, vor dem sie parkten.

»So ein Ereignis verlangt nach Cocktails«, sagte Rose zu Janice. »Immer.«

Drinnen fühlte Janice sich hilflos. ZoeBella nahm sie an ihre kleine Hand und führte sie zu einer Nische. Hand in Hand setzten sie sich Zorro gegenüber, dessen T-Shirt im Dunkeln deutlich zu sehen war. Janice bestellte einen doppelten Gin mit Eis, Rose ein bestimmtes Importbier in der Flasche und für alle das Truthahngericht.

»Truthahn ist immer am besten«, sagte Rose.

ZoeBella ließ Janice' Hand nicht los, als das Essen kam. Die Kinder aßen, als wären sie ausgehungert.

»Glaubst du an Gott?«, murmelte ZoeBella.

Janice versuchte, ihre Zunge von einem Haar zu befreien, das sich dorthin verirrt hatte.

Rose sagte: »In ZoeBellas Alter habe ich mir Gott immer als ein Wesen in einem schwarzen Speedo-Badeanzug vorgestellt, und ich saß auf seinem Schoß, aber diese Vorstellung wurde mir ausgetrieben. Einfach ausgetrieben. Wenn ich den Namen heute höre, ist da nichts.«

»Ich stelle mir Gott als Zauberer vor«, flüsterte ZoeBella und sah Janice aufmerksam an. »Einen reichen Zauberer, der ganz viele Schafe hat, und die hypnotisiert er, damit er nicht für Schäfer oder Zäune bezahlen muss, um sie am Weglaufen zu hindern. Die Schafe wissen, dass der Zauberer sie irgendwann tötet, weil er ihr Fleisch und ihr Fell haben will. Zuerst hypnotisiert er sie also, damit sie denken, sie wären unsterblich und das Häuten würde ihnen nichts tun, sondern gut und sogar angenehm für sie sein. Dann hypnotisiert er sie, damit sie denken, dass der Zauberer ein guter Herr und Meister ist und sie liebt. Und dann hypnotisiert er sie, damit sie denken, sie wären gar keine Schafe. Und nachdem das alles passiert ist, laufen sie niemals weg, sondern warten friedlich ab, bis der Zauberer ihr Fleisch und ihr Fell haben will.«

ZoeBellas Haut war sehr blass, und ihre Augen waren groß und blau. »Mein Gott«, sagte Janice. Nur mit einem Stück Brot würde sich dieses Haar finden lassen, entschied sie. Sie steckte sich eins in den Mund.

Zorro sagte: »Ich stell mir Gott –«

Seine Mutter ruckte brüsk an seinem Arm. »Das wollen wir nicht noch mal hören«, sagte sie.

Zorro sammelte die Gabeln vom Tisch ein und steckte sie in die Hosentasche seiner Shorts.

»Uns fehlen immer Gabeln«, erklärte Rose Janice. »Ich weiß nicht, wo die bei uns immer hinkommen.«

Die Kinder bestellten große Buttertoffee-Eisbecher und verputzten sie binnen Minuten. ZoeBella aß vornehm, aber blitzschnell. Sie hatte Janice' Hand losgelassen, um den langen Löffel besser halten zu können, doch als sie fertig war, schob sie ihre Hand wieder in Janice' Hand.

»Ich hoffe, ich bin morgen in der Schule«, sagte sie mit ihrer fast unhörbaren Stimme. »Wenn ich morgen nicht in der Schule bin, weiß ich nicht, was ich tun soll.« Sie verzog das Gesicht zu einem Ausdruck des Entsetzens.

Janice konnte sich nicht vorstellen, dass ein Kind wie ZoeBella in der Schule gut vorankam, aber sie drückte die klebrige Kinderhand. Der Zauberer und die Schafe hatten bei ihr ein mulmiges Gefühl hinterlassen und sie beträchtlich verwirrt, aber sie wusste jetzt, was sie tun würde. Sie würde Rose und die Kinder nach Hause bringen. Sie war sich sicher, dass die Lage mit Leo und dem Van inzwischen besser aussah, und sie wollte unbedingt zu Ende bringen, was sie begonnen hatte. Wie sollte sie sonst darüber nachdenken können? Das könnte sie dann gar nicht. Die Familie wohnte in einer Stadt, die nicht ganz auf dem Weg nach Santa Fe lag, aber wenn sie gleich losfuhren, konnte sie es noch vor der Dunkelheit nach Santa Fe schaffen. Richard hatte dort ein Hotelzimmer reserviert. Vielleicht würde eine Nachricht auf sie warten oder sogar Richard persönlich. Und wenn nicht, dann wäre sie, sobald sie ankam, selbst die Nachricht. Schließlich ist ja das eigene Leben die Nachricht, oder? Wie man lebt, das Gute, das man tut?

»Ich kann dich denken sehen«, sagte ZoeBella mit leiser, enttäuschter Stimme.

Als sie wieder bei der Werkstatt waren, begrüßte Leo Janice' Vorschlag. »Ich glaube, ich muss hier noch tagelang herumsitzen«, sagte er. Er küsste die Kinder und schüttelte Janice die Hand. Im Wagen sagte Janice, Leo scheine ein guter Mann zu sein.

»Er ist in Ordnung«, sagte Rose. »Wenn er getrunken hat, droht er, die Kaninchen der Kinder zu schlachten, aber er hat es bis jetzt nicht getan.«

Sie fuhren eine Zeitlang schweigend. Wenn sie ankamen, würde Janice nicht mit hineingehen. Man würde sie einladen, aber sie würde die Einladung auf keinen Fall annehmen. Nicht mal in Gedanken wollte sie so weit gehen, dieses Haus zu betreten. Sie würde sie vor ihrer Haustür absetzen und sich verabschieden.

»Wie sieht deine Kreditkarte aus?«, fragte Zorro. »Ist sie schwarz mit einem Berg drauf und einem Adler und einer großen orangenen Sonne? Wenn ja, hast du sie nämlich beim Bezahlen liegen lassen. Hab ich gesehen, als ich die Zahnstocher geholt hab.«

»Zorro sieht überall Kreditkarten«, sagte Rose. »Ich habe ihm eingebläut, dass er sie nie nehmen darf. Er hat ein scharfes Auge, und das soll er auch haben, aber ich fürchte, dass das scharfe Auge bei ihm ganz schnell zu langen Fingern führen könnte.«

»Ich fahre nicht zurück«, sagte Janice.

Niemand widersprach. Sie fuhren auf einer schmalen geteerten Straße, die mit großer Dringlichkeit durch die Wüste zuckte. In der Ferne ritt ein Mann auf einem Pferd.

»Da ist ein Pferd«, sagte ZoeBella andächtig.

Dann sah Zorro die Schlange am Straßenrand.

»Schaut euch die an!«, schrie er. »Schaut doch mal,

wie groß das Vieh ist! Das ist ein Wunder, da kannst du nicht einfach dran vorbeifahren!«

Er packte das Lenkrad und drehte es in Richtung der Schlange, aber Janice riss es wieder herum und stieg auf die Bremse. Der Wagen schoss von der Straße, schaffte es nicht ganz an einer steinigen Böschung vorbei und rumpelte mit knirschenden Achsen in ein Dickicht aus Wildblumen – Primeln und Sandverbenen und, wie ZoeBella ihnen später leise erklärte, Kalifornischer Stechapfel, eine hochgiftige Pflanze.

»Geht es allen gut?«, fragte Rose. »Alle noch ganz? Das ist das einzig Wichtige, der Rest ist egal.«

»Ich wollte doch nur die Schlange haben«, sagte Zorro.

»Er will andauernd, dass sein Dad irgendwas für ihn überfährt«, sagte Rose. »Du bist hier im Wagen von jemand anderem, Zorro! Du bist Gast im Auto eines anderen Menschen!«

Sie kletterten mit Mühe aus dem Wagen und sahen ihn sich an. Er hatte unverkennbar einen Totalschaden. Der Autoschlüssel war im Zündschloss abgebrochen, sodass Janice noch nicht mal den Kofferraum aufsperren konnte, um ihren Koffer herauszuholen.

ZoeBella berührte Janice an der Hand. »Ich bin froh, dass du die Schlange nicht überfahren hast«, flüsterte sie.

»Ich habe furchtbare Kopfschmerzen«, sagte Janice.

»Dein Kopf hat ordentlich was abgekriegt«, sagte Rose. »Ich hab da hinten ein Motel gesehen. Nehmen wir uns ein Zimmer und lassen es für heute gut sein.«

In dem Motel war nur ein Zimmer mit einem einzelnen breiten Bett frei, das den Raum fast ganz einnahm. Alle anderen Zimmer stünden leer, erklärte die junge indianische Frau an der Rezeption, aber jedes tauge auf seine eigene Art nicht zur Unterbringung. Verstopfter Abfluss, Teppichboden mit Brandlöchern, kaputte Toilette, eingedrückter Fußboden. Flöhe.

Zorro sauste von der Tür zum Bett und hopste darauf herum. »Skinny-Puppy betritt den Ring!«, rief er. Er duckte sich und tänzelte, boxte in die Luft. Rose schubste ihn weg.

»Du legst dich hin«, befahl sie Janice. »Ich geh mit den beiden ins Café hier, dann kannst du dich ausruhen. Da gibt es Cocktails, hab ich gesehen. Soll ich dir einen bringen?«

»Ich glaube, ich lege mich einfach hin«, sagte Janice.

»Mach nichts, bevor du dich ein bisschen ausgeruht hast«, sagte Rose.

»Guck auch nicht in den Spiegel«, beschwor Zoe-Bella sie leise.

»Du bist kreidebleich«, sagte Rose. »Vielleicht bleiben wir besser bei dir, bis du wieder etwas mehr Farbe hast.«

»Mir geht es gar nicht gut«, sagte Janice. Sie kroch über das Bett und legte sich auf den Rücken. Sie mochte die Augen nicht zumachen.

»Rück ein Stück rüber«, sagte Rose, »mehr in die Mitte, dann ist Platz für uns alle.«

Sie lagen alle auf dem Bett. Nach ein paar Sekunden begann jemand zu schnarchen. Janice hätte ihren letzten Fünfziger nicht verwetten wollen, dass nicht sie es war.

DER GELIEBTE

Das Mädchen ist fünfundzwanzig. Ihre Scheidung liegt nicht lange zurück, aber sie kann sich nicht an den Mann erinnern, mit dem sie verheiratet war. Vermutlich war er nett. Das jedenfalls wird sie dem Kind erzählen. Einmal verlor er beim Surfen vor Gay Head eine fünfzig Dollar teure Sonnenbrille und hatte tagelang Gewissensbisse. Er mochte Nieren, das weiß sie noch. Am Wochenende wollte er Nieren zum Mittagessen. Mit ihrem hübsch gewölbten Bauch, die Haare zu einem Knoten gebunden, klapperte sie die Supermärkte ab auf der Suche nach frischen Nieren für diesen jungen Mann, ihren Ehemann. Wenn er sie küsste, rochen seine Küsse, jedenfalls bildete sie sich das ein, schwach nach Urin. Verständlicherweise wollte sie nicht daran denken. Außerdem war es unwahrscheinlich, dass sich dieses Problem ein zweites Mal stellen würde, zumindest nicht mit einem anderen Mann. Aus einer solchen Erfahrung ließ sich doch nichts gewinnen! Das Kind kann sich nicht an ihn erinnern, diesen Mann, diesen Papi, ebenso wenig wie sie sich an ihn erinnern kann. Er war bei ihr, als sie das Kind zur Welt brachte. Nicht an ihrer Seite, aber in der Nähe, auf dem Flur. Er hatte seine Arbeit unterbrochen, um ins Krankenhaus zu kommen. Als sie an ihm vorbeigerollt wurde, sagte er: »Jetzt musst du wohl lernen, wie man liebt, du böse Frau.« Sie kann nicht fassen, dass er so etwas gesagt hat.

Das Mädchen schläft nicht gut und hat sich in letzter Zeit angewöhnt, die ganze Nacht Radio zu hören. Es ist ein altes, kein sehr gutes Radio, auf dem sie nachts nur einen Sender empfangen kann. Von Mitternacht bis vier Uhr früh hört sie *Action Line*. Die Leute rufen beim Sender an und lassen sich darüber aus, was in der Welt und vor ihrer Haustür geschieht, stellen Fragen. Dazwischen läuft Musik und Werbung für einen bestimmten Bohneneintopf mit Rindfleisch. Eine Frau ruft an und fragt: »Können Sie mir erklären, warum die Füllung in meiner Zitronenbaisertorte flüssig ist?« Diese Leute haben die unglaublichste Post in ihren Briefkästen. Sie wollen wissen, wo sie kleine Flaggen kaufen können, die sie am Armed Forces Day schwenken können. Im Studio sitzt ein Mann, der die Fragen sofort beantwortet. Eine andere Frau ruft an. »Können Sie uns berichten, wie die Sammlung von Betty-Crocker-Gutscheinen für die Eiserne Lunge vorangeht?« Der Mann kann es. Er beantwortet ihre Frage. Erstaunlicherweise entspricht er ihrer Bitte. Das Mädchen findet ein solches Talent deprimierend und wunderbar. Sie glaubt, dieser Mann kann ihr helfen.

Das Mädchen möchte unbedingt verliebt sein. Ihr Gesicht ist schmal, wie das einer verschmähten Geliebten. Es fällt ihr wahnsinnig schwer! Liebe heißt Konzentration, aber irgendwie kann sie sich an nichts erinnern. Sie versucht, sich täglich zwei Dinge ins Gedächtnis zu rufen. Am Morgen beim Kaffee versucht sie, sich zu erinnern, und am Abend bei ihrem ersten Bourbon mit Wasser versucht sie es wieder. Nun versucht sie schon seit mehreren Tagen, sich an die Geburt ihres Kindes zu erinnern. Nichts. Das Leben ist wirklich aufdringlich! Alle redeten. Da waren zu viele Stimmen! Der Arzt stand über ihr und wartete auf die Wehen. »Nein, ich kann immer noch nicht Tennis spielen«, sagte er. »Schon seit zwei Monaten nicht. Ich habe Sporne an beiden Fersen, das hat fast unsere Ehe zerstört. Schuld sind die Klimaanlagen und Betonböden. Reiner Mord für die Füße.« Ein paar Minuten später hatte die Schwester gesagt: »Ist es nicht herrlich, mit Teflon zu arbeiten? Vor allem in der Gefäßchirurgie? Einfach toll.« Das Mädchen wünschte, sie würden aufhören zu reden. Sie wünschte, sie würden das Radio einschalten und still sein. Das Baby in ihr war hart und glänzend wie eine Kornähre.

Sie wollte etwas Geistreiches oder Charmantes sagen, damit sie wussten, dass es ihr gut ging, und zu sprechen aufhörten. Während sie noch über eine perfekt abgestimmte und amüsante Bemerkung nachdachte, kam das Baby zur Welt. Man schlang ihr und dem Baby Namensbändchen aus Plastik ums Handgelenk. Drei Tage später, als sie wieder zu Hause waren, sägte ihr Mann die Bändchen mit einem Grapefruitmesser durch. Das Mädchen hatte sich dies als einen besonderen Moment ausgemalt. Sie schrie: »Ich habe eine schöne kleine Silberschere von meiner Großmutter, und du nimmst ein Grapefruitmesser!« Ihr Mann wurde rot und nervös, lächelte sie aber an wie immer. »Du bist unsicher«, sagte sie unter Tränen. »Du bist unsicher, weil du mit acht mal Mumps hattest.« Ihre Scheidung war noch ein Jahr und zwei Monate entfernt. »Nicht Mumps«, sagte er vorsichtig. »Ich hab mir nur beim Schwimmen den Arm gebrochen.«

Das Mädchen wird die Geliebte eines Mannes, den sie bei einem Abendessen kennengelernt hat. Am Morgen ruft er sie an. Er kommt zu ihr, in einem weißen Cabrio, das an den Schwellern völlig verrostet ist. Er lädt sie zum Segeln ein. Auf der Fahrt zum Pier setzen sie das Kind im Kindergarten ab. Inzwischen ist die Kleine zwei Jahre alt, fast drei. Ihr Haar ist geflochten und unter einer großen Mütze mit Mäuseohren hochgesteckt, die sie bei einem Besuch in Disney World bekommen hat. Dazu trägt sie einen gestreiften Pulli, der in gestreiften Shorts steckt. Sie küsst die junge Frau und auch den Mann und geht mit ihrer Wonder-Bread-Tüte, in der ihr Mittagessen ist, in den Kindergarten. Bei ihrer Rückkehr am Nachmittag hat das Mädchen Schwierigkeiten, ihre Tochter wiederzuerkennen. Da sind so viele Kinder, die in den Räumen herumstehen, alle gleich groß, alles kleine, eigenartige Wesen, die Puzzleteile aus Holz in den Händen halten.

Es ist spät am Abend, und das Mädchen lauscht ihrem schlafenden Kind. Es liegt in seinem lackierten Bettchen und drückt einen Bären an sich. Dem Bären fehlt die Zunge. Dort, wo ein kleines Stück roter Filz sein sollte, ist nichts. Offenbar hatte das Kind die Zunge versehentlich gegessen. Die Bettwäsche ist mit winzigen gelben Zirkustieren bedruckt. Das Mädchen betrachtet ihr Kind gern, aber die Bettwäsche kann sie nicht ausstehen. In dem Bett ist so viel los, so viele Farben und Muster. So viel Gewimmel! Das Mädchen geht in die Küche. Auf der Arbeitsfläche erforschen vier Kakerlaken eine Backform mit Rührkuchen. Das Mädchen geht in ihr Zimmer zurück und schaltet das Radio ein. Da rauscht es ziemlich. Der Mann mit den Antworten bei *Action Line* klingt gereizt. Ein alter Herr fragt etwas, doch die Akustik ist schrecklich, weil er sich weigert, seine Poliertrommel abzuschalten. Wie alle alten Männer poliert er Steine in einer

Drehtrommel, und die will er, während sie sprechen, nicht ausschalten. Schließlich legt der Antwortmann einfach auf. »Gut gemacht«, sagt das Mädchen. Der Antwortmann räuspert sich und sagt in einem singenden Tonfall: »Der Wein dieser Welt hat nur Übersättigung verursacht. Unsere Familien leiden unter weiblicher Schwermut, Scham und Verwirrung. Abwesenheit, Sterilität, Trauer, Entbehrung und Trennung nehmen im ganzen Land überhand.« Das Mädchen schlingt die Arme um die Knie und schaukelt auf dem Bett langsam vor und zurück. Das Kind murmelt im Schlaf. Auf der Arbeitsfläche krabbeln noch mehr Kakerlaken in den Kuchen. Das Mädchen kann sie hören. Jetzt kommt eine Frauenstimme im Radio. Das Mädchen erschrickt. Es scheint die Stimme ihrer Mutter zu sein. Das Mädchen beugt sich zum Radio vor, spürt einen furchtbaren Druck auf der Brust und kann kaum atmen. Die Stimme sagt: »Ich habe draußen vors Fenster einen Topf gestellt, der das Kondenswasser unter der Klimaanlage auffängt, und damit gieße ich meinen Efeu. Ich glaube, solche Kleinigkeiten machen uns zu besseren Menschen.«

Im Lauf der Zeit hat das Mädchen mit neun Männern geschlafen. Nicht viele, wie es scheint, andererseits auch mehr als nötig. Sie weiß nicht, was sie von den Männern halten soll. Alle waren nett. Sie findet es wunderbar, dass eine Frau mit einem Mann schlafen kann. Beim Liebesspiel hat sie das Gefühl, sich vernünftig zu verhalten. Dann geht es ihr gut. Mittlerweile teilt der Mann oft das Bett mit ihr. Wenn er schläft, liegt er auf dem Bauch, sein brauner Arm über ihrer Brust. Manchmal, wenn das Kind unruhig ist, holt sie es zu ihnen ins Bett. Der Mann verändert dann seine Stellung, dreht sich auf den Rücken. Die Kleine liegt zwischen ihnen. Stumm und starr liegen sie alle drei hellwach da. Bei *Action Line* präsentiert der Mann mit den Antworten ein Quiz. Er sagt: »Die Antwort ist: Der Kolben braucht vier Sekunden, um die Schwingung im Zylinder abzudämpfen, und wie lautet die Frage? Die Antwort ist: Wenn sich das Ende des Kolbenzapfens fünf Sechzehntel Zoll unterhalb des Zylinderblocks befindet, und wie lautet die Frage?«

Sie und der Mann fahren in seinem weißen Cabrio überall im Süden herum. Dem Kind bringt sie Puppen, Sandalen und Zuckertiere mit. Manchmal kommt die Kleine auch mit. Sie sitzt neben ihnen und tut so, als würde sie etwas Grausiges mit ihren Augen machen, sich die Augen ausbohren. Das Mädchen ignoriert es. Das Kind ist braun gebrannt, kräftig und anhänglich, nur manchmal, wenn man es küsst, wird es schlaff und bisweilen sogar kalt, als wäre es plötzlich, törichterweise, gestorben. In den Restaurants, in denen sie unterwegs essen, ist das Kind brav, auch wenn es nur Butter und Eiswasser zu sich nimmt. Das Mädchen und der Mann bestellen mit Bedacht, doch auch sie essen nicht viel. Sie schieben das Essen auf ihren Tellern herum. Nehmen ab und zu einen Bissen. In knapp einem Monat hat der Mann viele Hunderte Dollar für nicht verzehrtes Essen ausgegeben. Bei *Action Line* heißt es, dass eine erwachsene Frau in einem einzigen Jahr dreihundertfünfzig Kilo trockene Lebensmittel verbraucht. Die junge Frau glaubt das natürlich, aber es hat nichts mit ihr zu tun. Manchmal teilt sie sich gierig eine Tüte Feigenkekse mit dem Kind, aber mit dem Mann isst sie selten. Ihr Bauch ist hart, flach, leer. Sie hat das Gefühl, immer hungrig, immer eine Gefahr für sich selbst zu sein und verliebt. In den Restaurants lassen sie hohe Trinkgelder auf dem Tisch zurück, bevor sie wieder ins Auto steigen. Die Sitze sind heiß von der Sonne. Das Kind sitzt dann auf dem Schoß des Mädchens, bis das Leder abkühlt. Es scheint nichts zu brauchen, und wenn es am Straßenrand ein überfahrenes Tier sieht, stößt es mitfühlende Gluckser aus. Wenn das Kind nicht bei ihnen ist, sind sie mit Freunden des Mannes unterwegs.

Der Mann hat viele Freunde, denen er treu ergeben ist. Sie sind klug und wohlhabend; freundliche, großzügige Menschen, selbstbewusst in ihren langwierigen Affären. Sie kennen sich schon seit Jahren. Dem Mädchen, das seit Jahren niemanden kennt, ist nicht ganz wohl dabei. Sie befürchtet, dass jeder mit jedem irgendwann liiert war. Diese Beziehungen sind derart komplex, das Mädchen versteht sie nicht! Zwischen ihnen ist so viel im Fluss, so viel Beständigkeit. Sie sind so vertraut und entspannt miteinander. Wenn das Mädchen versucht, sich ihre Umarmungen vorzustellen, hat es das Gefühl, dass sie anders sind als ihre eigenen. Eines Nachmittags, kurz vor der Dämmerung, fahren sie und der Mann ein kurzes Stück in die Everglades. Es ist sehr langweilig. Keine Landschaft, keine Aussicht. Eigentlich ist es gar kein Sumpf, sondern ein Fluss, nur ein paar Zentimeter tief! Auf der Rückbank sitzt ein anderes Paar. Beide sind tief gebräunt und sehr blond. Sie sehen fast wie Geschwister aus. Er ist Anwalt, sie ebenfalls. Sie trinken Gin Tonics, genau wie das Mädchen und der Mann. Sie hat die beiden noch nie gesehen. Die Frau lehnt sich über den Sitz, wirft ihr noch einen Eiswürfel aus der Kühlbox in den Drink und sagt: »Ich habe gehört, du hast eine kleine Tochter.« Das Mädchen nickt, fühlt sich komisch, leicht verunsichert. »Das Kind ist sehr *pflegeleicht*«, sagt der Geliebte des Mädchens. Er fährt den großen Wagen ziemlich schnell und gut, obwohl im Motor etwas zu klopfen scheint. Er trägt ein an den Handgelenken zugeknöpftes langärmeliges Hemd. Sein dickes Haar müsste geschnitten werden. Das Mädchen sieht ihn unheimlich gern an. Während sie fahren, flitzen auf beiden Seiten Sumpfboote über die schmalen Kanäle oder das feuchte Sauergras. Der Krach ist ohrenbetäubend. Die Touristen an Bord tragen riesige Ohrenschützer. Der Mann dreht ihr kurz den Kopf zu. »Ich liebe dich«, sagt sie. »Dito«, erwidert er laut, über den Lärm der Sumpfboote hinweg. »Doppel-dito.« Sie kichert. Dann schluchzt sie. Sie hat seit Monaten nicht mehr geweint. Alle sind überrascht. Der Mann fährt noch ein paar Kilometer weiter und biegt dann in eine Tankstelle ein. Das Mädchen ist verrückt nach ihm. Sie würde Unaussprechliches für ihn tun, Unverzeihliches, alles. Sie ist verloren, nur nicht in ihm. Sie möchte sich in ihm verlieren und nicht gefunden werden. »Ich tu alles für dich«, schluchzt sie. »Nimm ein Aspirin«, erwidert er. »Leg den Kopf auf meine Schulter.«

Das Mädchen schläft allein in ihrer Wohnung. Der Mann ist auf einer Geschäftsreise. Er versichert ihr, er werde zurückkommen. Er komme immer zurück, sagt er. Wenn das Mädchen allein ist, misst es seinen Drink sorgfältig ab und trinkt langsam dreihundertfünfundfünfzig Milliliter Bourbon in zweieinhalb Stunden. Wenn sie nicht mit dem Mann zusammen ist, nimmt sie ihre alte Gewohnheit auf und hört Radio. Oft lauscht sie nur den Antworten von *Action Line*. »Also«, sagt der Antwortmann, »um zu Ihrer Frage zu kommen: Der Unterschied, wenn man im Laufe von vierzig Jahren jeden Morgen um sechs oder um acht aufsteht, beträgt neunundzwanzigtausendzweihundertzwanzig Stunden oder drei Jahre, zweihunderteinundzwanzig Tage und sechzehn Stunden, was auf zehn Jahre gerechnet acht Stunden pro Tag entspricht. Wenn Sie um sechs aufstehen, fügen Sie Ihrem Leben also quasi zehn Jahre hinzu.« Am Tonfall des Mannes spürt das Mädchen, dass ihn diese Vorstellung leicht abstößt. Sie wäscht ihr Whiskeyglas in der Spüle aus. Luftballons fliegen in der Küche herum. Sie schweben aus der Küche auf den Balkon oder durch den Flur und stoßen an die geschlossene Tür zum Kinderzimmer. Einige Ballons schweben nicht, sondern liegen zusammengesackt wie Geleeberge in den Ecken der Küche, weil sie mit Wasser gefüllt sind. Das Mädchen kauft viele Luftballons und bläst sie für das Kind auf. Sie spielen oft damit, lassen sie über dem Herd zerplatzen oder werfen die mit Wasser gefüllten im Badezimmer an die Wand. Das Mädchen schaltet das Radio aus und schläft ein.

Sie berührt das Gesicht ihres Geliebten, streicht mit den Fingern über die Knochen. »Natürlich liebe ich dich«, sagt er. »Ich will, dass wir unser Leben gemeinsam verbringen.« Sie ist furchtbar unruhig, fährt ihm mit der Hand über den Mund. Irgendetwas versteht sie nicht, weiß nicht, wie es geht. Sie macht ihnen etwas zu trinken und fragt, ob er einen Kaugummi hat. Er reicht ihr einen kleinen zerknitterten Streifen, noch eingewickelt. Sie ist sicher, dass er nicht echt ist. Der Antwortmann hat gesagt, dass Lewis Carroll einst einen Ersatz für Kaugummi erfunden hat, und sie fürchtet, genau der ist es. Den will sie nicht! Ohne zu kauen, schluckt sie ihn hinunter. »Bitte«, sagt sie. »Bitte was?«, erwidert der Mann leicht genervt.

Ihr Ex-Mann ruft sie an. Es ist Herbst, die Hitze ungewöhnlich drückend. Er will das Kind sehen und mit ihm für eine Woche in sein Haus am See fahren. Das Mädchen hat nichts dagegen. Er kommt in die Wohnung, hebt das Kind hoch und hätschelt es. Er ist etwas schwerer als früher, verdient etwas mehr Geld. Seine Uhr, seine Brieftasche und sein Schlüsselbund sind neu. »Was machst du so?«, fragt der Vater des Kindes. »Ich bin verliebt«, antwortet sie.

Der Mann besucht das Mädchen eine Woche lang nicht. Sie geht nicht aus dem Haus. Nimmt zwei Kilo ab. Sie und das Kind machen Wackelpudding, von dem sie tagelang essen. Das Mädchen erinnert sich, dass das Einzige, was man ihr nach der Geburt des Kindes im Krankenhaus zu essen gab, Wackelpudding war. Sie denkt an das kochende Wasser überall in den Krankenhäusern für den Wackelpudding frisch gebackener Mütter. Sie sitzt auf dem Boden und spielt endlos mit dem Kind. Das Kind langweilt sich. Das Mädchen zieht sich an und aus, wühlt in der Schublade ihrer kleinen Kommode und probiert alles an. Sie denkt ständig an den Mann, kann sich ihn aber nicht genau vorstellen. Nicht mal ein Foto hat sie von ihm! Sie blättert alte Zeitschriften durch. Irgendwem muss er doch ähnlich sehen! Manchmal, spätabends, wenn sie glaubt, er könnte zu ihr kommen, ist ihr, als käme stattdessen der Antwortmann. Er gleicht einem beweglichen Licht, das niemals stillsteht. Er hat die hohe Temperatur und den Stoffwechsel eines Vogels. Bei *Action Line* sagt jemand: »Ich wohne beim Flughafen und würde gerne wissen, was da beim Start auf unser Dach prasselt. Wir können es hören. Was ist das, frage ich Sie? Mein Rasen ist gesund, der Fernsehempfang lässt nichts zu wünschen übrig, aber irgendetwas geschieht ohne mein Einverständnis, und mir geht es nicht gut, meine Frau hatte einen Schlaganfall, irgendwer hat meine Briefmarkensammlung gestohlen und die Orchideen von meinen Bäumen gepflückt.« Das Mädchen nippt an seinem Bourbon und schüttelt den Kopf. Wie habsüchtig und boshaft die Menschen doch sind, denkt sie, wie grob und lüstern. »Na ja«, sagt der Antwortmann, »jedes Fleckchen Erde hat seine dunkle Seite. Irgendwann nimmt etwas Schaden, und das Land ist nicht mehr sicher. Es erodiert. Wenn Sie tief genug graben, um Ihre Samen zu setzen, werden Sie unter der Erdkruste eine Leere finden, die dem Himmel gleicht. Nein, auf lange Sicht ist nichts mit dem Leben vereinbar. Der nächste Anrufer, bitte.« Das Mädchen geht zum Telefon und wählt hastig. Es ist sehr spät. Sie flüstert, um das Kind nicht zu wecken. Es rauscht und summt. »Ich kann Sie nicht verstehen«, ruft der Antwortmann. Mit festerer Stimme sagt das Mädchen: »Ich würde gerne wissen, wann meine Stunde kommt.« »Ihre Stunde war schon da, gute Frau«, erwidert er. »Sie war da, als Sie schliefen. Sie kam, sah Sie träumen und ging wieder dahin, wo sie herkam.«

Der Geliebte des Mädchens kommt vorbei. Sie wirft sich ihm an den Hals. Er sieht wunderbar aus. Sie würde alles für ihn tun! Das Kind packt die Tasche seines Jacketts und hängt sich mit seinem ganzen Gewicht daran. »Mein Freund«, sagt das Kind zu ihm. »Aber ja«, sagt der Mann überrascht. Sie bringen die Kleine in den Kindergarten und gehen dann herrlich mittagessen. Das Mädchen fängt an zu weinen und kippt den Brotkorb auf den Boden.

»Was ist los?«, fragt er. »Was hast du denn?« Langsam hat er genug von ihr. Ihren Launen und Empfindlichkeiten. Sie ist ziemlich blass. Der Tod ist nicht so fern, denkt sie. Er ist leicht zu haben. Die Liebe ist weiter entfernt als der Tod. Sie küsst den Mann. Sie kann nicht aufhören. Sie klammert sich an ihn und versucht, ihn zu küssen. »Beruhige dich«, sagt er.

Das Mädchen ist nicht mehr mit dem Mann zusammen. Sie weiß nichts von ihm. Sie ist ein hageres, passives Mädchen, das allein mit seinem Kind lebt. »Ich liebe dich«, sagt sie zu dem Kind. »Mami liebt mich«, murmelt die Kleine, »und Papi liebt mich und Oma liebt mich und Opa liebt mich und mein Freund liebt mich.« Das Mädchen verbessert sie: »Mami liebt dich.« Das Kind wird größer. Schon bald wird es erwachsen sein. Wann ist es bloß so weit? Mitten in der Nacht weckt sie das Kind und gibt ihm ein Glas Saft, dann hören sie zusammen Radio. Eine Frau sagt gerade: »Ich hoffe, Sie halten mich nicht für vulgär.« »Ganz und gar nicht«, erwidert der Antwortmann. »Er ist nie in Verlegenheit«, flüstert das Mädchen dem Kind zu. Die Frau im Radio sagt: »Mein Mann wird nur erregt, wenn er das Gefühl hat, dass ihm ein Teil seines Körpers fehlt.« »Aha«, sagt der Antwortmann. Das Mädchen schüttelt das schläfrige Kind. »Hör dir das an«, sagt sie. »Ich will, dass du über solche Dinge Bescheid weißt.« Die Stimme der unbekannten Frau spricht undeutlich weiter. »Ein Finger, ein Auge oder ein Bein. Ich muss so tun, als ob es nicht da wäre.«

»Aha«, sagt der Mann mit den Antworten.

AUSWEGE

Als ich ganz klein war, hat mein Vater mal gesagt: »Lizzie, ich will dir was über deinen Großvater erzählen. Kurz bevor er starb, war er lebendig. Fünfzehn Minuten davor.«

Ich hatte meinen Großvater nie gekannt. Es war das Außergewöhnlichste, was ich je über ihn gehört hatte.

Trotzdem sagte ich: Nein.

»Nein!«, rief mein Vater. »Was soll das heißen, ›nein‹?« Er lachte.

Ich schüttelte den Kopf.

»Na schön«, sagte mein Vater, »eine Minute davor. Ich dachte, du bist zu klein für solche Sachen, aber ich seh schon, das stimmt nicht. Es war noch weniger als eine Minute. Es war einen Augenblick davor.«

»Ach, hör auf, sie zu ärgern«, sagte meine Mutter zu meinem Vater.

»Er macht nur Spaß, Lizzie«, sagte meine Mutter.

Einmal fuhren meine Eltern und ich bei schönem Wetter in die Berge und wohnten mehrere Tage in einem

Ferienhotel an einem See. Nachmittags fanden Pferderennen im Hotel statt. Bei den Pferden handelte es sich um Holzblöcke mit aufgemalten Zahlen, die von Frauen in Ballkleidern von einem Ende des Raumes zum andern bewegt wurden. Draußen führte ein langer Steg auf den See hinaus, und am Ende des Stegs war ein Nachtclub mit einem sechs Meter hohen Champagnerglas auf dem Dach. Abends betätigte jemand einen Schalter, und aus dem beleuchteten Glas stiegen Neonblasen in den schwarzen Himmel. Ich wünschte mir sehnlichst ein solches Glas auf dem Dach unseres eigenen Hauses, und dann hätte jeden Abend ich den Schalter gedrückt. Meine Mutter sagte dazu stets: »Schauen wir mal.«

Einmal erlebte ich dort in den Bergen etwas Seltsames. Ich sah, wie mein Vater tat, als wäre er lahm. Er stand, umgeben von lauter Fremden, im Souvenirladen des Hotels. In dem Laden gab es neben vielen anderen Dingen handgeschnitzte Spazierstöcke zu kaufen, und als ich reinging, um mir Kaugummi in Zigarettenform zu kaufen, den ich unheimlich gern mochte, humpelte mein Vater mühsam durch den Gang und stützte sich schwer auf einen matt schimmernden gelben Stock, die Schultern nach vorn gebeugt, ein Bein in einem komischen Winkel nach außen geknickt. Mein gutaussehender, gesunder Vater, das Gesicht ganz traumverloren. Er schaute mich an. Und dann schaute er weg, als würde er mich nicht kennen.

Meine Mutter war eine Trinkerin. Weil mein Vater uns verließ, ging ich davon aus, dass er nicht trank, kann es aber nicht ausschließen. Meine Mutter liebte mich und war immer gut zu mir. Wir verbrachten viel Zeit zusammen. Das war, bevor ich lesen konnte. Ich hatte den Verdacht, dass es beim Lesen irgendeinen Dreh gab, den ich nicht raushatte. Geschriebene Wörter lagen zwischen mir und einem Ort, an den ich nicht kam. Meine Mutter ging an diesem Ort ein und aus, konnte mir aber nicht genau erklären, wie es dort war. Ich stellte es mir ganz anders vor.

Als sehr kleines Kind hatte meine Mutter mal den Zauberer Houdini gesehen. Houdini hatte einen Elefanten verschwinden lassen. Außerdem hatte er mitten auf der Bühne aus einem Samen einen Orangenbaum wachsen lassen. An den Ästen hingen leuchtende Orangen, die er pflückte und ins Publikum warf. Die Leute konnten die Früchte essen oder nach Hause mitnehmen, ganz wie sie wollten.

»Wie hat er den Elefanten verschwinden lassen?«, fragte ich.

»Er verschwand in einer Rauchwolke«, erwiderte meine Mutter. »Houdini sagte, dass nicht einmal der Elefant wusste, wie das ging.«

»War es ein Babyelefant?«, fragte ich.

Meine Mutter nippte an ihrem Glas und sagte dann, dass Houdini mehr gewesen sei als ein Zauberer, er war ein Entfesselungskünstler. Er konnte sich aus Handschellen, Ketten und Stricken befreien.

»Sie haben ihn in Zwangsjacken gesteckt, in Koffer eingeschlossen, in Schwimmbecken, Flüsse und Meere geworfen, aber er fand immer einen Ausweg«, sagte meine Mutter. »Er entkam aus wassergefüllten Tanks. Und aus Särgen.«

Ich sagte, dass ich Houdini sehen wollte.

»Ach, Lizzie, Houdini ist tot«, sagte meine Mutter. »Schon sehr lange. Ein Mann hat ihm dreimal in den Bauch geboxt, und da ist er gestorben.«

Tot. Ich fragte, warum er sich denn nicht auch daraus befreien konnte.

»Weil er im Tod seinen Meister gefunden hat«, erwiderte meine Mutter.

Sie erzählte, dass er eine Blumenschale in ein Pony verwandelt hatte, das über die Bühne galoppierte.

»Er hat auch eine Frau in der Mitte durchgesägt, Lizzie.« Ach, wie gern wäre ich diese Frau gewesen, in der Mitte durchgesägt und dann wieder heil gemacht!

Meine Mutter klang vergnügt, sie lachte. Wir saßen am Küchentisch, und sie trank aus einem kleinen Glas, das geschmeidig in ihrer Hand lag. Es war auch mein Lieblingsglas, aber ich durfte nie daraus trinken. In unserem Schrank standen alle möglichen Gläser, aber dieses mochten wir beide. Damals lebten wir in Maine. Draußen hinterm Haus stand unser Auto, ein altes blaues Cabrio.

»War Blut zu sehen?«, fragte ich.

»Nein, Lizzie, nein. Er war doch ein Zauberer!«

»Hat die Frau geweint?«, wollte ich wissen.

»Ich glaube nicht«, erwiderte meine Mutter. »Vielleicht hat er sie vorher hypnotisiert.«

Es war Winter. Mein Vater war nie mit dem blauen Cabrio gefahren, das meine Mutter gekauft hatte, nachdem er weg war. Es war ein altes Auto, stellenweise verrostet. Unter der Gummimatte auf meiner Seite, der Beifahrerseite, war ein Teil des Bodens vollkommen durchgerostet. Wenn wir irgendwo hinfuhren, hob ich manchmal die Matte hoch, damit ich die Straße unter uns vorbeirauschen und die kalte Luft spüren konnte, die durch das runde Loch hochströmte. Ich tat dann so, als würde die Kälte versuchen, mit mir zu sprechen, so wie es geschriebene Wörter versuchten. Die Luft will mir etwas sagen, aber es interessiert mich nicht, dachte ich dann. Das Auto stand draußen im Schnee.

Ich träumte von dem Auto. Meine Mutter und ich waren wie immer allein, verbunden in unserer verzweifelten und unverstandenen Liebe zueinander, und wir fuhren zu einem Haus. Es schien unser Ziel zu sein, doch wir kamen nur dort an, um weiterzufahren. Wir fuhren, kehrten aber ständig zu dem Haus zurück, umkreisten es und ließen es hinter uns, nur um wieder dort anzukommen. Während der Fahrt wuchsen im Wageninneren Haare. Die Haare waren grau und wuchsen und wuchsen. Meiner Mutter erzählte ich nichts von dem Traum, so wie ich ihr auch nie von meinem Vater und dem Stock erzählt hatte. Ich war ein verschwiegenes Mädchen. In der Hinsicht glich ich meiner Mutter.

Ich wollte mehr über Houdini wissen. »War Houdini verliebt?«, fragte ich. »Hat er jemanden geliebt?«

»Bess«, erwiderte meine Mutter. »Er hat seine Frau Bess geliebt.«

Ich ging ein Glas holen, schenkte mir Ginger-Ale ein und trank es langsam in kleinen Schlucken, wie ich es so viele Male bei meiner Mutter gesehen hatte. Schon damals beherrschte ich die Gesten. Ich saß ihr gegenüber, ganz still und ruhig, und tat so als ob.

Aber dann wollte ich wissen, ob bei seiner Liebe zu Bess Zauberei im Spiel gewesen war. Ob er sie verschwinden lassen konnte. Ob er sie beide verschwinden lassen konnte, so formulierte ich meine Frage.

»Niemand wusste etwas über Bess, außer dass Houdini sie liebte«, erwiderte meine Mutter. »Er hat ihre Liebe zueinander nie in Einsamkeit verwandelt, das wäre natürlich unter seiner Würde gewesen.«

Wir aßen zu Abend, und danach trank meine Mutter noch ein bisschen weiter. Dann las sie mir aus der Zeitung vor.

»Meine Güte«, sagte sie, »was für eine seltsame Geschichte. Ein Jäger hat einen Bären erschossen, der die Handtasche einer Frau im Maul trug.«

»O Gott!«, rief ich. Ich schaute auf die Zeitung und schlug mit den Fingern dagegen. Meine Mutter nahm mich kaum wahr und las weiter. Die Frau hatte ihre Tasche vor Jahren bei einem Campingurlaub verloren. Alles war noch drin, ihr Portemonnaie, ihre Puderdose und ihre Schlüssel.

»O nein!«, rief ich. Ich fand die Geschichte schrecklich. Sie machte mir Angst, weil ich an die Handtasche meiner Mutter dachte, die sie immer bei sich trug, immer, und auch an den armen Bären.

»Was wollte der Bär denn bloß mit einer Handtasche?«, fragte ich.

Meine Mutter blickte von der Zeitung hoch. Es schien, als wäre sie gerade in das Zimmer zurückgekehrt, in dem ich war.

»Aber Lizzie«, sagte sie.

»Der arme Bär«, sagte ich.

»Ach, dem Bären geht es gut«, beruhigte sie mich. »Der Bär ist davongekommen.«

Das glaubte ich nicht. Sie hatte doch selbst gesagt, der Bär wäre erschossen worden.

»Der Bär konnte fliehen«, sagte meine Mutter. »So steht es hier« – sie fuhr mit dem Finger eine Zeile entlang – »er lief zu seiner Höhle im Wald zurück.« Dann stand sie auf, kam um den Tisch herum und küsste mich. Sie roch wie das Glas, das morgens immer in der Spüle stand, und der Geruch erinnert mich noch heute an Kühnheit und Betrug, Hoffnungen und kleine Lügen.

Ich schloss die Augen und hatte das Gefühl, meine Mutter nicht hören zu können. Ich sah den Bären vor mir, wie er gutgelaunt mit der Handtasche im Maul durch den Wald spazierte, wie er sich anders und schön vorkam, dann stehen blieb und mit seiner großen Tatze die kleinen Sachen in der Tasche durchwühlte, weil er etwas finden wollte, das ihm gefiel.

»Lizzie«, rief meine Mutter mir zu. Sie wusste nicht, wo ich war, und das erschreckte mich. Ich öffnete die Augen.

»Nicht weinen, Lizzie«, sagte meine Mutter. Sie sah aus, als würde sie selbst gleich weinen. So war es oft spätabends mit meiner Mutter in der Küche.

Meine Mutter widmete sich wieder der Zeitung und blätterte langsam die Seiten um. Sie machte mich auf die Zeichnung von einem Mann aufmerksam, der einen Hut in der Hand hielt, aus dem Sterne sprühten. Ein Zauberer würde nicht weit entfernt auftreten. Wir beschlossen hinzugehen. Meine Mutter wusste genau, welche Plätze sie für uns wollte, gute Plätze am Gang, nahe der Bühne. Vielleicht würden wir auf die Bühne gebeten, sagte sie, um bei der Vorstellung mitzumachen. Zauberer holten sich oft Leute aus dem Publikum, besonders Kinder. Vielleicht würde ich sogar ein Kaninchen bekommen.

Ich wollte ein Kaninchen.

Ich legte meine Hände auf den Tisch und konnte das Kaninchen dazwischen sehen. Vorne war es ganz weiß und hinten ganz schwarz, als bestünde es aus zwei Kaninchen. Solche Kaninchen gibt es. Ich sah es gleich vor mir auf dem Tisch, ein hübsches Kaninchen war das.

Meine Mutter ging zum Telefon und bestellte zwei Karten, und ein paar Tage später saßen wir in unserem Auto und fuhren nach Portland zur Matineevorstellung. Das Wort *Matinee* gefiel mir unheimlich gut. »Matinee, Matinee«, sagte ich. Auf dem Boden zwischen unseren Sitzen war ein breiter Höcker, und dort stellte meine Mutter ihr kleines Glas ab, das oft voll und nie, schien es, mehr als halb leer war. Wir unterhielten uns, und ich dachte, dass wir auf andere interessant wirken mussten, wie wir da im Winter in unserem Cabrio vorbeifuhren. Meine Mutter redete über Glück. Sie erklärte mir, dass das Glück, das aus heiterem Himmel kam, aus dem Nichts, das allerbeste sei. Wir scherten uns nicht um die Kälte, die auf ihre

Art sprach, sondern genossen die Sonne, die durch die Windschutzscheibe auf unsere blassen Hände knallte.

Meine Mutter sagte, dass Houdini schwarze Augen hatte und weiße Tauben aus seinen Fingerspitzen flogen. Dass er sich aus einem Eisblock befreite.

»Hat Houdini ausgesehen wie mein Vater?«, fragte ich. »Hatte er einen Schnurrbart?«

»Dein Vater hatte keinen Schnurrbart«, erwiderte meine Mutter lachend. »Ach, wenn ich doch bloß mehr wie du sein könnte.«

Später sagte sie: »Vielleicht hat er sich doch nicht aus einem Eisblock befreit, ich bin mir nicht sicher. Vielleicht wollte er's nur, hat es aber nie gemacht.«

Wir hielten an und aßen zu Mittag in einem dunklen kleinen Restaurant an der Straße. Meine Mutter trank Cocktails, ich etwas Kaltes und Süßes. Das Restaurant war nicht sehr schön. Es roch nach Rauch und Feuchtigkeit, als wäre es mal abgebrannt, und es war so laut, dass ich meine Mutter nicht gut hören konnte. Meine Mutter sah aus wie eine Frau in einer Bar, hübsch und verwirrt, als sie zu mir vorgebeugt sagte: »Wem, findest du, sehe ich ähnlich, wirst du dich an mich erinnern?« Sie sagte alle möglichen Sachen. Wir blieben lange dort sitzen, und dann fragte meine Mutter nach der Uhrzeit und schaute überrascht. Meine Mutter war immer überrascht, wie spät es war. Draußen war ein Wald mit grünen Kiefern, deren untere Äste den Boden streiften, und als wir wieder ins Auto stiegen, meinte ich zu sehen, wie sich weit hinten im Dunkel des Waldes, jenseits des rutschigen, verschneiten Parkplatzes, etwas bewegte. Der Bär, dachte ich. Schnell, schnell, dachte ich. Der Jäger spielt mit seinen Kindern. Er baut ihnen etwas zum Spielen, so wie mein Vater mir einmal ein kleines Spielhaus gebaut hatte. Noch ist er nicht der Jäger. Doch im tiefsten Herzen wusste ich, dass der Bär tot war und die Gestalt nur der Schatten von etwas anderem am Nachmittag.

Meine Mutter fuhr sehr schnell, aber als wir ankamen, hatte die Vorstellung schon begonnen. Das Gesicht meiner Mutter war feucht, und auf ihrer guten Bluse war ein Fleck. Sie ging zur Damentoilette, und als sie zurückkam, war der Fleck noch größer, aber jetzt war es Wasser und nicht mehr das, was es vorher gewesen war. Der Platzanweiser versicherte uns, wir hätten nicht viel verpasst. Der Zauberer sei nicht besonders gut, würde die ganze Zeit nur reden und Witze erzählen, und wenn man dann gelangweilt und abgelenkt war, passierte etwas, irgendetwas war dann anders. Der Platzanweiser lächelte meine Mutter an. Er schien sie zu mögen, sie sogar irgendwie zu kennen. Er war klein, wie ein alter, kahl werdender Junge. Ich konnte ihn nicht leiden. Er führte uns zu unseren Plätzen, auf denen allerdings andere saßen, sodass es kurz unruhig wurde, als die Fremden sich umsetzten. Meine Mutter und ich waren gespannt, wir beobachteten den Zauberer genau. Der Mund meiner Mutter war leicht geöffnet, ihre Augen glänzten. Auf der Bühne stand eine Gruppe Kinder in meinem Alter, jedes mit einer Hand an einem kleinen Käfig, den der Zauberer ihnen hinhielt. In dem Käfig war ein winziger Vogel. Hin und wieder bat der Zauberer die Kinder, am Käfig zu rütteln, und dann flatterte der Vogel gegen die Stäbe, und alle sahen, dass er echt war, mit Knochen und Atem und auch Gefühlen. Alle Kinder erklärten, dass sie die Stäbe gut festhielten. Dann legte der Zauberer ein Tuch über den Käfig, zupfte kurz daran, und Käfig und Vogel waren verschwunden. Ich war nicht überrascht. Es schien mir absolut vorhersehbar. Ich beschloss, nicht zu klatschen, als ich sah, dass auch meine Mutter ihre Hände im Schoß liegen ließ. Der Zauberer zeigte noch ein paar Tricks, die er erfunden hatte, ganz sicher nichts, worum ich ihn gebeten hätte. Große, aus vielen Teilen und Farben bestehende Gebilde wurden auf die Bühne gerollt. Überall waren Türen, die der Zauberer öffnete und zuknallte. Gegenstände kamen und gingen, alles begleitet von lauter Musik. Ich war verwirrt, mir wurde heiß. Auch meine Mutter rutschte unruhig auf ihrem Platz neben mir hin und her. Dann gab es eine Pause, und wir gingen zurück ins Foyer.

»Dieser Mann ist überhaupt nicht mit dem großen Houdini zu vergleichen«, sagte meine Mutter.

»Was genau wollte er eigentlich beweisen?«, fragte ich.

Er hatte einem Mann aus dem Publikum die Uhr weggenommen und sie vor aller Augen mit einem Hammer zertrümmert. Dann war die Uhr heil wieder hinter dem Ohr des Mannes aufgetaucht.

»Eine schöne Erinnerung kann sehr irreführend sein«, sagte meine Mutter. »Möchtest du nach Hause?«

Eigentlich wollte ich nicht gehen. Ich wollte mir das Ganze bis zum Schluss ansehen, hielt das glänzende Programm in der Hand und blätterte die Seiten um, starrte auf das Gedruckte unter den Bildern und stellte mir vor, dass dort alles Mögliche versprochen wurde.

»Ja, wir beide wollen doch wissen, wie er es macht, nicht wahr?«, sagte meine Mutter. »Wir wollen der Sache auf den Grund gehen.«

Wahrscheinlich wollten wir das.

»In Ordnung, Lizzie«, sagte meine Mutter, »aber ich muss noch was aus dem Auto holen. Bin gleich wieder zurück.«

Ich wartete in einer Ecke des Foyers auf sie. Einige Kinder schauten mich an, und ich schaute zurück. Ich hatte eine Packung Kaugummizigaretten in meiner Tasche, zog vorsichtig eine heraus und steckte sie mir in den Mundwinkel. Mit der linken Hand hielt ich meinen rechten Ellbogen umfasst und rauchte die Zigarette ziemlich lange, bevor ich sie im Mund zusammenfaltete und eine Weile kaute. Meine Mutter war noch nicht zurück, als die Vorstellung weiterging. Sie trank ein Gläschen, das wusste ich, und war wieder da, wo sie immer hinging, wenn sie ohne mich trank, irgendwo in ihrem Inneren. Es war nicht der Ort, an den man mit Worten gelangte, sondern noch ein anderer. Eine Weile stand ich allein im Foyer und schaute auf die Straße. Auf dem Gehweg vor dem Theater war Sand gestreut worden, der sich in hässlichen Löchern durchs Eis fraß. Niemand, der meiner Mutter ähnlich sah, kam vorbei. Sie trug einen roten Mantel. Einmal hatte sie zu mir gesagt: »Du liebst mich nicht mehr, stimmt's?«, und mir war klar, sie hielt mich für jemand anderen, aber das war nur einmal passiert.

Ich hörte die Musik von der Bühne und ging schließlich zu unseren Plätzen zurück. Im Publikum saßen weniger Menschen als zuvor. Auf der Bühne neben dem Zauberer stand eine Frau in Bikini und hochhackigen Schuhen, die eine Kettensäge in den Händen hielt. Der Zauberer führte vor, dass die Säge echt war, indem er mehrere Holzstücke damit zerkleinerte, damit alle das zersplitterte Holz riechen und das Sägemehl auf dem Boden sehen konnten. Dann wurde ein

Tisch hereingerollt, und die Frau im Bikini legte sich darauf. Ihr Bauch war ganz weiß. Der Zauberer redete und fuchtelte dabei mit der Säge herum. Ich nahm an, dass er die Frau in der Mitte durchschneiden wollte, und konnte es kaum erwarten. Ich hatte kein bisschen Angst bei dem Ganzen. Allerdings fragte ich mich schon, ob er sie auch wieder zusammensetzen konnte oder ob er sie nur durchsägen würde. Der Zauberer sagte, was jetzt gleich geschehe, sei zu grausig, um offen gezeigt zu werden, er wolle nicht, dass jemand bei dem Anblick ohnmächtig werde, deshalb holte er eine kleine Trennwand hervor und stellte sie vor die Frau, sodass wir ihren weißen Bauch nicht mehr sehen konnten, nur noch ihr Gesicht und ihre Schuhe. Ich fand die Trennwand überflüssig und hätte lieber auf der anderen Seite davon gesessen. Einige Leute im Publikum schrien auf. Die Frau, die gleich durchgesägt werden sollte, kaute nervös auf ihrer Unterlippe und wirkte besorgt.

Und dann erschien meine Mutter auf der Bühne. Sie ging leicht gebückt, weil sie ihr Gleichgewicht noch nicht wieder gefunden hatte, nachdem sie dort hinaufgestiegen war. In ihrem roten Mantel sah sie groß und fremd aus. Der Mantel, der mir wohlbekannt war, erschien mir absolut fremd. Wieder schrie jemand auf, unsicherer diesmal. Meine Mutter ging auf den Zauberer zu. Sie lächelte, redete, gestikulierte, bis der Zauberer sagte: »Nein, das kann ich natürlich nicht, Sie sollten es besser wissen, wir sind in einer Vorstellung, Sie dürfen hier nicht einfach so auftauchen, bitte setzen Sie sich …«

Meine Mutter sagte: »Aber Sie verstehen nicht, ich bin dazu bereit, obwohl ich das Risiko kenne. Nicht, dass ich Ihnen glaube, niemand würde Ihnen auch nur eine Sekunde glauben, aber Sie können mir vertrauen, wirklich, Ihr Vertrauen in mich wäre völlig gerechtfertigt, weil ich nichts mit dem Ganzen zu tun habe, ich bin vertrauenswürdig, weil ich nicht weiß, wie es geht …«

Jemand in meiner Nähe sagte: »Spinnt die, was hat die denn vor, kommt aus dem Nichts und will sich durchsägen lassen …«

»Madame«, sagte der Zauberer, und ich dachte schon, gleich taucht ein Hund auf, denn ich kannte einen Hund namens Madame, der eine Sammlung bunter Bälle hatte.

Meine Mutter sagte: »Ich weiß, die meisten von uns verstehen es nicht, und das ist gut so, denn sobald wir etwas verstehen, haken wir es ab, so sind wir nun mal …«

Wahrscheinlich dachte sie, sie sei noch immer an diesem Ort in ihrem Inneren, aber alles, was sie sagte, waren Worte, die aus ihrem Mund kamen. Ihr Lippenstift war ab. Dachte sie vielleicht, sie sei verkleidet?

»Aber warum denn nicht«, sagte meine Mutter. »Verschwinden und zurückkommen, das wollen wir doch alle, darum sind wir hier und warum sollten wir nicht erwarten dass was getan wird man kann nicht jeden Tag mit uns rechnen wir sind es leid jeden Tag zu erscheinen damit kommt man nicht ewig durch früher war das anders aber denk doch an die Kinder ...« Sie bewegte sich ein bisschen schief beim Sprechen.

»Mein Gott«, sagte eine Stimme, »die ist ja betrunken.«

»Setzen Sie sich bitte!«, sagte jemand laut.

Da fing meine Mutter an zu weinen. Sie stolperte und streckte die Arme vor sich aus, als wollte sie jemanden wegstoßen, der sie festzuhalten versuchte, aber da war niemand. Das Orchester setzte ein, und die Leute fingen an zu klatschen. Der Platzanweiser rannte auf die Bühne und nahm meine Mutter an die Hand. Das alles geschah in Sekundenschnelle. Er sagte etwas zu ihr und hielt ihre Hand fest, und sie wehrte sich nicht dagegen, dann gingen die beiden die wenigen Stufen von der Bühne hinunter und den Gang entlang, bis sie neben mir stehen blieben, weil der Platzanweiser wusste, dass ich ihre Tochter war. Natürlich folgte ich ihnen, auch wenn ich in Gedanken auf meinem Platz sitzen blieb. Alle beobachteten uns beim Hinausgehen. Sie merkten nicht, dass ich immer noch unter ihnen war und ebenfalls zuschaute.

Wir traten direkt aus dem Theater auf die Straße, meine Mutter weinend am Arm des kleinen Platzanweisers. Die Schultern seiner Jacke waren aus Pappe und mit Goldborte verziert. Man brachte uns weg, um uns zu ermorden, was mir nur vernünftig erschien. Die Ohren des Platzanweisers waren riesig, und am Hals über dem Hemdkragen hatte er eine Beule. Im Gehen sprach er leise und sanft mit meiner Mutter, was sie allmählich zu beruhigen schien. Ich hasste ihn. Es war nicht leicht, zu dritt auf den gefrorenen Bürgersteigen durch die Stadt zu gehen. Am Mantel meiner Mutter war ein Gürtel, an dem ich mich festhielt, während wir uns unsicher vorwärtsbewegten.

»Hören Sie, ich habe mich wieder gefangen«, sagte er. »Das schaffen Sie auch.« Er redete mit meiner Mutter.

Wir gingen in ein Café und setzten uns in eine Nische. »Hier können Sie sich sammeln«, sagte er. »Sie können so lange sitzen bleiben, wie Sie wollen, und Kaffee trinken, keiner wird Sie rauswerfen.« Er fragte, ob ich einen Donut wolle, aber ich antwortete nicht. Wenn er mich noch einmal anspricht, dachte ich, beiße ich ihn. An der Wand über der Theke hingen Bilder von Sandwiches. Ich wollte da nicht sein und zog weder meine Fausthandschuhe noch meinen Mantel aus. Der kleine Platzanweiser ging zur Theke und kam mit einem Kaffee für meine Mutter und einem Donut auf einem Teller für mich zurück. »Ach«, sagte meine Mutter, »was hab ich bloß getan?«, und schüttelte ungläubig den Kopf.

»Ich wusste gleich über Sie Bescheid«, sagte der Platzanweiser. »Sie müssen sich zusammenreißen. Ich musste erst von einer Brücke springen und mir beide Beine brechen, bevor ich die Kurve kriegte. So weit wollen Sie es bestimmt nicht kommen lassen.«

Meine Mutter sah ihn an. »Ich kann es mir nicht vorstellen«, erwiderte sie.

Draußen ging ein Mädchen mit seinem Schlitten vorbei. Sie drehte sich oft um, und man merkte, wie begeistert es war, dass ihm der Schlitten auf seinen Kufen so schnell folgte.

»Sie sind eine Mutter«, sagte der Platzanweiser zu meiner Mutter, »Sie müssen sich wieder fangen.«

Seine Freundlichkeit gab mir das Gefühl, als hätte er uns mit einem Seil gefesselt. Schließlich verließ er uns, und meine Mutter legte den Kopf auf den Tisch und schlief ein. Ich hatte meine Mutter noch nie schlafen sehen und betrachtete sie, so wie sie mich vermutlich früher betrachtet hatte, wie jeder ein schlafendes Wesen betrachtet, ohne zu wissen, wie oder wann es aufsteht. Dann aß ich langsam, ohne die Fäustlinge auszuziehen, den Donut. Die säuerlichen Fasern der Wolle vermischten sich mit den geschmacklosen Krümeln, und das nahm meine ganze Aufmerksamkeit in Anspruch. Ich tat, als würde mich jemand füttern.

Es zeigte sich, dass meine Mutter es nicht schaffte, sich wieder zu fangen, aber das war später. Damals war das Ende noch weit entfernt, und als meine Mutter aufwachte, gingen wir zum Auto und verließen Portland, und sie sagte ständig meinen Namen. »Lizzie«, sagte sie. »Lizzie.« Ich hatte das Gefühl, ich müsste mit ihr irgendwo sein und auch sie wüsste das, aber nicht in diesem alten blauen Cabrio, in dem wir im Dunkeln nach Hause fuhren, mit dem weichen, fleckigen Dach, das von außen immer so aussah, als ob es sich aufblähte. Ich fand einen Ausweg, aber es dauerte Jahre.

NACHWEISE

Die hier versammelten Erzählungen wurden von Joy Williams aus ihrem Buch *The Visiting Privilege. New and Collected Stories,* New York 2015, für die deutsche Übersetzung selbst ausgewählt.

Einige sind erstmals in früheren Erzählungsbänden der Autorin oder anderen Publikationen erschienen:

»Liebe« (»Taking Care«), »Im Zug« (»Train«) und »Der Geliebte« (»The Lover«) in *Taking Care. Short Stories* Random House, New York 1972.

»Der kleine Winter« (»The Little Winter«), »Rost« (»Rot«), »Lu-Lu« (»Lu-Lu«), »Letzte Generation« (»The Last Generation«), »Die blauen Männer« (»The Blue Men«) und »Auswege« (»Escapes«) in *Escapes. Stories,* The Atlantic Monthly Press 1990.

»Kongress« (»Congress«), »Besuchsrecht« (»The Visiting Privilege«) und »Barmherzigkeit« (»Charity«) in *Honored Guest. Stories,* Alfred A. Knopf, New York 2004.

»Die Mutterzelle« (»The Mother Cell«) in *No Tokens* (Februar 2014).